元人散曲

大融合时代的文化硕果

曾永义 编著

江苏凤凰文艺出版社

图书在版编目(CIP)数据

元人散曲：大融合时代的文化硕果/曾永义编著．
南京：江苏凤凰文艺出版社，2024.6. -- ISBN 978-7
-5594-8776-6

Ⅰ．I207.24

中国国家版本馆CIP数据核字第2024A76431号

著作权合同登记号：10-2024-109

版权所有 © 时报文化出版公司

本书版权经由时报文化出版公司授权北京时代华语国际传媒股份有限公司简体中文版，委托英商安德鲁纳伯格联合国际有限公司代理授权。非经书面同意，不得以任何形式任意重制、转载。

元人散曲：大融合时代的文化硕果

曾永义　编著

责任编辑	项雷达
图书策划	宁炳辉　马利敏
特约编辑	马识程
封面设计	时代华语设计组
出版发行	江苏凤凰文艺出版社
	南京市中央路165号，邮编：210009
网　　址	http://www.jswenyi.com
印　　刷	三河市宏图印务有限公司
开　　本	880毫米×1230毫米　1/32
印　　张	9
字　　数	204千字
版　　次	2024年6月第1版
印　　次	2024年6月第1次印刷
书　　号	ISBN 978-7-5594-8776-6
定　　价	58.00元

江苏凤凰文艺版图书凡印别、装订错误，可向出版社调换，联系电话 025-83280257

总序
用经典滋养灵魂

龚鹏程

每个民族都有它自己的经典。经,指其所载之内容足以作为后世的纲维;典,谓其可为典范。因此它常被视为一切知识、价值观、世界观的依据或来源。早期只典守在神巫和大僚手上,后来则成为该民族累世传习、讽诵不辍的基本典籍,或称核心典籍,甚至是"圣书"。

中国文化总体上的经典是六经:《诗》《书》《礼》《乐》《易》《春秋》。依此而发展出来的各个学门或学派,另有其专业上的经典,如墨家有其《墨经》。老子后学也将其书视为经,战国时便开始有人替它作传、作解。兵家则有其《武经七书》。算家亦有《周髀算经》等所谓《算经十书》。流衍所及,竟至喝酒有《酒经》,饮茶有《茶经》,下棋有《弈经》,相鹤相马相牛亦皆有经。此类支流稗末,固然不能与六经相比肩,但它们代表了在各自那一个领域中的核心知识地位,是很显然的。

我国历代教育和社会文化,就是以六经为基础来发展的。直到清末废科举、立学堂以后才产生剧变。但当时新设的学堂虽仿洋制,却仍保留了读经课程,以示根本未隳。辛亥革命后,蔡元培担任教育总长才开始废除读经。接着，他主持北京大学时出现的新文化运动更进一步发起对传统文化的攻击。趋势竟由废弃文言，提倡白话文学，一直走到深入的反传统中去。

台湾的教育发展和社会文化意识，其实也一直以延续五四精神自居，故其反传统气氛及其体现于教育结构中者，与大陆不过程度略异而已，仅是社会中还遗存着若干传统社会的礼俗及观念罢了。后来，台湾才惕然警醒，开始提倡"文化复兴运动"，在学校课程中增加了经典的内容。但不叫读经，乃是摘选"四书"为《中国文化基本教材》，以为补充。另成立"文化复兴委员会"，开始做经典的白话注释，向社会推广。

文化复兴运动之功过，诚乎难言，此处也不必细说，总之是虽调整了西化的方向及反传统的势能，但对社会民众的文化意识，还没能起到普遍警醒的作用；了解传统、阅读经典，也还没成为风气或行动。

20世纪70年代后期，高信疆、柯元馨夫妇接掌了当时台湾第一大报《中国时报》的副刊与出版社编务，针对这个现象，遂策划了《中国历代经典宝库》这一大套书。精选影响人们最为深远的典籍，包括了六经及诸子、文艺各领域的经典，遍邀名家为之疏解，并附录原文以供参照，一时社会震动，风气丕变。

其所以震动社会，原因一是典籍选得精切。不蔓不枝，能体现传统文化的基本匡廓。二是体例确实。经典篇幅广狭不一、深浅悬隔，如《资治通鉴》那么庞大，《尚书》那么深奥，它们跟小说戏曲是截然不同的。如何在一套书里，用类似的体例来处理，很可以看出编辑人的功力。三是作者群涵盖了几乎全台湾的学术精英，群策群力，全面动员。这也是过去所没有的。四是编审严格。大部丛书，作者庞杂，集稿统稿就十分重要，否则便会出现良莠不齐之

现象。这套书虽广征名家撰作，但在审定正讹、统一文字风格方面，确乎花了极大气力。再加上撰稿人都把这套书当成是写给自己子弟看的传家宝，写得特别矜慎，成绩当然非其他的书所能比。五是当时高信疆夫妇利用报社传播之便，将出版与报纸媒体做了最好、最彻底的结合，使得这套书成了家喻户晓、众所翘盼的文化甘霖，人人都想一沾法雨。六是当时出版采用豪华的小牛皮烫金装帧，精美大方，辅以雕花木柜。虽所费不赀，却是经济刚刚腾飞时一个中产家庭最好的文化陈设，书香家庭的想象，由此开始落实。许多家庭乃因买进这套书，仿佛种下了诗礼传家的根。

高先生综理编务，辅佐实际的是周安托兄。两君都是诗人，且侠情肝胆照人。中华文化复起、国魂再振、民气方舒，则是他们的理想，因此编这套书，似乎就是一场织梦之旅，号称传承经典，实则意拟宏开未来。

我很幸运，也曾参与到这一场歌唱青春的行列中，去贡献微末。先是与林明峪共同参与黄庆萱老师改写《西游记》的工作，继而再协助安托统稿，推敲是非，斟酌文辞。对整套书说不上有什么助益，自己倒是收获良多。

书成之后，好评如潮，数十年来一再改版翻印，直到现在。经典常读常新，当时对经典的现代解读目前也仍未过时，依旧在散光发热，滋养民族新一代的灵魂。只不过光阴毕竟可畏，安托与信疆俱已逝去，来不及看到他们播下的种子继续发芽生长了。

当年参与这套书的人很多，我仅是其中一员小将。聊述战场，回思天宝，所见不过如此，其实说不清楚它的实况。但这个小侧写，或许有助于今日阅读这套书的读者理解该书的价值与出版经纬，是为序。

致读者书

曾永义

亲爱的朋友：

在这里，要献给您的一本书是《元人散曲：大融合时代的文化硕果》。

曲在传统文学中跟诗词并称，散曲可以说是元人的新诗。这种元人新诗的幅员比唐诗宋词更为广阔，情味更为活泼，而格律更为精致。以韵文学来说，它是运用中国语言文字达到最超妙的作品。

本书的目的是希望您认识元人散曲，欣赏元人散曲。认识是欣赏的基础，有了正确的认识，才能有深切的欣赏。所以本书也就分作"认识"和"欣赏"两大部分。而在"认识"元人散曲之前，则首先介绍元代的政治社会与文学环境，希望您能了解元曲是在什么样的"温床"中孕育成长的；其次考订元人散曲作家和他们的作品，列表记其姓名、籍贯、身份、作品数，从而观察元人散曲的地位和作家的特色。

认识元人散曲则从渊源形成、体制规律、语言结构、内容思想、风格流派等方面论述，最后纳为元人散曲的特质作为结论。由于曲所讲究的是语言旋律与音乐旋律的融合无间，必须对它有精细的认识,然后才能品尝出曲的真正神髓。为此,本书在这一方面占了相当多的篇幅,从语言长度、声调韵协、音节形式上说明语言旋律,从宫调曲牌、腔板组织上说明音乐旋律,同时对于格式的变化莫测,也追寻了它的原理。凡此,目的是希望您诵读时无棘喉涩舌之苦,写作时不致贻失格舛律之讥。

欣赏元人散曲则按派别选名家名作,对作家简介、对作品注解,然后或每首分叙,或数首合叙,作为"曲话"。曲话中评论作家的成就、作品的风格,有时也记逸闻琐事、详加分析作品。由于曲是比较显豁的文学,表现的方式往往是"满心而发,肆口而成"。也就是说它唯恐不说尽,并不以凝练含蓄为美。因此,"曲话"中也就没有首首都加以"赏析"的必要。

张小山是散曲作品最多的元代散曲家,他有一首题目叫《怀古》的《水仙子》,开头两句是"秋风远塞皂雕旗,明月高台金凤杯"。前面一句写的是昭君,后面一句写的是西施。这两句的境界正好可以用来说明元人散曲的两种风格:即前者是莽爽、豪辣、灏烂的,后者是清丽、优雅、潇洒的;后者虽然在诗词中犹能习见,但多半少了它那份清刚之气,而前者则是曲的独特品质了。我们读多了诗词,就好像吃腻了山珍海味,那么朗诵朗诵曲子,就好像换上果蔬蒜酪风味,齿牙间必定拂拂然。本书在文学的美馔佳肴之间,要献给您的正是一道叫你齿牙间拂拂然的"果蔬蒜酪"。

写到这里,西山朝来爽气,使我望风怀想,想起了远方那敬爱的人,也就把这本书同时献上吧!

目录

第一章　绪论
一、元代政治社会和文坛情势 /002

二、元代散曲作家及作品 /016

第二章　认识元人散曲
一、起源 /034

二、体制 /040

三、规律 /044

四、语言 /92

五、作法 /100

六、内容 /105

七、风格 /112

八、结论——散曲的特质 /123

目录

第三章　元人散曲欣赏

一、前期作家——豪放派 /129

二、前期作家——清丽派 /199

三、后期作家——清丽派 /227

四、后期作家——豪放派 /264

五、歌伎与无名氏作家 /274

第一章 绪论

元人散曲：大融合时代的文化硕果

一、元代政治社会和文坛情势

十三世纪初，精于骑射、勇武好战的蒙古人崛起于北方草原，成吉思汗并吞了大漠南北诸部落，举兵南下，夺取了金的黄河以北之地，再挥兵西征，凯旋时，也顺便把西夏灭了。成吉思汗的儿子窝阔台（即元太宗），更在公元1234年，完成了灭金的大业。从此偏安江左的南宋，便直接面对着强大的敌人，称臣纳贡，极尽妥协委曲之能事，如此苟延残喘了四十二年，忽必烈还是举兵南下，于公元1376年攻陷临安（南宋的首都，今杭州市），掳走恭帝；公元1278年，把宋朝的残兵败将逼到广东崖山；次年陆秀夫负着帝昺投海殉国，结束了宋朝三百二十年的命运。

由此，一个文化大融合的时代开始了。

汪元量有一首诗说到元兵攻陷临安的事：

西塞山边日落处，北关门外雨来天。

南人堕泪北人笑，臣甫低头拜杜鹃。

西塞山边落下的，不是红红的太阳，而是整个黯然无光的宋朝；北关门外飞天而至的，不是及时的甘霖，而是挟着腥风的血雨。战争的幕布闭上以后，"三秋桂子，十里荷花"的临安开始有了无数的蒙古人、色目人（即最先被蒙古人征服的西域人），乃至所谓的"汉人"（指原在北方被金统治的人）来居住了，而大宋的顺民，

第一章　绪论

就成为"四民"之末,被称为"南人"了。庐陵人邓剡有一首《鹧鸪诗》：

行不得也哥哥！瘦妻弱子羸犉驮,天长地阔多网罗。南音渐少北语多,肉飞不起可奈何,行不得也哥哥。

这真是一幅遗民的血泪图,心中的悲哽与怨恨,溢于言表。人生天地,就必须行路天地,路途再坎坷也得往前行走,否则焉能称为"生活"？可是邓剡劈头就说："行不得也哥哥",那不是鹧鸪鸟的啼声,而是他不可遏抑的呼喊！"瘦妻""弱子""羸犉",由一个"驮"字结合起来的形象,多么惨不忍睹。人生的天地,原来是又长又阔,可以自由翱翔、自在驰骋的,而今已布满网罗,纵使人、兽同时饥饿将死,网罗又怎能让你逃过！推究其故,正是因为"南音渐少北语多",在敌人铁蹄下,百姓惨烈地被杀害,文化肆意地被摧毁；可恨的是自己毕竟是凡夫俗子,血肉之躯,何来有彩凤双翼冲云霄,绝尘世,"行不得也哥哥",徒唤奈何！

宋子贞《中书令耶律公神道碑》中说道：

自太祖西征之后,仓廪府库,无斗粟尺帛。而中使别叠等签言："虽得汉人,亦无所用,不若尽去之,使草木畅茂,以为牧地。"公即前曰："夫以天下之广,四海之富,何求而不得,但不为耳,何名无用哉？"

耶律公就是耶律楚材,元太宗时,官中书令,也就是宰相,

元人散曲：大融合时代的文化硕果

他非常有学问，非常受宠信。如果不是他那几句话，中原一带就要变成大牧场了。由此也可以看出，当时的蒙古贵族只知道穹庐奶酪、驰马弯弓，他们哪里知道农耕织作、揖让进退，他们只懂得摆出征服者架势，为所欲为，更不用说懂得被征服者的情感，从而汲取其优秀的文化。他们挖掘南宋诸帝的陵寝，焚其尸、扬其灰；掠夺庶民百姓的财产，占人妻、淫人女。元杂剧无名氏《鲁斋郎》，其中鲁斋郎说到他自己的为人：

花花太岁为第一，浪子丧门再没双。街市小民闻吾怕，我是\机豪势要鲁斋郎。……小官嫌官小不做，嫌马瘦不骑。但行处引的是花腿闹汉，弹弓粘竿，鹚鸟小鹞。每日价飞鹰走犬，街市闲行。但见人家好的玩器，怎么他倒有，我倒无。我则借三日，玩看了，第四日便还他，也不坏了他的。人家有那骏马雕鞍，我使人牵来，则骑三日，第四日便还他，不坏了他的。我是个本分的人！

像这样一个"本分的人"，绝不是任何时代的地痞流氓所能比拟的，他虽不做官、不骑马，但身份非常特殊，所以"幼习儒业，后进身为吏"的张珪，在地方上是"谁不知我张珪名儿"，然而一听说被告强占民妇的就是鲁斋郎，便连忙掩了口，唱道：

【仙吕端正好】被论人有势权，原告人无门下。你便不良会、可跳塔轮铡铡，哪一个官司敢把勾头押。提起他名儿也怕。

【幺篇】你不如休和他争，忍气吞声罢。别寻个家中宝、省力的浑家，说那个鲁斋郎胆有天来大。他为臣，不守法；将官府，敢欺压；将妻女，敢夺拿；将百姓，敢蹋踏；赤紧的他官职大得忒稀诧。

第一章 绪论

说他"官职大得忒稀诧",却始终不明白究竟是个什么官,像戏剧和小说之类的通俗文学,虽然不是"正史",但往往是当时政治社会最真实的写照,所以鲁斋郎并不是戏剧人物,而是元代蒙古、色目人的典型。

至于吏治呢?我们且看看关汉卿的《窦娥冤》,写的是张驴儿和他父亲仗着对蔡婆有救命之恩,要图谋蔡婆、窦娥婆媳俩为妻,张驴儿设计以毒药杀死蔡婆,却误杀了自己的父亲,并由此反诬窦娥是凶手,一状告到官府。且看这戏中的官府:

【净扮孤引祗候上,诗云】我做官人胜别人,告状来的要金银。若是上司当刷卷,在家推病不出门。下官楚州太守桃杌是也。今早升厅坐衙,左右,喝撺厢。

【祗候么喝科】

【张驴儿拖正旦卜儿上,云】告状!告状!

【祗候云】拿过来。

【做跪见,孤亦跪科,云】请起!

【祗候云】相公,他是告状的,怎生跪着他。

【孤云】你不知道,但来告状的,就是我衣食父母。

这虽然是戏剧中净丑滑稽诙谐的"插科打诨",但我们如果拿来和周密《癸辛杂识别集》上"僧祖杰"一案对看的话,不难相信,这正是元代那些不学无术、糊涂透顶,却执掌刑名,见钱眼开的官吏的写照。陶宗仪《辍耕录》"醉太平小令"条云:

元人散曲：大融合时代的文化硕果

堂堂大元，奸佞专权，开河变钞祸根源。惹红巾万千，官法滥刑法重黎民怨，人吃人钞买钞何曾见，贼做官官做贼混愚贤。哀哉可怜。

上"醉太平小令"一阕，不知谁所造。自京师以至江南，人人能道之。古人多取里巷之歌谣者，以其有关于世教也。今此数语，切中时弊，故录之，以俟采民风者焉。

再看蒋一葵《尧山堂曲纪》的一段记载：

至正间，上下以墨为政，风纪之司，赃污狼藉。是时金鼓音节，迎送廉访官则用二声鼓、一声锣，起解强盗则用一声鼓、一声锣。有轻薄子为诗嘲曰："解贼一金并一鼓，迎官两鼓一声锣。金鼓看来都一样，官人与贼不争多。"

这一诗一曲所讽刺的，虽然都是元顺帝至正间的时弊，但其实是"开国已然，于今为烈"。在人民的心目中，官吏和盗贼居然没有分别，甚至于官吏更是个明目张胆的盗贼，那么其为害之酷烈，较之盗贼，就有过之而无不及了。我们拿些史料来作为印证。《元典章》卷二《圣政一肃台纲项》：

至元三十一年（1294）七月，钦奉圣旨节文……凡军民士庶诸色户计，所在官司不务存心抚治，以致军民困苦，或冤滞不为审理，及官员侵盗欺诈，污滥不法，若此之类，肃政廉访司监察御史有能用心纠察，量加迁赏。

第一章　绪论

同卷止贡献项：

庚申年（1320）四月初六日，诏书内一款，节该开国以来，庶事草创，既无俸禄以养廉，故纵贿赂而为蠹。

又卷《三圣政二·均赋役项》：

庚申年四月初六日，钦奉诏书内一款……加之滥官污吏，贪缔侵渔。科敛则务求羡余，输纳则暗加折耗。以致滥刑虐政，暴敛急征。

可见元代的贪官污吏多如牛毛，而《元史·成宗纪大德七年》所载，更举出了一份具体的统计：

七道奉使宣抚所罢赃污官吏凡一万八千四百七十三人，赃四万五千八百六十五锭，审冤狱五千一百七十六事。

本来道德是用以维系人心的，法律是用以制裁恶徒，但在乱世里，法律荡然，道德沦丧，在为非作歹的权豪势要眼中，更无法律、道德可言。正因此，人间便失去了公理：升斗小民，只能任由权豪势要剥削宰割；本分善良的百姓，只能任由流氓恶棍欺凌压迫。人世间充满了大大小小的冤屈，压抑了形形色色的悲愤；于是强力者铤而走险，柔弱者只好借古人酒杯浇自家块垒，希望有一位像包拯、秦愐然、钱可那样不畏强权、和权贵作对的清官，为他们主持正义，锄奸去恶。如果找不到这样一位清官，那么像张鼎那样

元人散曲：大融合时代的文化硕果

明白守正、不辞辛苦地将含冤负屈的百姓解救出来的吏目也可以。但是，在当时的朝廷中，仍是没有这样的清官和吏目。于是等而下之，只好期待梁山泊那样的英雄好汉出来替他们报仇雪恨，痛快人心。可是梁山的英雄也只是可遇不可求，于是乎又等而下之，只有寄托于冥冥之中的鬼神来主持公道了。这种情形真是每况愈下，愈下愈悲，而这正是元代杂剧中的公案剧、绿林剧，以及许多鬼魂报冤剧的时代背景。透过元杂剧，我们似乎听到了许许多多无助的痛苦呼号。"柔软莫过溪涧水，到了不平地上也高声。"

【正宫端正好】没来由犯王法，不提防遭刑宪。叫声屈，动地惊天。顷刻间游魂先赴森罗殿，怎不将天地也生埋怨。

【滚绣球】有日月朝暮悬，有鬼神掌着生死权。天地也！只合把清浊分辨，可怎生糊涂了盗跖颜渊。为善的受贫穷更命短，造恶的享富贵又寿延。天地也！做得个怕硬欺软，却原来也这般顺水推船。地也，你不分好歹何为地；天也，你错勘贤愚枉做天！哎，只落得两泪涟涟。

这是窦娥被绑赴法场时所唱的两支曲子，胸中的无限冤屈、万般无奈，就好像被压抑了千年万年的火山，突然爆发出来。在那黑暗的社会里，人已不足尤，而那分辨清浊的天上日月、地上鬼神，难道也在人间恶势力的摧残下销声匿迹了？否则怎会是非倒置、黑白不分呢？于是把满腔的怨毒，诉之于质天问地、诟地詈天了；而呼声微微，天地茫茫，最后只落得"两泪涟涟"！

庶民百姓的遭遇如此，那么古来居为"四民"之首的士人又是如何呢？

第一章 绪论

读书的士人一向是把科举考试当作进身之阶，君不见"十年寒窗无人问，一举成名天下知"；君不见"春风得意马蹄疾，一日看尽长安花"。他们对于那"白衣卿相"的"功名事业"是多么热衷愉快而终生以赴！可是在元朝统治时期，仅于太宗九年（1237）举行过一次，直到仁宗延祐二年（1315）方才恢复，其间科举之废置，凡七十有八年，"士之进身，皆由掾史"（《新元史·选举志》）。而科举即使恢复，也不甚公平。蒙古、色目人作一榜，汉人、南人作一榜；而"蒙古、色目人愿试汉人、南人科目，中选者加一等注授。"（《选举志》），当时仕途广大而繁杂，其杂乱的程度，以至于像陶宗仪《辍耕录》所记载的这件事：

至正乙未（1355）春，中书省臣进奏，遣兵部员外郎刘谦来江南募民补路府州司县官，自五品至九品，入粟有差。非旧例之职专茶盐务场者比。虽功名逼人，无有愿之者。既而抵松江。时知府崔思诚唯知曲承使命，不问民间有粟与否也，乃拘集属县巨室点科十二名，众皆号泣告诉。曾弗之顾，辄施拷掠，抑使承伏，即填空名告身授之。

路府州司县各级官吏五品至九品，可以纳粟买得，尚有可说，至于用"拘集"的手法硬派硬点，否则就棒棍交加，那真是旷古奇闻。然而为什么百姓在"功名逼人"之际，却"无有愿之者"呢？《新元史·百官志》说：

上自中书省，下逮郡县亲民之吏，必以蒙古人为之长，汉人、南人贰之。终元之世，奸臣恣睢于上，贪吏掊克于下，瘠民蠹国，卒为召乱之阶。甚矣！王天下者不可以有所私也。

可见汉人、南人即使做官，也根本没有实权，最多只是供蒙古、色目人驱遣而已；况乎官场之中，上下横暴贪墨，稍有良心的人，抽身犹恐不及，哪会自陷染缸呢？

如此说来，读书人即使中举也没有什么用，而舞文弄墨的人往往力耕不能、经商不肯，谋生之道既乏，于是儒生最受轻视。

《谢枋得送方伯载归三山·序》云：

滑稽之雄，以儒为戏者，曰："我大元制典，人有十等：一官，二吏；先之者，贵之也。七匠，八娼，九儒，十丐；后之者，贱之也。吾人品岂在娼之下、丐之上者乎？"

郑思肖在《大义略·序》上也说：

鞑法：一官，二吏，三僧，四道，五医，六工，七猎，八民，九儒，十丐。各有所统辖。

两说虽微有不同，但列"儒"于第九等则一。读书人落到这种田地，恐怕不只是空前，而且是绝后的吧！郑德佑的《遂昌山樵杂录》记载尤宣抚一事云：

时三学诸生困甚。公出，于拥呼曰："平章！今日饿杀秀才也！"从者叱之。公于使之前，以大囊贮中统小钞，探囊撮予之。

这些自称将要饿杀的秀才，其困窘之状，比起第十等的乞丐来，又有什么两样。而一个人到了衣食无继的情况下，其心志之愤懑是可以想见的。马致远有一本杂剧叫《荐福碑》，演一位读书人命运

第一章 绪论

不好,寄居在荐福寺,寺中的和尚要拓颜真卿所书的碑文给他去卖来救济贫穷,可是因为这读书人张镐曾大发牢骚,得罪了龙神,半夜里忽然雷电交加,把荐福碑给击毁了。苏东坡《穷措大诗》有句云:"一夕雷轰荐福碑",就是用来形容读书人困窘倒霉透顶的。且看张镐在剧本首折所唱的两支曲子:

【油葫芦】则这断简残编孔圣书,常则是养蠹鱼。我去这六经中枉下了死工夫:冻杀我也!论语篇孟子解毛诗注,饿杀我也!尚书云周易传春秋疏。比及道河出图,洛出书,怎禁那水牛背上乔男女,端的可便定害杀这个汉相如。

【寄生草幺篇】这壁拦住贤路,那壁又挡住仕途。如今这越聪明越受聪明苦,越痴呆越享了痴呆福,越糊涂越有了糊涂富。则这有银的陶令不休官,无钱的子张学干禄。

这其实是马致远的写照,也是生活在底层社会的文人痛苦的呼喊!元代的许多才智之士沦为医卜星相之流,或买卖以营生,或说唱以糊口。有的仍旧不甘心埋没他们的锦心绣口,使他们手中的生花妙笔,无端颓废,于是他们在像大都(今北京)、杭州那样的大城市里,组织了所谓的"书会",并自称为"才人",他们或编撰剧本,或改写剧本,有时也著作赚词、谭词、词话,甚至于"弄猢狲"等通俗文学。他们满腔的愤懑和无限的才情,既然都倾注在这娱人自娱、与功名富贵无缘但求果腹的"事业"之中,于是他们"无心插柳柳成荫",他们所从事的戏剧和通俗文学"事业",大放了光彩。

戏剧和通俗文学之所以能大放光彩,也必须要有其滋生繁衍的温床，这个温床就是元帝国便利的交通和兴盛的商业。《元史·食货志二·市舶条》有这样的记载：

> 至元十四年（1277），立市舶司一于泉州，令忙古斛领之。立市舶司三于庆元、上海、澉浦，令福建安抚使杨发督之。每岁招集舶商，于蕃邦博易珠翠香货等物。及次年回帆，依例抽解，然后听其货卖。

拉狄克（Radek）的《中国革命运动史》中也有这样的话：

> 元时中国的货币，可以由太平洋流通到波斯湾以及里海各地。当时全亚细亚的商业，引起了中国商业很快的发展，以及手工工厂的长足进步。

帝国的大一统，重兵的驻防，门户的开放，使得元代的国际贸易非常发达，商旅来往络绎不绝。于是大都会跟着兴盛起来。《马可·波罗行纪》第九十四章《汗八里城》云：

> 外国巨价异物及百物之输入此城者，世界诸城无能与比。盖各人自各地携物而至，或以献君主，或以献宫廷，或以供此广大之城市……百物输入之众，犹如川流之不息。仅丝一项，每日入城者计有千车。用此丝装作不少金锦绸绢及其他数种物品。……此汗八里大城之周围，约有城市二百，位置远近不等。每城皆有商人来此买卖货物，盖此城为商业繁盛之城也。

"汗八里城"就是元代的首都"大都"，可见它不只是全国

第一章　绪论

的政治中心，也是当时世界商贾辐辏之所。再看马可·波罗同书第一五一章所记的"蛮子国都行在城"：

> 城中有商贾甚众，颇富足，贸易之巨，无人能言其数。……海洋距此有二十五里，在一名澉浦城之附近。其地有船舶甚众，运载种种商货往来印度及其他外国，因是此城愈增价值。有一大川自北行在城流至此海港而入海，由是船舶往来，随意载货，此川流所过之地有城市不少。

所说的"蛮子国都行在城"，就是南宋首都临安，即杭州。大都和杭州可以说是当时南北两大商业城，商业城的主体自然是商人，特色是经济充裕，跟着娱乐场所也就林林总总。

娱乐场所主要是青楼、勾栏与书场。书场是说唱文学演述故事的场所，勾栏是百戏杂陈的地方，青楼是乐户歌伎的住处。

青楼歌伎过的是"迎官员、接使客""应官身、唤散唱"，甚至于是"着盐商、迎茶客""坐排场、做勾栏"的生活。所谓"官身"是：元代乐户中人，对于官府的宴会有承应歌舞和演剧的任务；这是免费的服务，所以她们只好在当时的富商巨贾也就是盐商茶客中卖身，或者是去勾栏里充当演员来讨生活。

在这种社会情况下，为了应付酒筵歌席上"散唱"的"散曲"和勾栏中扮演的"杂剧"便及时兴盛起来。因为高文典册已经与功名绝缘，唐诗宋词亦不足以糊口，而这些书会先生们正有一肚皮的"怀才不遇"之感，便运用了这新兴的文体，恣意的挥写，每一个字、每一句话都婉转深切地由伶人口中说唱出来，把他们的思想情感、志气襟怀，着着实实地打入百姓的心目之中。虽然书会先生们的名

元人散曲：大融合时代的文化硕果

字不会被列入"文苑传"或"儒林传",他们的作品也不会被登录在"艺文志"和"经籍志"之中,但是他们潜伏在民间的雄厚势力,也使得朝廷庙堂中的王公贵人逐渐习染,终至完全接受。杭州道士马臻霞外集《大德辛丑五月十六日沭都樱殿朝见谨赋绝句》云:

清晓传宣入殿门,萧韶九奏进金樽。
教坊齐扮群仙会,知是天师朝至尊。

又元末诗人杨维桢《宫词》云:

开国遗音乐府传,白翎飞上十三弦。
大金优谏关卿在,伊尹扶汤进剧编。

又明太祖之五子周定王朱橚元《宫词》云:

尸谏灵公演传奇,一朝传到九重知。
奉宣斋与中书省,诸路都教唱此词。
雨调风顺四海宁,丹墀大乐列优伶。
年年正旦将朝会,殿内先睹玉海清。

根据《元史·百官志》,元代宫廷掌管百戏的机构有仪凤司和教坊司,这两个机构原来都隶属宣徽院,至元二十五年(1288)改隶礼部;仪凤司所辖有云及署和安和署,教坊司下设有兴和署、祥和署和广乐库。由上面所引的几首诗,可见元代宫廷时有杂剧的扮演,或为内宴,或为贺节。《尸谏灵公》是鲍天佑的作品,他和

第一章 绪论

"关卿"(不是关汉卿)一样,都已经传名宫廷。

宫廷如此,民间便不难想象,我们且看看当时有关"勾栏"的记载:《辍耕录》卷二十四"勾栏压"条记载至元壬寅夏(至元无壬寅年,疑为至正之误,即公元1362年)松江府署勾栏崩塌,压死四十二人的惨剧;又元好问《遗山文集》卷三十三《顺天府营建记》记述元代初期"汉地四万户"之一张柔营建顺天府城,其中有"乐棚二"之语(乐棚即勾栏,以其编竹而成,故云)。又仁宗朝名臣王结在其《文忠集》卷六《善俗要义》第三十三《戒游惰》中亦有"颇闻人家子弟……或常登优戏之楼,放恣日深"之语;又元末诗人葛逻禄乃贤在至正五年(1345)所写的《河朔访古记》卷上亦有"真定路之南门曰阳和,左右挟二瓦市,优肆倡门,酒垆茶灶,豪商大贾,并集于此"之语,皆可见元代勾栏非常的繁盛,而葛逻禄乃贤更点出了"优肆倡门"和"豪商大贾"的密切关系。

勾栏繁盛,杂剧必然发达,而曲的另一体"散曲",可以说是继唐诗、宋词的新诗,唐人旗亭画壁唱唐诗,宋人浅斟低酌唱宋词,而元人酒筵歌席的"散唱"就是唱的"散曲"。元人夏伯和《青楼集》所记载的妓女,观其技艺,擅长杂剧者有珠帘秀等四十人,擅长小唱者有小娥秀等十一人,其他擅长诸宫调、慢词、戏文的亦各有数人。可见小唱"散曲"是她们谋生活的重要技艺之一。而"散曲"由于和唐诗、宋词具有相同的作用,所以许多达官贵人也制作起曲子来,以便在酒酣耳热之际热闹风雅一番。

叶庆炳先生在所著的《中国文学史》中说:

(元代)这一种新文学,并不是姚燧、吴澄、虞集、刘因、杨载、范梈、揭傒斯、萨天锡、张埜、杨维桢诸人的古文诗词,而是那些写给大众欣赏的曲子与歌剧。在那些称为大家的古文诗词里,并不是没有一两篇佳作,但无论如何,他们文学的精神与形式,都是承袭前代的作品,跳不出唐、宋诸贤的圈子。唯有这些新起的曲子与歌剧,无论形式与精神,都具有新生命、新面貌和创造性,在当日的诗坛与剧坛,形成了新兴的艺术力量。因此,我们可以说元曲是元代文学的灵魂。

而本书所要通盘讨论的、所要细细解说和欣赏的,就是"元代文学的灵魂"中的"散曲"。

二、元代散曲作家及作品

元人散曲的书籍,自来非常冷僻,近年经过学者的搜集整理、校订刊布,已经颇为灿然可观。兹按选集、别集,列其要目如下:

甲、选集

(1)《阳春白雪》十卷:元杨朝英编,元至正初刊。

(2)《太平乐府》九卷:元杨朝英编,元至正十一年刊。

(3)《乐府群玉》五卷:元无名氏编,明钞本。

(4)《乐府群声》三卷:元无名氏编,元刊本。

(5)《自然集》:元无名氏编,明正统本道藏同字号。

(6)《鸣鹤余音》九卷:元彭致中编,明正统本道藏随字号。

(7)《盛世新声》十二卷:明无名氏编,明正德刊本。

(8)《词林摘艳》十卷:明张禄编,原刊本。

第一章 绪论

（9）《乐府群珠》四卷：明无名氏编，明钞本。

（10）《雍熙乐府》二十卷：明郭勋编，明嘉靖本。

（11）《新编南九宫词》八卷：明三径草堂编刊。

（12）《南北宫词纪》十二卷：明陈所闻编，明万历刊本。

（13）《词林白雪》八卷：明窦彦斌编，影钞明刊本。

（14）《吴歈萃雅》四卷：明周之标编，明万历刊本。

（15）《词林逸响》四卷：明许宇编，明天启刊本。

（16）《吴骚合编》：明张楚叔编，明崇祯刊本。

（17）《怡春锦曲》六卷：明冲和居士编，明刊本。

（18）《乐府珊瑚集》四卷：明周之标编，明崇祯刊本。

（19）《太平清调迦陵音》：明叶华编，明刊本。

（20）《北曲拾遗》：明无名氏编，任讷卢前校印本。

（21）元明小令钞：清孔广森编，稿本。

以上选集二十一种，元人选本中，尤以《阳春白雪》《乐府群玉》为重要。《阳春白雪》是散曲中第一部选本，收有小令四百余支，套数五十余，含作家八十余人，内有许多他本不载之作，足以体现元人散曲的艺术与思想。《乐府群玉》，任讷疑为元人胡存善所辑。此书专收小令，列作者二十余家，小令六百余首，奇俊之作极多，并有极罕见之体裁。其他明人选本，大抵元明散曲兼收，亦有摘选戏曲者。

乙、别集

（1）《天籁集附摭遗》：元白朴撰，清杨希洛刊本。

（2）《东篱乐府》一卷：元马致远撰，任讷散曲丛刊本。

（3）《云庄休居自适小乐府》：元张养浩撰，孔德石印本。

（4）《文湖州集词》一卷：元乔吉撰，明人辑钞本。

（5）《乔梦符小令》一卷：元乔吉撰，明李开儿隆庆刊本。

（6）《梦符散曲》二卷：元乔吉撰，任讷散曲丛刊本。

（7）《张小山北曲联乐府》四卷：元张可久撰，汲古阁钞本。

（8）《小山乐府》：元张可久撰，天一阁旧藏明影元钞本。

（9）《张小山小令》二卷：元张可久撰，李开先嘉靖辑刊本。

（10）《小山乐府》六卷：元张可久撰，清胡莘崞抄本。

（11）《小山乐府》六卷：元张可久撰，任讷散曲丛刊本。

（12）《酸甜乐府》二卷：元贯云石、徐再思撰，任讷刊本。

（13）《笔花集》：元汤舜民撰，明钞本。

以上十三种，实得作家九人。

近年中华书局更编有《全元散曲》一书，有关该书校辑的情况，编者在序里说道：

关于本书材料之收集，最重要者当然是尽量搜集元人散曲别集与元、明、清之曲选，唯此类刊本流传极少，清初朱彝尊辑《词综》时，想自曲选中去搜集"词"料，彼曾在《词综·发凡》中说："百一选曲、太平乐府、诗酒余音、仙音妙选、乐府新声、乐府群玉、曲海之内，定有词章可采，惜俱未之见也。"现距朱彝尊编《词综》时，又将三百年，古代刊本，辄因世变，散佚愈多。今《太平乐府》《乐府新声》《乐府群玉》《乐府群珠》四种，从前不易见到之书，虽已觅得，但朱彝尊所说之百一选曲、诗酒余音、仙音妙选三种，至今还未发现。即以别集来说，元代散曲作契，有别集流传者，仅有张养浩、乔吉、张可久、汤式四人。而汤式是元末明初人，死于永乐年间，如果将其列为明人，则只有三人有别集流传。故元人散曲别集与选本数量之少，不仅不能与元人诗文集相比，与元人词集相比亦相去甚远。倘只从现存元人散曲别集与元、明、清曲选中搜集材料辑成一部"全元散曲",工作虽比较容易,唯意义不大。所以校辑本书,除搜集元人元曲与元、明、清曲选之外,同时还搜集零星材料,而做一番辑佚工作。

可见《全元散曲》的编辑是煞费了一番苦心的,也因此它是目前我们所能读到的最完备的有关元人散曲的书。由于该说曾下过校刊的功夫,所以也是有关元人散曲最正确可读的书。编者的这一段序,使我们想到,散曲虽然是元代的新诗,与杂剧同为元代文学的灵魂,但由其别集、选集之稀少,无法与同时之诗文集,甚至是词集相比,也可见元曲在当时尚未跻身文学之林。这就好像先知先觉的圣贤才智之士,往往寂寞于当代,必经历年所,才能发其潜德、显其幽光;万物一理,曲亦不殊。

《全元散曲》计收有名氏作家212人,连同无名氏作品,共辑得元人小令3853首,套数457套,残曲在外。兹列"元人散曲作家一览表"如下,注明其作品数、年里、官职、身份及其他著作,然后略作统计与观察,以说明其特色。其中"令"字表"小令","套"字表"套曲",阿拉伯数字表作品数,中国数字表年龄,用括号说明当今所属之省份。

元人散曲作家一览表:

(1)元好问:令9残套1,太原秀容(山西),六十八,翰林知制诰、金亡不仕,《遗山集》《中州集》。

(2)孙梁:令1,中山(安徽)。

(3)杨果:令11套5,祁州蒲阴(河北),七十五,金进士,偃师令，入元仕至参知政事、怀孟路总管，《西庵集》。

（4）刘秉忠：令12，邢州（河北），五十九，元世祖时位太保、参预中书省事，《藏春散人集》。

（5）商衟：令4套8残套1，曹州济阴（山东），学士，《双渐小卿诸宫调》（不传）。

（6）王修甫：套2，东平（山东）。

（7）杜仁杰：令1套3残套2，济南长清（山东），至元中屡征不起、子贵赠翰林承旨，《善夫先生集》。

（8）张子益：残套1，官平章。

（9）王和卿：令21套1残套2，大名（河北）。

（10）盍志学：令1，官学士。

（11）盍西村：令17套1，盱眙（安徽）。

（12）阙志学：套1，阙、盍未知是否同一人。

（13）张弘范：令4，河内（河北），四十三，蒙古汉军都元帅、淮阳王，《淮阳集》《淮阳乐府》。

（14）商挺：令19，曹州济阴（山东），八十，枢密院副使，着诗千余篇，多散佚。

（15）胡祗遹：令11，磁州武安（河北），六十七，江南浙西道提刑按察使，《紫山大全集》。

（16）严忠济：令2，长清（山东），资政大夫、中书左丞行江浙省事。

（17）刘因：令2，保定容城（河北），四十五，右赞善大夫，《静修集》《四书精要》。

（18）伯颜：令1，蒙古，五十九，太傅录军国重事，淮安王。

（19）不忽木：套1，四十六，世为康里部大人（汉高车国），昭文馆大学士平章军国事。

第一章 绪论

（20）徐琰：令12套1，东平（山东），翰林学士承旨，《爱兰轩诗集》。

（21）鲜于枢：套1，渔阳（河北），江浙行省都事，《困学斋集》。

（22）彭寿之：套1，不详。

（23）魏初：令1，顺圣（河北），六十一，监察御史、南南御史中丞，《青崖集》。

（24）王嘉甫：套1，不详。

（25）王恽：令41，卫辉汲人（河南），翰林学士，《秋涧先生大全集》。

（26）卢挚：令120残曲1，涿郡（河北），翰林学士，《疏斋集》。

（27）孔文升：令1，曲阜（山东）、居溧阳（江苏），建安书吏。

（28）赵岩：令1，长沙（湖南）、居溧阳（江苏），太长公主宫中应旨。

（29）荆干臣：套2，东营，东征日本、曾参戎机，能诗。

（30）陈草庵：令26，官中丞。

（31）马彦良：套1，磁州（河北），都事。

（32）奥敦周卿：令2套1，不详。

（33）关汉卿：令57套13，大都（河北），杂剧六十余种，存十四种。

（34）白朴：令37套4，隩州（山西）、居真定（河北），《天籁集》、杂剧十六种存三种。

（35）姚燧：令29套1，河南，七十六，翰林学士承旨知制诰兼修国史，《牧庵集》。

（36）刘敏中：令2，济南章丘（山东），翰林学士承旨，《中庵集》。

(37)高文秀：套2，东平（吉林），东平府学生员，杂剧三十四种存五种。

(38)郑廷玉：残套1，彰德（河南），杂剧二十三种存五种。

(39)庾天锡：令7套4，大都（河北），员外郎中山府判，杂剧十五种俱不存。

(40)马致远：令115套16残套7，大都（河北），江浙行省务官，杂剧十五种存七种。

(41)李文蔚，套1，真定（河北），瑞昌县（今瑞昌市）尹，杂剧十二种存二种。

(42)侯克中：套2残曲1，真定（河北），九十余，《艮斋诗集》，杂剧一种不存。

(43)赵孟頫：令2，湖州（浙江），六十九，翰林学士承旨，《尚书注》《琴原》《乐原》《松雪斋集》。

(44)张怡云：残曲1，倡优。

(45)阿里耀卿：令1，不详。

(46)吴昌龄：套1，西京（山西），杂剧十一种存二种。

(47)王德信：令1套2残套1，大都（河北），杂剧十四种存三种。

(48)李寿卿：令1，太原（山西），县丞，杂剧十种存二种。

(49)滕斌：令15，黄冈（湖北），翰林学士、江西儒学提举、天台山道士，《玉霄集》。

(50)邓玉宾：令4套4，官同知。

(51)于伯渊：套1，平阳（山西），杂剧六种俱不存。

(52)王廷秀：套1，益都（山东），淘金千户，杂剧四种俱不存。

(53)姚守中：套1，洛阳（河南），平江路吏，杂剧三种俱不存。

(54)李好古：残套1，保定（河北），杂剧三种存一种。

第一章 绪论

（55）王伯成：令2套3，涿州（河北），《天宝遗事诸宫调》、杂剧三种存一种。

（56）赵明道：套3残套1，大都（河北），杂剧三种存一种。

（57）阿里西瑛：令4，吴城（江苏）。

（58）冯子振：令44，攸州（湖南），承事郎集贤待制。

（59）珠帘秀：令1套1，女伶。

（60）贯云石：令79，套8，畏吾儿人，三十九，翰林侍读学士中奉大夫知制诰同修国史。

（61）贯石屏：套1，或即贯云石。

（62）鲜于必仁：令29，渔阳（河北）。

（63）史骡儿：残曲1，燕人（河北），乐工。

（64）邓玉宾子：令3，不详。

（65）张养浩：令161套2，济南（山东），礼部尚书、陕西行台中丞，《归田类稿》《云庄乐府》。

（66）廖毅：残套2，建康（江苏）。

（67）白贲：令2套3残套1，钱塘（浙江），文林郎南安路总管府经历。

（68）赵雍：令2，翰林院待制。

（69）李子中：套1，大都（河北），县尹，杂剧二种俱不存。

（70）康进之：套1，棣州（山东），杂剧二种存一种。

（71）石子章：套1，大都（河北），杂剧二种俱存。

（72）狄君厚：套1，平阳（山西），杂剧一种存。

（73）刘唐卿：令1，太原（山西），皮货所提举，杂剧二种存一种。

（74）郑光祖：令6套2，平阳（山西），以儒补杭州路吏，杂剧十七种存七种。

（75）范康：令4套1，杭州（浙江），杂剧二种存一种。

（76）曾瑞：令95套17，大兴（河北），杂剧一种存，散曲集《诗酒余音》佚。

（77）孔文卿：套1，平阳（山西），杂剧一种。

（78）沈和：套1，钱塘（浙江），杂剧五种俱不存，创始南北合套。

（79）范居中：套1，杭州（浙江），与施君美、黄德润、沈珙之合著作杂剧《鹣鹣衫》佚。

（80）施惠：套1，杭州（浙江），坐贾为业，南戏《幽闺记》。

（81）字罗御史：套1，镇宁王、冀王。

（82）睢景臣：套3残套1，杭州（浙江），杂剧三种俱不存。

（83）睢玄明：套2，疑与睢景臣为同一人。

（84）周文质：令43套5，杭州（浙江），杂剧四种残一余不存。

（85）赵禹圭：令7，汴梁（河南），镇江府判，杂剧二种俱不存。

（86）乔吉：令209套11，太原（山西），杂剧十一种存三种、《乔梦符小令》《文湖州集词》。

（87）苏彦文：套1，不详。

（88）刘时中：令74套4，不详。

（89）阿鲁威：令19，蒙古，参知政事。

（90）王元鼎：令7套2，学士。

（91）虞集：令1，崇仁（江西），侍讲学士，《道园学古录》《道园类稿》。

（92）张雨：令4，吴郡海昌（江苏），以儒者抽簪入道，《句曲外史贞居先生诗集》。

（93）邓学可：套1，卢陵（江西）。

（94）萨都剌：套1，本答失蛮氏、徙居河间（河北），御史，

第一章　绪论

《雁门集》《西湖十景词》。

（95）李洞：套1，滕州（山东），五十九，奎章阁承制学士，文集四十卷。

（96）薛昂夫：令65套3残曲1，回鹘，三衢路达鲁花赤。

（97）仇州判：令1，不详。

（98）吴弘道：令34套4，金台蒲阴（河北），江西省检校掾史，《中州启札》《金缕新声》《曲海丛珠》杂剧五种俱不存。

（99）赵善庆：令29，饶州（江西），阴阳学正，杂剧八种俱不存。

（100）马谦斋：令17，不详。

（101）张可久：令855套9，庆元（浙江），路吏转首领官，《小山乐府》《张小山北曲联乐府》。

（102）沈禧：套8，吴兴（浙江），《竹窗词》。

（103）任昱：令59套1，四明（浙江）。

（104）张子坚：令1，不详。

（105）高栻：令1套1，燕山（河北）。

（106）吴镇：令1，嘉兴（浙江），七十五，书诗画三绝，《梅花道人遗墨》。

（107）黄公望：令1，富春（浙江），八十六，隐于西湖，《大痴道人集》。

（108）钱霖：令4套1，松江（江苏），弃俗为黄冠，《江湖清思集》《醉边余兴》《词集渔樵谱》。

（109）徐再思：令103，嘉兴（浙江），嘉兴路吏。

（110）蒲道源：令1，兴元（陕西），七十，国子博士，《闲居丛稿》。

（111）孙周卿：令23，邠（陕西）。

（112）宋褧：令2，宛平（河北），翰林学士、经筵讲官，《燕石集》。

（113）顾德润：令8套2，松江（江苏），路吏，《九山乐府诗隐》二集。

（114）李齐贤：令1，高丽，八十一，门下侍中，《益斋乱稿》。

（115）曹德：令18，衢州路吏。

（116）高克礼：令4，河间（河北），庆元理官。

（117）陆登善：套1，杭州（浙江），《乐府隐语成集》，杂剧二种不存，助钟嗣成编《录鬼簿》。

（118）王晔：令16套1，杭州（浙江），《优戏录》三种存一种。

（119）朱凯：与王晔合着小卿问答，杂剧二种存一佚一。

（120）王仲元：令21套4，杭州（浙江），杂剧三种俱佚。

（121）董君瑞：套1，冀州（河北）。

（122）高安道：套3，不详。

（123）蒲察善长：套1，不详。

（124）大食惟寅：令1，不详。

（125）张子友：令1，平章。

（126）亢文苑：套3，不详。

（127）吕止庵：令33套4，或即吕止轩。

（128）李茂之：残套1，不详。

（129）孙叔顺：套2，不详。

（130）王仲诚：套2残套1，不详。

（131）陈子厚：套1，不详。

（132）真氏：令1，歌伎。

（133）李邦基：套1，不详。

（134）景元启：令15套1，不详。

(135)吕侍中：套1，不详。

(136)吕济民：令1，不详。

(137)吴西逸：令4，不详。

(138)查德卿：令22，不详。

(139)武林隐：令1，不详。

(140)卫立中：令2，或谓即卫德辰。

(141)赵显宏：令21套2，不详。

(142)唐毅夫：令1套1，不详。

(143)李爱山：令4套1，不详。

(144)王爱山：令14，长安（陕西）。

(145)□爱山：令4，《太平乐府》有李爱山、王爱山，此爱山未知为李为王。

(146)朱庭玉：令4套26，不详。

(147)李伯瑜：令1，不详。

(148)李德载：令10，不详。

(149)程景初：令1套1，不详。

(150)赵彦晖：令1套3残套1，不详。

(151)杜遵礼：令2，不详。

(152)孙季昌：套3，不详。

(153)秦竹村：套1，不详。

(154)李致远：令26套4，或云江右（江西）人。

(155)童童学士：套2，学士。

(156)沙正卿：套2，疑即沙可学，永嘉（浙江），行省掾。

(157)吕天用：套2，不详。

(158)杨立斋：套1，不详。

(159)王氏：套1，大都（北平），歌伎。

（160）张鸣善：令13套2，平阳（山西），宣慰司令史，《英华集》，杂剧三种俱不存。

（161）赵莹：令1，不详。

（162）邦哲：令3，不详。

（163）李伯瞻：令7残令1，或谓即李屺。

（164）杨朝英：令27，青城（河南），编有《阳春白雪》《太平乐府》。

（165）宋方壶：令13套5，华亭（江苏）。

（166）陈德和：令10，不详。

（167）丘士元：令8，不详。

（168）王举之：令23，不详。

（169）张彦文：套1，不详。

（170）于志能：残曲1，不详。

（171）柴野愚：令2残套1，不详。

（172）方伯成：套1，不详。

（173）贾固：令1，沂州（山东），中书左参政事。

（174）周德清：令31套3残句6，江右（江西），《中原音韵》。

（175）班惟志：套1，大梁（河南），浙江儒学提举。

（176）钟嗣成：令59套1，大梁（河南）居杭州，《录鬼簿》，杂剧七种俱不存。

（177）邵元长：令1，慈溪（浙江），序《录鬼簿》。

（178）周浩：令1，与钟嗣成同时。

（179）郏经：令1，陇右（青海），至正进士，杂剧四种俱佚。

（180）汪元亨：令100套1，饶州（江西）徙常熟（江苏），浙江省掾，杂剧三种俱佚、《归田录》百篇。

（181）孟昉：令13，西域人寓北平，江南行台监察御史。

(182)黑老五：套1，不详。

(183)刘伯亨：套1，瞽者。

(184)一分儿：令1，歌伎。

(185)张玉莲：残曲2，元末倡优。

(186)全普庵撒里：小令联句，高昌（山东），监察御史、江西省参政。

(187)刘婆惜：小令联句，江右（江西），乐人李四妻。

(188)萧德润：套1，不详。

(189)杨维桢：套1，诸暨（浙江），七十三，《泰定进士》《署天台尹》《东维子集》《铁崖古乐府》《丽则遗音》。

(190)夏庭芝：令2，松江（江苏），《青楼集》。

(191)倪瓒：令12，无锡（江苏），《清閟阁集》。

(192)刘庭信：令39套7，以填词为业。

(193)李邦佑：令4，不详。

(194)赵君祥：套1，不详。

(195)邵亨贞：令3，云间（江苏），松江府学训导，《野处集》《蚁术诗选》《蚁术词选》。

(196)梁寅：令2，新喻（江西），隐居教授，《石门词》。

(197)舒頔：令3，绩溪（安徽），丹徒校官，《贞素斋集》《北庄遗稿》。

(198)季子安：套1，不详。

(199)杨景华：作品或作属季子安，不详。

(200)高明：令2套1，永嘉（浙江），至正进士、处州录事、丞相掾，《琵琶记》《柔克斋集》。

(201)陈克明：套1，不详。

(202)汤式：令170套68残套1，象山（浙江），《笔花集》、杂剧二种俱不存。

（203）杨讷：令2套1，蒙古人，居钱塘（浙江），杂剧四种存二种。

（204）李唐宾：令1套1残套1，广陵（山西），淮南省宣使，杂剧二种存一。

（205）王元和：套1，不详。

（206）兰楚芳：令9套3，西域人居江西。

（207）李子昌：套1，不详。

（208）胡用和：套2，不详。

（209）谷子敬：套2，金陵（江苏），枢密院掾史，杂剧五种存一。

（210）詹时雨：套1，福建，补《西厢·弈棋》。

（211）张碧山：套1，不详。

（212）张氏：套1，元妓。

以上去其疑似者，盖得二百余人，其中生平不详者五十四人。兹得各项统计如下：

1. 籍贯：河北33人（含大都7人），浙江21人（含杭州9人），山东13人，江苏12人，山西11人，河南8人，江西8人，安徽3人，陕西3人，湖南2人，青海、福建、吉林各1人，蒙古3人，西域4人，高丽1人。

2. 身份：官员76人，倡优7人，隐士5人，坐贾、乐工各1人，有文集、诗集者3人，兼作杂剧者34人，兼作南戏者2人。

3. 存曲100以上者9人，20以上者34人。

由第一项统计可见：元代散曲作家几乎涵盖全国各民族，其

第一章 绪论

中河北和浙江可以说是江南江北的两个重心,而且就其时代来看,前期偏向北方,后期偏向南方。这种情形正好和元杂剧的情形完全相符,但据日人青木正儿《中国近世戏曲史》所统计的元杂剧作家地理分布,只得河北、山东、山西、河南、安徽、浙江、江苏、江西等八省,较元人散曲的十二省三个地区是要狭隘些。元杂剧体制繁复,讲究布局排场,非一般作者所能率尔操觚;散曲则只曲联套,用以抒情写怀、咏物叙事,犹如唐诗宋词,故作者易多,地域易广。

由第二项统计可见,元人散曲作家的身份遍及各个阶层,风气所及,倡优商贾亦能自制新声且达官贵人亦能即兴赋咏。明胡侍《真珠船》卷四"元曲"条云:

> 元曲如《中原音韵》《阳春白雪》《太平乐府》《天机余锦》等集,范张鸡黍、王粲登楼、三气张飞、赵礼让肥、单刀会、敬德不伏老、苏子瞻贬黄州等传奇,率音调悠圆,气魄弘壮。后虽有作,鲜与之京矣。盖当时台省元臣,郡邑正官及雄要之职,尽其国人为之。中州人每每沉抑下僚,志不获展,如关汉卿入太医院尹(尹应作户),马致远江浙行省务官,宫大用钓台山长,郑德辉杭州吏,张小山首领官,其他屈在簿书,老于布素者有之。于是以其有用之才,而一寓之乎声歌之末,以舒其怫郁感慨之怀,盖所谓不得其平而鸣焉者也。

胡侍所说的《中原音韵》是一部韵书,其中所选的曲子很有限;所说的"传奇"指的就是元杂剧。虽然日人吉川幸次郎《元杂剧研究》上编第二、第三章考述元杂剧作家的事迹和时代,主旨在说明许多元杂剧作者都是有教养、有身份的人士,不像一般人所误解的那样弇陋微贱。但无论如何，元杂剧作家八十余人中除史樟官至武昌万户、赵公辅儒学提举、张择淮东道宣慰使司外，莫不是布衣士人、教坊演员或名位不著的省掾令史，胡侍的话语是不能否认的。而若就散曲来观察，则胡侍之语便大大不然。上文统计作家中有诗文集的就有三十六人，这显示了传统文人也同样争相制作散曲；又官员七十六人中，像刘秉忠、张子益、商挺、不忽木、阿鲁威、张子友、贾固、张养浩等皆为中枢要员，张弘范、伯颜、李罗御史等甚至封王，其他翰林学士等显官，亦不乏其人；可见元人散曲在当代事实上是已经被承认的新诗体，它取代了唐诗宋词，而在酒宴歌席间供人浅斟低唱。

由第三项统计，可见散曲虽为当代所承认而为新诗体，但其文学地位尚不能与传统的唐诗宋词并立，所以作家以之为专集的极少，作品也极易散佚不存。《全元散曲》之总数才数千，较之全唐、全宋诗词之以万计，不难看出时人轻重之别。（元朝享国虽短，但时代晚近，作品应易保存。）又像卢挚、冯子振、贯云石、张养浩、刘时中、薛昂夫、张可久、徐再思等皆为散曲名家，作品亦多，而皆不作杂剧，除张养浩以外，又皆无其他诗文集，因此可以说是散曲的专业作家。

第二章 认识元人散曲

一、起源

　　音乐有音乐的旋律，语言有语言的旋律，我国的文学，无不讲究音乐旋律和语言旋律的配合。所以《诗》三百篇，孔子都拿来弦歌，《楚辞·九歌》，就是沅湘一带的祀歌。降而汉乐府的延年协律、唐诗的旗亭画壁、宋词的酒筵歌席，没有不用以谱入管弦。而曲独得乐曲之名，其与音乐的关系，实较乐府、诗词更加密切。也就是说，曲所讲究的是音乐旋律与语言旋律的融合无间，是韵文学发展的极致。所以若论曲的起源，可以上溯自生民之始的《钧天九奏》《葛天八阕》。而语言毕竟随时空而转变，音乐亦然；元曲既承唐宋之后，其继承唐宋乐曲亦甚自然。王国维《宋元戏曲考》就元曲三百三十五调分析其渊源，出于宋代大曲者十一，出于唐宋词者七十五，出于诸宫调者二十八。

　　按宋代大曲见于宋史乐志凡十八调四十大曲。其十八调即：正宫调、中吕宫、道调宫、南吕宫、仙吕宫、黄钟宫、越调、大石调、双调、小石调、歇指调、林钟商、中吕调、南吕调、仙吕调、黄钟羽、般涉调、正平调；由此可以看出元曲所谓"宫调"的直接渊源。又近人《宋代歌舞剧曲录要》总论归纳宋代大曲演奏次第，可分成三部分如下：

　　（一）**散序**：123456；

　　（二）**排遍**（亦名中序）始有拍：歌头（引歌）、123456789（延遍）带花遍10撷（遍花十八正颠）；

第二章　认识元人散曲

（三）入破（舞者入场）：1 2（虚催）3（前衮）4 实催（催拍）5 中衮 6 歇拍 7 煞衮彻。

以上三部分的阿拉伯数字系表遍数（即乐章），所列系约略为之，多少其实不等。由此可见宋大曲系一套组织相当严密的宫廷舞曲。元曲的套数虽采用联合式，与其采用编排式之组成方式有别，而元人北曲套数之分首曲、正曲、尾曲，以及南曲套数之分引子、过曲、尾声，实与其"三部分"相同；至于北曲之煞尾有多至数曲者，其组织又甚为谨严，凡此更与大曲之结构相似。

宋代歌曲另有所谓"传踏"，亦谓之"转踏"或"缠达"。它的体制，在北宋是：前有勾队词，后以一诗一曲相间循环，多少不等；终以放队词，用七绝。北宋之末，则勾队词变为引子，放队词变为尾声；曲前之诗，后亦变而用他曲，故引子后只有两腔循环。这种"缠达"的结构方式，元曲的正宫套曲亦复如此，可见其所从出。

至于联合数曲而成一套乐曲的情形，则始见于宋代的《鼓吹曲》。宋大驾鼓吹，恒用导引、六州、十二时三曲。梓宫发引，则加祔陵歌；虞主回京，则加虞主歌，各为四曲。南渡后郊祀，则于三曲外，又加奉禋歌、降仙台二曲，共为五曲。这种联套的方式，事实上已和南北曲不殊。

这种联合数曲而成一套乐曲的方式，在通俗乐曲中，则见于诸宫调和赚词。王灼《碧鸡漫志》卷二云：

熙宁、元丰间，泽州孔三传始创诸宫调古传，士大夫皆能诵之。

又吴自牧《梦粱录》卷二十云：

说唱诸宫调，昨汴京有孔三传，编成传奇灵怪，入曲说唱。

又周密《武林旧事》卷六所载南宋诸色艺人，诸宫调传奇有高郎妇等四人，则诸宫调南北宋均有之。所谓诸宫调即是运用各种宫调中的套曲来说唱故事的一种文学，现存有金章宗时《董解元西厢记诸宫调》、无名氏《刘知远诸宫调》，以及元王伯成的《天宝遗事诸宫调》。叶庆炳先生在《诸宫调在文学史上的地位》中说：

诸宫调的曲调以词为主，词之蜕变为南北曲，在诸宫调中留有极明显的痕迹。例如宋词都有前后两叠，至南北曲则几乎都把后叠减省，独用前叠。诸宫调大致还遵照词调，但已有少数调子把后叠减去，南北曲只有一叠之风，实以此为滥觞。再如词调字数固定，不能任意增加衬字。至北曲简直很少有不用衬字的曲文；南曲也有衬字，只是较少。这种风气，又是起于诸宫调，诸宫调所采用的词调，大多已加上衬字了。又在用韵方面，词不能四声通押，北曲四声通押的现象极普通，南曲也有这样的作法，只是入声还有时独用。这种四声通押之法，在诸宫调里又已大量采用了。总之，南北曲无论在曲调、结构或技巧上，都受诸宫调的影响，只是北曲所受的影响较大，所以人们称诸宫调为北曲之祖，而把它和南曲的关系忽略了。

郑骞《董西厢与词及南北曲的关系》（见景午丛编）一文中也说《董西厢》"是一部从词到曲蜕变时期的作品，也是南北曲将分未分时的作品。往上说与词有关；往下说不只为北曲之祖，与南曲也有极密切的关系"。因其论"董西厢与北曲的关系"是从宫调、曲调、尾声格式、套式组织、音乐用韵及方言俗语六方面来说明，从而见出《董西厢》在这六方面被北曲所沿用，可见像《董西厢》这样的说唱文学，与北曲的传承关系是多么密切。

第二章 认识元人散曲

至于赚词，吴自牧《梦粱录》卷二十云：

绍兴年间，有张五牛大夫，因听动鼓板中有太平令或赚鼓板（即今拍板大节抑扬处是也），遂撰为赚。赚者，误赚之义，正堪美听中，不觉已至尾声，是不宜为片序也。又有覆赚，其中变花前月下之情及铁骑之类云云。

王国维于《事林广记》（日本翻元泰定本）戊集卷二发现名为《圆社市语》的一篇赚词，最前面为"遏云要诀"，说明唱赚的规例，其次为"遏云致语"，是一首"鹧鸪天"词，说明全篇大意，然后才是正文，计用中吕宫紫苏丸、缕缕金、好女儿、大夫娘、好孩儿、赚、越恁好、鹘打兔、尾声等曲。这一篇赚词，具见《宋元戏曲考》。王国维说：

其曲名则缕缕金、好孩儿、越恁好三曲，均在南曲中吕宫，紫苏丸则在南曲仙吕宫，北曲中无此数调。鹘打兔则南北曲皆有，唯皆无大夫娘一曲。盖南北曲之形式及材料，在南宋已全具矣。

南北曲主要是因为我国江南江北地气不同，所以在声乐上各有特质，它们的形成，也应当在宋金对峙的时候。

像诸宫调和唱赚那样的说唱文学，为南北曲提供了形式和材料。同时，在伴奏乐器方面，说唱文学照样有丰富的资源。叶德钧《宋元明讲唱文学》云：

宋代瓦市勾栏艺人的"说话"，在做场时大抵有音乐和歌唱：如合生的歌咏讴唱（《洛阳缙绅旧闻记》卷一、《夷坚支志·乙集》

卷六），商谜用鼓板吹"贺圣朝"（《都城纪胜》）。所谓"鼓板"是用鼓、笛、拍板（《武林旧事卷》六）合奏。这两类都不是讲唱文学，但和它们有密切关系。至于讲唱文学更不能离开音乐和歌唱而独立存在。如宋代说话，即小说又名"银字儿"，是因讲唱时用银字笙、银字觱篥配合歌唱而得名；鼓子词用管弦乐和鼓伴奏（《侯鲭录》卷五）；赚词用鼓、笛、拍板（《事林广记》戊集卷二）和弦索（《癸辛杂识别》集下）；说唱诸宫调，宋代以"鼓板之伎"的众乐伴奏（《梦粱录》卷二十），金元时以筝和琵琶为主。元代说唱货郎儿用鼓（《风雨像生货郎旦》杂剧）；驭说用拍板和门锤（《秋涧先生大全文集》卷七十六）；说唱一般词话用琵琶（《遗山先生文集》卷三十六）。

这些说唱文学所用的伴奏乐器，显然大多数为南北曲所袭用。

另外胡乐的进入，对于元曲的成长也有极大的影响。曾敏行《独醒杂志》卷五云：

先君尝言，宣和末客京师，街巷鄙人，多歌番曲名曰异国朝、四国朝、蛮牌序、蓬蓬花等，其言至俚，一时士大夫亦皆可歌之。

又明张琦《衡曲麈谈》云：

自金元入中，所用胡乐嘈杂缓急之篥不能按，乃更制新词以媚之；作家如贯酸斋、马东篱辈，咸富于学，兼擅音律，擅一代之长……大江以北，渐染胡语。

徐渭南《词叙录》也说：

第二章　认识元人散曲

> 今之北曲,盖辽金北鄙杀伐之音,壮伟狠戾,武夫马上之歌,流入中原,遂为民间之日用。宋词既不可被之管弦,南人亦遂尚此,上下风靡,浅俗可嗤。

可见元曲兴起,并形成独特的气质,乃得力于胡乐的注入新血,而风气所趋,不止民间为之披靡,就算是士大夫亦渐染而不自知了。

根据陶宗仪《辍耕录》的记载,元时的"达达乐器"是:筝、築、琵琶、胡琴、浑不似之类。"其所弹之曲,与汉人曲调不同。"他们惯用的曲是:

大曲:哈八儿图、口温、也葛倘兀、畏兀儿、闵古里、起土苦里、跋四土鲁海、舍舍粥、摇落四、蒙古摇落四、门弹摇落四、阿耶儿虎、桑哥儿苦不丁(江南谓之孔雀双手弹)、答剌(谓之白翎雀双手弹)、阿厮阑扯强(回盏曲双手弹)、苦只把其(吕弦)。

小曲:哈儿火失哈赤(黑雀儿叫)、阿林捺(花红)、曲律买、者归、洞洞伯、牝畴兀儿、把担葛失、削浪沙、马哈、相公、仙鹤、阿木水花。

回回曲:伉俚、马黑某当当、消泉当当。

像这些纯粹新传入的乐曲,音调乐器既与中原大异,自然有重新创制新声新词的必要,元曲中像忽都白、呆骨朵、者剌古、阿纳忽等,便在这种情形下诞生。《太和正音谱·曲论》"国朝一十六人"条云:

> 大概作乐府切忌有伤于音律,乃作者之大病也。且如女真风流体等乐章,皆以女真人音声歌之,虽字有舛讹,不伤于音律者,

不为害也。

女真风流体等乐章要以女真人音声歌之,那么改调的蒙古、回族乐曲,也应当以蒙古、回族音声来歌唱了。

二、体制

曲以作用分,有散曲、剧曲;散曲无科白,剧曲有科白,科白即动作和宾白。散曲又大别为散套与小令,兹先就其体制,表列其名类,而后一一略予说明:

下面根据任讷《散曲概论》,酌取其说:

(一)散套与小令之分:散套联合同宫调或管色相同之曲而成,首尾一韵;小令大多数为只曲,每首各自为韵。

(二)寻常小令:指单阕之曲,为曲中之至简者,与诗一首、词一阕相当。如关汉卿《双调大德歌》:

风飘飘,雨潇潇,便做陈抟也睡不着;懊恼,伤怀抱,扑簌簌泪点抛。秋蝉儿噪罢寒蛩儿叫,渐零零细雨洒芭蕉。

(三)摘调:指从套曲中摘出之曲调,犹如词中之摘遍,所摘之调必是套中精粹者。如《中原音韵》作词十法所附定格四十首中之"雁儿落带得胜令",调下注一"摘"字即是。按此曲题目咏指甲,曲文如下:

第二章　认识元人散曲

宜将斗草寻，宜把花枝浸，宜将绣线匀，宜把金针纴。宜操七弦琴，宜结两同心，宜托腮边玉，宜圈鞋上金。难禁，得一掐通身沁；知音，治相思十个针。

曲文的前半即"雁儿落"，后半即"得胜令"。

（四）带过曲：即作者填一调毕，意犹未尽，再续拈一他调，而此两调之间，音律又适能衔接。倘两调犹嫌不足，可以三之，但到三调为止，不能再增。北带北之例，如正宫脱布衫带小梁州、南吕骂玉郎带感皇恩、采茶歌；南带南之例，如双调朝元歌带朝元令；南北兼带之例，如南中吕红绣鞋带北红绣鞋。举之摘调"雁儿落带得胜令"，亦可作北带北之实例。

（五）集曲：集各数调之美声而腔板可以衔接者以为一新曲，此南曲为盛，如仙吕九回肠乃集解三酲首至七、三学士首至合、急三枪四至末而成。北曲亦有之，如黄钟刮地风犯乃集挂金索首至四、刮地风四至末而成。另一种集曲乃以一曲保留首尾而犯以他调，北曲如《货郎旦杂剧》，其正宫九转货郎儿二转乃合货郎儿首三句、中吕卖花声二至四、货郎儿末句而成；南曲如仙吕"二犯桂枝花"乃合桂枝香首至四、四季花四至合、皂罗袍五至八、桂枝香九至末而成。兹举无名氏《货郎旦杂剧》"转调货郎儿六转"为例：

（货郎儿首三句）我则见黯黯惨惨、天涯云布，万万点点、潇湘夜雨。正值着窄窄狭狭沟沟堑堑路崎岖。

（正宫叨叨令首句）黑黑黯黯彤云布。

（中吕上小楼三至末）赤留出律，潇潇洒洒，断断续续，出出律律,忽忽鲁鲁,阴云开处。霍霍闪闪、电光星注。

(幺篇首至八)怎禁那飚飚摔摔风,淋淋渌渌雨。高高下下,凹凹凸凸,水渺模糊。扑扑簌簌,湿湿渌渌,疏林人物。

(货郎儿末句)却便似惨惨昏昏潇湘水墨图。

再举北仙吕"三犯后庭花"为例,见杨景贤《西游记》杂剧第十三折:

(元和令全)将抬着花轿篮,妆裹着酒食担。就小亭开宴破橙柑。玉山摧不用搀,相期相约两相耽,是和非一任谈。

(后庭花末句)尽傍人将冷句搀。

(青哥儿首至三)对上了菱花菱花鸾鉴,非是我故贪淫滥,夫妇之情仔细参。

(青哥儿增句)见你富时节承览,贫时节虚赚,不得和咸。

(青哥儿末两句)君居地北我天南,我怎肯将郎君陷。

(六)重头:即头尾悉同之调一再重复使用,犹如诗词中之联章。李开先、王九思之百阕《傍妆台》即是。

(七)同调重头演故事者:此对下一类异调而言。如《雍熙乐府》卷十九所载《摘翠百咏小春秋》,用"小桃红"一百首,从张生离洛阳叙起,直至崔张团圆,一同赴官为止。

(八)异调间列演故事之小令:如《乐府群玉》所载,与朱士凯《双渐小青问答》用庆东原、天香引、凤引雏、凌波仙、天香引、凌波仙、天香引、凌波仙、天香引、凌波仙、天香引、凌波仙等十二首。

第二章　认识元人散曲

（九）南北分套：此对下文"南北合套"而言，北套之例如：仙吕点绛唇、混江龙、油葫芦、天下乐、那吒令、鹊踏枝、寄生草、煞尾。其中，点绛唇为首曲、煞尾为尾曲，混江龙等六曲为正曲。南套之例如：商调引子绕池游、商调过曲字字锦、不是路、满园春、前腔、尾声。南套有引子、过曲、尾声。

（十）南北合套：合套之律当一南一北相间不乱，要在南北两调之声韵恰能衔接而和美。如北中吕粉蝶儿、南泣颜回、北石榴花、南泣颜回、北斗鹌鹑、南扑灯蛾、北上小楼、南尾声。

（十一）寻常无尾声之套：北套唯所用之末调可以代替尾声者，则不再用尾，如商调套曲以浪来里结、双调套曲以清江引结者，均不用尾。南套寻常无尾声者在散曲中极少，有之，则下列所谓重头无尾者。

（十二）重头无尾声之套：唯南曲有之。重头以无尾声为惯例。如越调引子祝英台近、越调过曲祝英台、前腔、前腔、前腔。

（十三）重头有尾声之套：北曲至简之套有一调一煞者，稍长则为一调一幺篇一煞，如南套中重头加尾声。南曲之例，如：黄钟引子西地锦、黄钟过曲降黄龙、前腔、前腔、前腔、太平令、前腔、黄龙衮、前腔、尾声。

以上十三类，元人常用者为寻常小令、带过曲、散套三类，而以北曲为主。南曲虽后期见诸制作，但为数极少。所以论元人散曲，仅就北曲而论即可大抵不差。下文论规律，将省去南曲。

三、规律

上文说过,曲所讲究的是音乐旋律与语言旋律的融合无间,是韵文学发展的极致。也因此,曲律较之诗律、词律更为谨严。清黄周星《制曲枝语》云:

诗降而词,词降而曲,名为愈趋愈下,实则愈趋愈难。何也?诗律宽而词律严,若曲则倍严矣。按格填词,通身束缚,盖无一字不由凑拍,无一语不由扭捏而能成者。故余谓曲之难有三:叶律一也;合调二也;字句天然三也。尝为之语曰:"三仄更须分上去,两平还要辨阴阳。"诗与词曾有是乎?

叶律是指按照曲牌的格律填词,合调是指声情词情的合一。李渔《笠翁剧论》论曲之音律时,认为是最苦之事。他说:

填词一道,则句之长短,字之多寡,声之平上去入,韵之清浊阴阳,皆有一定不移之格。长者短一线不能,少者增一字不得;又复忽长忽短,时少时多,令人把握不定。当平者平,用一仄字不得;当阴者阴,换一阳字不能。调得平仄成文,又虑阴阳反复;分得阴阳清楚,又与声韵乖张。令人搅断肺肠,烦苦欲绝。此等苛法,尽勾磨人。

他所说的"填词",指的就是"制作曲词"。曲的规律之所以如此之难,原因就是我们一再说过的,要讲求语言旋律与音乐旋律的融合无间。为此,请先说明语言旋律。

1. 语言旋律

所谓语言旋律是指语言的声调、韵协和长度所构成的节奏感,这种节奏感本就具备在语言的形式之中,并不因为语言意义的感染力不同,或因人不同而有所变易。所以构成语言旋律的基础,可以说就是声调、韵协和语言长度。

声调是中国语言所特有的,分作平、上、去、入四声。

平声平道莫低昂,上声高呼猛烈强;
去声分明哀远道,入声短促急收藏。

这是《康熙字典》教人分辨四声的方法。其实四声本身并无高低、强弱之别,拿它发声的方法和现象来观察,则具有两个特质:其一是有平与不平两类,平的就是"平声",不平的就是"上声""去声""入声",也因此上去入三声合称"仄声"。其二是有长短之别。平上去三声,只要气足,其发声可以无限延长,算是长音;入声由于收塞音韵尾,所以一发声就马上被切住,不能往下延伸,算是短音。所谓塞音韵尾,就音标来表示,即双唇清塞音 p,舌尖清塞音 t,舌根清塞音 k,由于它们位处韵尾而塞住语音,所以"入声短促急收藏"。

就因为四声具有这样的两个特质,所以四声间的配合,便会

由其升降幅度大小变化和长短的异同,而产生不同的节奏感。譬如:

卑官(平平)、卑鄙(平上)、卑劣(平去)、卑职(平入)。
保镖(上平)、保管(上上)、保护(上去)、保结(上入)。
被单(去平)、被酒(去上)、被动(去去)、被服(去入)。
北方(入平)、北里(入上)、北面(入去)、北极(入入)。

由上例可见同声调的组合:平平,有平舒之感;入入,有激促之感;去去,有劲切之感;而上上连用,则由于其升降幅度在有限的语言段落里,曲折变化过甚,我们的发声器官无法连续地将其正确声调传达出来,所以必须将其上字变调为平,乃能读出来;也因此,上上连用,便成了韵文学的忌讳。至于不同声调的组合:大抵邻近的两个声调,如平上、上平、上去、去上、去入、入去比较和谐,而尤以上去、去上最为美听,故词曲中的务头主腔(即声情、词情最佳处),往往施之。不相邻的两个声调,如平去、平入、去平、入平,则显得率切;上入、入上,由于上声先抑后扬的特质,故尚称谐美。

就曲来说,南曲尚保有四声;而北曲则入声消失,但平声分阴阳。也就是说,北曲的声调是:阴平、阳平、上、去汉"四声"。这"四声"和上文所说的唐宋"四声"不完全相同,却和今日普通话的四声完全相同。保存唐宋"平声"不曲折之特质的,事实上只是"阴平","阳平"则已经有升扬之趋势;至于"入声",则分派到平上去三声中而自然消失了,所以北曲中已无逼促之调。

韵协,是运用韵母相同、前后复沓的道理,把易于散漫的音声,借着韵的回响来收束、呼应和贯穿。它好比贯珠的串子,有了它,才能将颗颗晶莹温润的珍珠穿成一串价值连城、与美人相得益彰的饰物;它又好像竹子的节,将平行的纤维素收束成经霜耐风的长竿,它那袅娜摇曳的清姿,完全依赖那环节的维系。

韵协对于语言旋律的影响,可以从以下几个方面来观察:

① 韵脚的声调:这又可以分作两种情况:一是四声分押,一是四声通押。四声分押的情形,大抵押平声韵的声情较为平舒,押上声韵的较为抑扬,押去声韵的较为劲切,押入声韵的较为遒峭,正与四声的特质相应和。四声通押,并非是四声可以随意押韵,而是哪些韵脚该用平声,那些该用仄声或上去入声都不能随便,但由于打破限用一声的界限,无形中韵部的范围加宽,节奏抑扬变化,较为合乎自然的语势。曲中押韵以四声通押的情形为多。

② 韵脚的疏密:韵脚的布置有均匀与疏密之分。大抵用韵均匀的,节奏的急徐较为合度;用韵较疏的,节奏较为弛缓;用韵较密的,节奏较为快速。因为韵的作用是将涣散的声音收束,收束的密度大,自然是快节奏;反之则松弛而缓慢。曲的韵脚通常布置得很紧密,句句押韵的情形相当多,所以比起诗词来节奏要快些。

③ 句中藏韵:所谓"藏韵",即指韵脚之外,在句中音节停顿处的"韵字"。如乔吉《金钱记·点绛唇》:

书剑生涯,几年窗下学斑马。吾岂匏瓜,待一举登科甲。

第二句中打"△"记号的"下"字,就是"藏韵"。在格式上它们虽然是不可分割的一个句子,可是由于其音节停顿处,出现和韵脚叠韵呼应的"韵字",于是在节奏感上,此句被拦腰收束,破折为两句,使原来顺读紧凑的声调,发生了顿挫缓慢的变化。

北曲所用的韵,可以以元人周德清所作的《中原音韵》为准则,兹列其十九韵部如下,并以音标标示其所含之韵母:

一、东钟（uŋ, iuŋ）

二、江阳（aŋ, iaŋ, uaŋ）

三、支思（ɿ）

四、齐微（ì, uei, ei）

五、鱼模（iu, u）

六、皆来（ai, iai, uai）

七、真文（ən, iən, uən, yən）

八、寒山（an, ian, uan）

九、桓欢（on）

十、先天（ien, yen）

十一、萧豪（au, iau, au）

十二、歌戈（o, uo）

十三、家麻（a, ua, ia）

十四、车遮（ie, ye）

十五、庚青（iəŋ, əŋ, yəŋ, uəŋ）

十六、尤侯（iou, ou）

十七、侵寻（iəm, əm）

十八、监咸（am, iam）

十九、廉纤（iem）

每一个韵部都有其特质。因为韵包含介音、元音、韵尾、声调四个因素，介音有开合洪细，元音有前后高低，韵尾有有无与舌尖、舌根、双唇鼻音、塞音之别，所以它们所产生出来的声情自然有别。大抵说来，东钟沉雄、江阳壮阔、车遮凄咽、寒山悲凉、先天轻快、鱼模舒徐、支思幽微、家麻放达、皆来潇洒，收双唇鼻音韵尾的侵寻、监咸、廉纤三部，算是比较少用的"险韵"。也因为

第二章　认识元人散曲

韵部有特殊的声情，所以高明的作家，也就注意到"选韵"，以谋声情、词情的和谐无间，但这并非绝对的原理，只是纯粹的音感而已。譬如《长生殿弹词》折转调货郎儿第七转云：

破不剌、马嵬驿舍，冷清清、佛堂倒斜。一代红颜为君绝，千秋遗恨滴罗巾血；半棵树、是薄命碑碣，一抔土、是断肠墓穴。再无人过荒凉野，莽天涯谁吊梨花树。可怜那抱幽怨的孤魂，只伴着呜咽咽的望帝悲声啼夜月。

此曲写李龟年弹唱《天宝遗事》，凭吊杨贵妃马嵬死难，声情凄咽感人，而正用车遮韵。

就因为声韵的原理关系到语言旋律和音乐旋律配合的问题，所以历来论曲者都很讲究声韵。明王骥德《曲律》一书，旨在讨论作曲的方法，其《论曲禁第二十三》则可以说是此书的结论。他开头说："曲律，以律曲也。律则有禁，具列以当约法。"然后列出了"四十禁"，其中"重韵、借韵、犯韵犯声、平头、合脚、上上叠用、上去去上倒用、入声三用、一声四用、阴阳错用、闭口叠用、韵脚多以入代平、叠用双声、叠用叠韵、开闭口韵同押、宫调乱用、紧慢失次"等十八禁，都是有关声韵的问题。元周德清《作词十法》对于声韵，已经论及要知韵（无入声，止有平上去三声）；入声作平声，施于句中，不可不谨；平声字要辨阴阳；要知某调某句是务头，可施俊语于其上。而伯良（王骥德字）则更加谨密，他认为"曲之不美听者，以不识声调故。"识声调之法"须先熟读唐诗，讽其句字，绎其节拍，使长灌注融液于心胸口吻之间，机括既熟，音律自谐，出之词曲，心无沾唇拗嗓之病"（《论声调第十五》）。可见他讲求的所谓"声调",是指曲的整个语调气势而言。文学的语调气势,尤其是韵文学,无非寄托在自然音律和人工音律之中,而构成音律的主要因素,则是声和韵。

明东山钓史《九宫谱定总论》,对于声韵之理,也有颇为精辟的见解,其《平仄论》云:

凡诸曲之叶处,平而可以使仄者不多。于能自讴,而或任意用之,无碍也。至每句所定四声,或于上去入统用一仄字代之,此平仄断不可淆也。且有数曲,上去亦不可易。盖上声之腔,自下而上;去声之腔,自上而下;大见不同。若入声作叶,借北音为腔,不得已也。其或一曲而谱彼此平仄异,则从其当者,毋以爱文字而强置之,致不协调。

四声各有特质,如果误用,自然要妨碍语言旋律与音乐旋律的融合,所以该上去的不能用去上,该平的也不能用仄。又其《韵论》云:

用韵之杂,无碍于讴,然而声不工矣。先天之溷于盐咸,固不辨闭口与否之异;即先天溷于桓欢,为微开,为中空,岂一律哉!如支思之列于齐微,颇为诗韵所惑;以庚青而奸真文,则尤不可解矣。作者须知大出便用广韵,不至以险字自苦,亦一法也。

混韵的缘故,不外乎因为韵部的主要元音或韵尾相近而互相假借取协。但因为它们毕竟有别,所以语言旋律的呼应感便相对减低,甚至于不自然。也因此论曲者都反对混韵。王骥德《曲律·论韵第七》的言语更为激烈:

第二章 认识元人散曲

元人谱曲,用韵始严。德清生最晚,始辑为此韵(即《中原音韵》),作北曲者守之,兢兢无敢出入。独南曲类多旁入他韵,如支思之于齐微、鱼模,鱼模之于家麻、歌戈、车遮,真文之于庚青、侵寻,或又之于寒山、桓欢、先天,寒山之于桓欢、先天、监咸、廉纤,或又甚而东钟之于庚青,混无分别,不啻乱麻,令曲之道尽亡,而识者每为掩口。北剧每折只用一韵;南戏更韵,已非古法,至每韵复出入数韵,而恬不知怪,抑何窘也!

元曲用韵谨严,混韵的情形极为少见;南戏久在民间,取协方言口语,初无所谓韵书,律以中原雅音,自然要感到乖舛。伯良似乎不知声韵因空间而有别,但他对于古今音变的道理却颇有明确的见解。他批评《中原音韵》的韵目既用二字而不取一阴一阳之失,又认为其韵字之归类及韵协之分部已有不合时代的现象。他说:"德清可更沈约以下诸贤之诗韵,而今不可更一山人之词韵哉?"于是,"多取声洪武正韵,遂尽更其旧,命曰南词正韵"。王骥德之所以反对《中原音韵》,别创南词正韵,目的是"为南词而设",这种见解是对的。东山钓史又有《字论》云:

字有五音:为唇、为舌、为齿、为鼻、为喉;此外为撮口,为满口,为开口,为闭口,为穿牙缩舌,为半满半撮等,尤宜细辨:如江阳之收鼻音,九开而一收,否则逸于家麻;庚青之收鼻音,一开而九收,否则逸于真文;东钟之收鼻音,五开而五收,否则逸于鱼模。况一字有三声,有起有腹有尾,古人言之详矣。至于此韵误收别韵,贤者不免,吾意歌工尽去其愎,去其傲,则几矣。

这段话的主要意思是说歌唱曲子时,咬字要清楚,他的理论基础是在发音部位和发音方法,部位和方法有所偏差,字音便要错乱。其中尤可注意的是"一字有三声",即"有起有腹有尾",关于这一点,明沈宠绥的《度曲须知》云:

> 嘉隆间,有豫章魏良辅者,流寓娄东、鹿城之间。生而审音,愤南曲之讹陋也,尽洗乖声,别开堂奥:调用水磨,拍捱冷板,声则平上去入之婉协,字则头腹尾音之毕匀,功深镕琢,气无烟火,启口轻圆,收音纯细。

可见"一字有三声",其实是"调用水磨,拍捱冷板"的昆曲唱法,但这种唱法似乎是袭自元曲的传统,元人芝庵《唱论》云:

> 凡歌一声,声有四节:起末、过度、揾簪、撷落。

所说的"声有四节"的内容,虽不完全可解,但显然与水磨调的"头腹尾"有密切关系。芝庵《唱论》又云:

> 歌之格调:抑扬顿挫、顶叠垛换、萦纡牵结、敦拖呜咽、推提丸转、摇欠遏透。
> 歌之节奏:停声、待拍、偷吹、拽棒、字真、句笃、依腔、贴调。
> 凡歌一句:声韵有一声平、一声背、一声圆,声要圆熟,腔要彻满。
> 凡一曲中,各有其声:变声、敦声、杌声、啀声、困声、三过声,有偷气、取气、换气、歇气、就气,爱者有一口气。

第二章　认识元人散曲

可见元曲的歌唱非常讲究，已经到了纯艺术化的地步。《青楼集》中的歌伎，像顺时秀"姿态闲雅，杂剧为闺怨最高，驾头诸旦本亦得体；刘时中待制尝以'金簧玉管，凤吟鸾鸣'拟其声韵"；朱锦绣"杂剧旦末双全，而歌声坠梁尘"；赵真真"善杂剧，有绕梁之声"；赛帘秀"声遏行云，乃古今绝唱"；王玉梅"善唱慢调，杂剧亦精致，身材短小，而声韵清圆"。这些都是明显的例证。

如此说来，"一字三声"的唱法是很值得考究了，而其实这是音乐旋律与语言旋律密切融合无间的基础。关于其原理，沈宠绥早就考察出来，其《度曲须知·字母堪删》云：

予尝考字于头腹尾音，乃恍然知与切字之理相通也。盖切法即唱法也。曷言之？切者以两字贴切一字之音，而此两字中上边一字，即可以字头为之，下边一字，即可以字腹，字尾为之。

他的意思是说：一字分字头、字腹、字尾的唱法，和反切的道理正好一样。反切是古人注音的方法，譬如"东"字的反切为"多翁切"，就是说"东"字的字音是由"多"字的"字头"和"翁"字的"字腹""字尾"合成的。从我国韵文学的发展史来看，汉赋的"一宫一商"、六朝骈文的"唇吻调利"、沈约的"四声八病"、唐诗的"平仄韵协"，以及宋词之分上去入，元曲之别阴阳、一声四节，莫不努力使语言旋律与音乐旋律更为融合，而发展到了曲，可以说已经达到了极致。因此，曲也可以说是最能显现我国语言特质的一种文学。

最后说到语言长度。所谓"语言长度"，就我国的语言来说，是指一个句子所含的音节数。因为我国语言的特质是单音节，亦即一个字一个音节，以此类推，二字句的语言长度就是二音节，三字句就是三音节，四字句就是四音节，五字句就是五音节，六字句就是六音节，七字句就是七音节。韵文学的语言长度大抵不超过七音节，凡是超过七音节的句子，若不是含有带白或衬字的话，就非"摊破"不可。譬如南唐中主李璟有一阕词叫"摊破浣溪沙"：

菡萏香销翠叶残，西风愁起碧波间。（还与）韶光（共）憔悴，不堪看。

细雨梦回鸡塞远，小楼吹彻玉笙寒。（多少）泪珠（何）限恨，倚阑干。

如果我们把括号中的字当作"衬字"，那么这两句应当作"还与韶光共憔悴不堪看""多少泪珠何限恨倚阑干"，也就是它们的本格正字"韶光憔悴不堪看""泪珠限恨倚阑干"只是七字七音节；但是在这阕词里，括号中的字事实上已经侵入句中而成为正字，于是语言长度增为十字句十音节，由于过长，非语势所能一气贯下，所以必须"摊破"为两句。这阕词就是采取7、3的摊破形式，而分作"还与韶光共憔悴，不堪看""多少泪珠何限恨，倚阑干"两句。所以我们论韵文学的语言长度，只要从一言论到七言即可。

一言的句子，可以偶然出现，但不能构成韵文学的基本形式，因为这种单音节的句子，内涵贫乏、音节逼促，毫无"韵味"可言。二言的句子，相传有《古孝子歌》（一作《弹歌》）：

断竹，续竹，飞土，逐肉。

第二章 认识元人散曲

它的语言长度仍旧极为短小,本身自成一个语气上的停顿,同样没有什么"韵致"。但是三言以上至七言的句子,随着语言长度的累增,其音节的腾挪,就益加多韵多姿起来。举例如下:

三言:

① 21:狡兔、死,走狗、烹;飞鸟、尽,良弓、藏;敌国、破,谋臣、亡。(《史记·淮阴侯列传·古谣谚》)

② 12:转、朱阁,低、绮户,照、无眠。(苏轼《水调歌头》)

四言:

① 13:揾、英雄泪。系、斜阳缆。(辛弃疾《水龙吟》)

② 22:翠羽、摇风。淡月、疏篁。(贯云石《折桂令》)

五言:

① 23:殷勤、红叶诗,冷淡、黄花市。(乔吉《雁儿落》)

② 32:对人娇、杏花,扑人飞、柳花。(白朴《庆东原》)

六言:

① 33:长醉后、妨何碍,不醒时、有甚思。(白朴《寄生草》)

② 222:蔬圃、莲池、药栏,石田、茅屋、柴关。(张养浩《沉醉东风》)

七言:

① 223:朝吟、暮醉、两相宜,花落、花开、总不知。(孙周卿《水仙子》)

② 322:楚天秋、万顷、烟霞。(丘士元《折桂令》)
　　　　占清高、总是、虚名。(钟嗣成《水仙子》)

由以上所举的例子,可见三言的句子,有 21 和 12 两种音节形式,也就是说它的音步停顿有这两种形式。因为有停顿,音节就会有腾挪曲折,其形式不同,腾挪曲折的韵致也就不同。

· 055

元人散曲：大融合时代的文化硕果

我们再观察四言、五言、六言、七言，也同样各有两种音节形式：第一样形式的最末一个音节都是单数，第二样形式的最末一个音节都是双数。郑因百在《论北曲之衬字与增字》一文中（《幼狮学志》第十一卷第二期）谓前者为"单式"，后者为"双式"，并云：

> 单式双式二者声响不同，或为健捷激袅，或为平稳舒徐……诗中五言七言皆用单式，古风拗句偶可通融或故意出奇，近体如用双式即为失律。词曲诸调如仅照全句字数填写而单双互误，则一句有失而通篇音节全乱。

可见音节形式对于词曲的语言旋律非常重要。单式先抑后扬，故声情健捷激袅；双式先扬后抑，故声情平稳舒徐。句式单双的配合，是词曲以音节之长短快慢见旋律之抑扬顿挫的要素。一调如单用单式句，则节奏显得流利快速；如纯用双式句，则节奏显得重坠缓慢；单双式配合均匀，则节奏屈伸变化，韵致谐美。两调字数如果相近，则单式句多者节奏较快；双式句多者，节奏较缓。纯用单式句者，如蒋捷《虞美人》：

> 少年听雨歌楼上，红烛昏罗帐。壮年听雨客舟中，江阔云低，断雁叫西风。而今听雨僧庐下，鬓已星星也。悲欢离合总无情，一任阶前点滴到天明。

又如张可久《四块玉》：

第二章 认识元人散曲

晓梦云,残妆粉。一点芳心怨王孙,十年不寄平安信。绿水滨,碧草春,红杏村。

"虞美人"是词调,上下片末句皆作九字句,摊破为45的形式,仍属单式句;"四块玉"是曲调,除了两个七字句外,都是三字句,语言长度短小,显得更加"健捷激袅"。纯用双式句者如张炎《声声慢》:

穿花省路,傍竹寻邻,如何故隐都荒。问取堤边,因甚减却垂杨。消磨纵然未尽,满烟波、添了斜阳。空叹息,又翻成无限,杜老凄凉。
一舸清风何处,把秦山晋水,分贮诗囊。发已飘飘,休问岁晚空江。松陵试招旧隐,怕白鸥、犹识清狂。渐溯远,望并州、却是故乡。

又如马致远散套《无也闲愁》中的《锦上花》:

莫莫休休,浮生参透,能得朱颜,几回白昼。野鹤孤云,倒大自由;去雁来鸿,催人皓首。

上面一词一曲及"锦上花"都是四字的双式句,自然"平稳舒徐";张炎的词,其双数字句固然都作双式,而单数字句亦皆作双式句,所以自然要"声声慢"。词曲中纯用单式或双式的调子不多见,大多数是单双式配合使用。苏轼《水调歌头》:

明月几时有?把酒问青天。不知天上宫阙,今夕是何年?我欲乘风归去,唯恐琼楼玉宇,高处不胜寒。起舞弄清影,何似在人间。

转朱阁,低绮户,照无眠。不应有恨,何事长向别时圆。人有悲欢离合,月有阴晴圆缺,此事古难全。但愿人长久,千里共婵娟。

又如周密《玉京秋》:

烟水阔。高林弄残照,晚蜩凄切。碧砧度韵,银床飘叶。衣湿桐阴露冷,采凉花时赋秋雪。叹轻别。一襟幽事,砌蛩能说。

客思吟商还怯。怨歌长,琼壶暗缺。翠扇恩疏,红衣香褪,翻成消歇。玉骨西风,恨最恨,闲却新凉时节。楚箫咽,谁寄西楼淡月。

这两阕都是词。《水调歌头》上片九句,其中双式三句、单式六句;下片十句,其中双式六句、单式四句;所以上片的节奏显得比下片快。但通首十九句,双式九句、单式十句,故全调声情抑扬有致。《玉京秋》上片十句,双式八句,单式二句;下片九句,仅一句单式,故虽协短促之入声韵,但声情较《水调歌头》要缓慢得多。而《玉京秋》通阕九十一字,较之《水调歌头》尚少四字、四音节。再举两支曲子来看看。乔吉小令《六幺遍》:

不占龙头选,不入名贤传。时时酒圣,处处诗禅。烟霞状元,江湖神仙。笑谈便是编修院,留连,批风切月四十年。

又马致远散套《天赋两风流》中的《净瓶儿》:

莫效临歧柳,折入时人手。许持箕帚,愿结绸缪。娇羞,试穷究,博个天长和地久。从今后,莫教恩爱等闲休。

这两支曲子都是九句,前者四句单式,五句双式;后者六句单式,三句双式,字数只相差两字,但讽咏起来,后者要略微快些。

以上从语言的声调、韵协、长度三方面说明语言旋律的构成,这些都属有迹可循的因素和原理。另外语言旋律中的高低强弱,则只能诉诸对词意的感受。感受不同,则高低强弱,甚至于长短都会有别。盖意象感受鲜明,则注意力集中,所焕发出来的情趣,必然使音声随之而高而强而长;意象感受模糊,情趣浅薄,则音声自然随之而低而短而轻。同是一个字或是一个词汇,因其所处的地位和所表现意义的分量不同,则其声音的高低、长短、强弱也有所差异。所以意象的感受所产生的节奏,恐怕是语言旋律中最玄妙的一环,它虽然往往因人而异,但也有人同此心,心同此理的。譬如我们读曹操的《短歌行》,"对酒当歌,人生几何;譬如朝露,去日苦多。慨当以慷,忧思难忘;何以解忧,唯有杜康"一定和"青青子衿,悠悠我心;但为君故,沉吟至今;呦呦鹿鸣,食野之苹;我有嘉宾,鼓瑟吹笙"的情调不同。读杜甫"锦江春色来天地,玉垒浮云变古今"的气势,就不能同样拿来读"穿花蛱蝶深深见,点水蜻蜓款款飞"那种情趣的句子。苏轼的"大江东去,浪淘尽,千古风流人物"也不可以和"明月如霜,好风如水"相提并论。关汉卿的"依旧的水涌山叠,好一个年少周郎何处也?不觉的灰飞烟灭"也不可以和"藕丝翡翠裙,玉腻蜻蜓颈。妲己空破国,西子枉倾城"同日而语。凡此只好有赖"灵犀一点通"了。

2. 音乐旋律

谈完语言旋律，接着说音乐旋律。曲中的音乐旋律是建立在宫调、曲牌和腔板三个基础之上。曲牌又是语言旋律之所依托，使之与音乐旋律融合无间的凭借。兹就此三方面分别论述如下：

（1）宫调：所谓宫调，比照钢琴来说，就是 A 大调、B 大调、C 大调之类。我国的古乐有宫、商、角、徵、羽五音阶，后来又在角与徵之间增加变徵，羽与宫之间增加变宫，变徵与变宫都是半音，亦称变、闰。古时之宫、商、角、徵、羽、闰，即今日之上、尺、工、凡、六、五、乙七字；北曲用乙、凡，故为七音；南曲不用乙、凡，故为五音。

另外有所谓六律、六吕。黄钟、太簇、姑洗、蕤宾、夷则、无射是为六律，林钟、南吕、应钟、大吕、夹钟、仲吕是为六吕。此十二律吕是古代定音律时所用的吹管名称。它们之间因为长短不同，所以吹出来的音高低也不一样。它们之间的长短比例是以黄钟之长九寸为基准，用"三分损一，三分益一"和"隔八相生"的方法计算出来的。兹将十二律吕之各管，依其长短排列如下：

黄钟：九寸

大吕：八寸四分二厘八毫弱

太簇：八寸

夹钟：七寸四分九厘二毫弱

姑洗：七寸一分一厘一毫强

仲吕：六寸六分六厘七毫弱

第二章　认识元人散曲

蕤宾：六寸三分二厘一毫弱

林钟：六寸

夷则：五寸六分一厘九毫弱

南吕：五寸三分三厘三毫强

无射：四寸九分九厘四毫强

应钟：四寸七分七厘一毫弱

用这十二吕和七音阶互相"旋宫"。所谓"旋宫"就是以某一律吕为"宫"声，以此类推，如以黄钟为宫，则林钟为徵，太簇为商，南吕为羽，姑洗为角，应钟为闰，蕤宾为变。同理亦可以其他十一律吕为宫，而黄钟亦复有与商、角、变、徵、羽、闰配合之机会。如此"旋宫"的结果，共可得八十四调，但我们人类的耳朵，无法审音辨律至如此精微，因此到了唐代只剩下苏祗婆的二十八调，降而至今日的南北曲，其通行者为六宫十二调，即：

六宫：仙吕、南吕、黄钟、中吕、正宫、道宫。

十二调：羽调、大石、小石、般涉、商角、高平、歇指、商调、角调、越调、双调、宫调。

这六宫十二调中，歇指、宫调、角调，皆有目无词，道宫、羽调、小石、般涉、商角、高平，曲牌甚少，故联套所常用的宫调，仅仙吕、南吕、黄钟、中吕、正宫、大石、商调、越调、双调所谓"九宫"而已。九宫都是用宋代的"俗名"，它们和经由旋宫所得的"古名"已经不同。兹将其俗名、古名及其与现代钢琴乐调和笛色，列举对照如下：

正　宫（黄钟宫）　A　小工调或尺调。

大石调（黄钟商）　B　小工调或尺调。

• 061

中吕宫（夹钟宫）　C　小工调或尺调。

双　　调（夹钟商）　D　乙调或正工调。

南吕宫（林钟宫）　E　凡调。

仙吕宫（夷则宫）　F　小工调或尺调。

商　　调（夷则商）　G　六调或凡调或小工调。

黄钟宫（无射宫）　G　六调或凡调。

越　　调（无射商）　A　六调或凡调或小工调。

元人芝庵《唱论》云：

大凡声音各应于律吕，分作六吕十一调，共计十七宫调：仙吕宫唱"清新绵邈"，南吕宫唱"感叹伤悲"，中吕宫唱"高下闪赚"，黄钟宫唱"富贵缠绵"，正宫唱"惆怅雄壮"，道宫唱"飘逸清幽"，大石唱"风流酝藉"，小石唱"旖旎妩媚"，高平唱"条畅滉漾"，般涉唱"拾掇坑堑"，歇指唱"急并虚歇"，商角唱"悲伤婉转"，双调唱"健捷激袅"，商调唱"凄怆怨慕"，角调唱"呜咽悠扬"，宫调唱"典雅沉重"，越调唱"陶写冷笑"。

可见元曲的宫调各具声情，其音乐旋律已在宫调中显出特色。

（2）曲牌：每一宫调之下，各含有所属之曲牌若干。就元人小令来说，有小令专用曲牌、小令套数兼用曲牌、小令杂剧兼用曲牌、带过曲所用曲牌四类。兹依类别举其牌名如下：

甲、小令专用曲牌：

黄钟：人月圆、刮地风、昼夜乐、红锦袍、贺圣朝。

正宫：鹦鹉曲、汉东山、甘草子。

仙吕：锦橙梅、太常引、三番玉楼人。

第二章　认识元人散曲

南吕：干荷叶。

中吕：乔捉蛇、鹘打兔、四换头、摊破喜春来。

大石：初生月儿、阳关三叠。

小石：青杏儿、天上谣。

商调：百字知秋令、秦楼月、玉抱肚、桃花浪、芭蕉延寿。

越调：糖多令、平湖乐、霜角。

双调：百字折桂令、胡捣练、大德乐、快活年、新时令、十棒鼓、袄神急、楚天遥、播海令、青玉案、皂旗儿、枳郎儿、华严赞、山丹花、鱼游春水、骤雨打新荷、河西六娘子、河西水仙子。

乙、小令套数兼用曲牌：

黄钟：出队子、节节高、者剌古。

正宫：叨叨令、塞鸿秋、脱布衫、小梁州、醉太平、六幺遍、白鹤子、双鸳鸯。

仙吕：寄生草、游四门、后庭花、后庭花破子、醉扶归、醉中天、一半儿、四季花、六幺遍、青哥儿、忆王孙。

南吕：四块玉、玉交枝。

中吕：迎仙客、上小楼、快活三、朝天子、四边静、满庭芳、红绣鞋、醉高歌、十二月、喜春来、卖花声、山坡羊、普天乐。

大石：念奴娇。

商调：梧叶儿、凉亭乐、满堂红。

越调：小桃红、天净沙、黄蔷薇、庆元贞、寨儿令。

双调：驻马听、沉醉东风、得胜令、折桂令、碧玉箫、清江引、步步娇、落梅风、庆宣和、水仙子、庆东原、拨不断、阿纳忽、风入松、一锭银、胡十八、对玉环、殿前欢、秋江送、转调淘金令、钱丝泫、沽美酒。

丙、小令杂剧兼用曲牌：

仙吕：赏花时。

南吕：金字经。

中吕：齐天乐、红衫儿。

商调：望远行。

越调：凭栏人、酒旗儿。

双调：大德歌、春闺怨、殿前喜、得胜乐。

丁、带过曲所用曲牌：

正宫：脱布衫带小梁州、小梁州带风入松。

仙吕：后庭花带青哥儿、那吒令带鹊踏枝、寄生草。

南吕：骂玉郎带采茶歌、骂玉郎带感皇恩采茶歌、玉交枝过四块玉。

中吕：十二月带尧民歌、醉高歌带喜春来、醉高歌带摊破喜春来、醉高歌带红绣鞋、快活三带朝天子、快活三带朝天子四边静、齐天乐带红衫儿、喜春来过普天乐。

越调：黄蔷薇带庆元贞。

双调：水仙子带折桂令、雁儿落带得胜令、雁儿落带清江引碧玉箫、一锭银带大德歌、沽美酒带太平令、沽美酒带快活年、对玉环带清江引、楚天遥带清江引、梅花酒带七弟兄、竹枝歌带侧砖儿、江儿水带碧玉箫、锦上花带清江引碧玉箫、殿前喜过播海令大喜人心。

中吕带双调：醉高歌带殿前欢、满庭芳带清江引。

正宫带双调：叨叨令带折桂令。

中吕带仙吕：山坡羊过青哥儿。

以上是根据全元散曲和郑因百北曲新谱，再核对任讷散曲概

第二章　认识元人散曲

论,经过细密的考订,所统计出来的。计得小令专用曲四十六调,小令套数兼用曲六十八调,小令杂剧兼用曲十一调,带过曲三十三调,总计一百五十八调。曲调旁边着有小圈者,表示该调在全元散曲中收有十曲以上,为较常见之调,而实际真正习用之调如下:

甲、小令专用曲牌:

黄钟:人月圆(32)。

正宫:鹦鹉曲(又名黑漆弩,53)。

越调:平湖乐(23)。

乙、小令套数兼用曲牌:

正宫:醉太平(58)、小梁州(34)、塞鸿秋(25)。

仙吕:一半儿(41)、后庭花(26)、寄生草(22)、醉中天(20)。

南吕:四块玉(90)。

中吕:红绣鞋(又名朱履曲,150)、喜春来(又名阳春曲,148)、朝天子(又名朝天曲,135)、普天乐(128)、满庭芳(103)、山坡羊(78)、上小楼(38)、迎仙客(30)。

商调:梧叶儿(123)。

越调:寨儿令(又名柳营曲,166)、小桃红(109)、天净沙(107)。

双调:折桂令(又名蟾宫曲、折桂回、天香引,539)、水仙子(又名湘妃怨、湘妃引、凌波仙,330)、寿阳曲(又名落梅风、落梅引,168)、清江引(又名江儿水,155)、沉醉东风(132)、殿前欢(又名燕引雏,130)、庆东原(54)、拨不断(35)、潘妃曲(又名步步娇,24)、庆宣和(22)。

丙、小令杂剧兼用曲牌:

南吕:金字经(又名阅金经、西番经,100)。

越调:凭栏人(64)。

丁、带过曲所用曲牌：

南吕：骂玉郎带感皇恩采茶歌（48）。

双调：雁儿落过得胜令（64）。

括号中之数字，表示该调在全元散曲中之曲数。可见惯用的小令曲牌，专用的有三调，与套数兼用的有三十调，与杂剧兼用的有二调，带过曲的曲牌有二调，总计才三十七调，北曲新谱所收曲调有三百八十二，占十分之一。小令所用宫调，以中吕、双调为主，其中双调折桂令、水仙子、落梅风、清江引、沉醉东风、殿前欢，中吕红绣鞋、喜春来、朝天子、普天乐、满庭芳、商调梧叶儿、越调寨儿令、小桃红、天净沙、南吕金字经、四块玉，得曲皆在近百，或在一百以上；尤其折桂令、水仙子得曲更在三百以上；也就是它们在元人散曲中，传唱最广，在声情上必有其道理。兹举"折桂令"为例，并借此说明曲牌所含的因素。其谱律则以北曲新谱为依据。

折桂令小令　　卢挚

笑征西、伏枥悲吟。。才鼎足功成·铜爵春深。。敕勒歌残。无愁梦断。明月西沉。。

算只有、韩家昼锦。。对家山、辉映来今。。乔木空林。。几度西风·感慨登临。。

十十十、十仄平平。。十仄平平·十仄平平。。十仄平平。十平十仄。十仄平平。。

十十十、十平厶去。。十十十、十仄平平。。十仄平平。。十仄平平·十仄平平。。*

上例先列曲例、次列谱律。"平"表平声，"仄"表仄声，"十"

表平仄不拘,"ㅿ"表仄声宜用去声,"𠂇"表上声平声俱可。"、"表句中音节停顿处,盖七言顺读为上四下三单式,此为上三下四双式,故特为点出。"。"表句,"·"表此句可协可不协,"。。"表此句必协韵。此调之格式简列如下:

十一句:七乙。。四·四。。四。四。四。。七乙。。七。。四。。四·四。。★

"七乙"表七言双式句,"★"表此句后可增句。《北曲新谱》云:

第四五两句偶有协韵者,不宜从。末句之后可增四字句,即照末句平仄,句数多少不拘。散套、杂剧有增至六七句者,小令则最多只见增三四句。增句每句协韵,唯倒数第二句以不协韵为宜。

像这样就是一个调子的"谱律"。仔细观察,一个"曲牌"的内涵,大约有以下六个因素:

① 字数:一个调子本格正字的总数。如"折桂令"有五十三字。

② 句数:一个调子本格所具有的句数。如"折桂令"有十一句。

③ 句式:一个调子本格所具有的句子,其每句之字数和音节形式。如"折桂令"开头用一个七字句再接五个四字句,后用两个七字句再接三个四字句,而它们的音节形式都是双式句,亦即七言采34、四言采22的顿挫形式。

④ 平仄:就是每个句子的平仄格式,平声中有时别阴阳,仄声中有时分上去。

⑤ 韵协:就是何处要押韵,何处可押可不押,何处不可押韵,甚至于何句必须藏韵。

⑥ 对偶:曲中往往逢双对偶,所谓"逢双"就是相邻的两句、三句或数句的字数和句式相同,往往就会对偶,但这不是必然的现象。如折桂令:"鼎足功成·铜爵春深。。敕勒歌残。无愁梦断。

明月西沉。。"五句句式字数同为四言双式，于是用"联珠对"，即句句对偶；但"算只有、韩家昼锦。。对家山、辉映来今。。"二句皆为七言双式，"乔木空林。。几度西风·感慨登临。。"三句皆为四言双式，而皆不对偶。

这六个因素，也就是构成谱律的基础，由此而曲调的主腔韵味、板式疏密、音调高低乃有一定的准则。从折桂令格式看来，其长短等于词的中调，其句式皆作双式，音节于双调之健捷激袅中又有平稳舒徐之致，最适宜浅斟低唱、陶情写意，这大概是此调最风行的缘故吧！

（3）腔板：就是声腔和板式。我国幅员广阔，因此各地的语音声口自有其特质，与乐曲融合后，发而为歌咏，便具体地显现了各自特殊的韵味，成为各地方的声腔。就可考者来观察，元曲用的是弦索调；南曲则有海盐、义乌、弋阳、青阳、四平、乐平、太平等腔调（见沈宠绥《度曲须知》），明嘉靖以后，统于昆山腔。南北曲因为音乐声腔不同，自然韵味有别。王世贞《艺苑卮言》附录卷九《论词曲》云：

凡曲北字多而调促，促处见筋；南字少而调缓，缓处见眼。北则辞情多而声情少，南则辞情少而声情多。北力在弦，南力在板；北宜和歌，南宜独奏；北气易粗，南气易弱。此吾论曲三昧语。

北曲所用的乐器有三弦、琵琶、筝、笙、笛、锣、鼓、板等，而以弦乐器为主；南曲所用的乐器为笛、管、笙、琵琶、锣、鼓、板等，而以管乐器为主。主奏乐器不同、声腔有别，南北曲自然有缓急强弱的差异。

第二章 认识元人散曲

其次说到"板式"。所谓"板式"就是板眼的形式,是唱曲时,行腔使调的准绳。音的长短疾徐,全赖板眼而定,有了板眼,然后才有节奏,否则乐曲就散漫无所归依。

曲的板式,有正、赠之分。正板是曲中固有的板。南曲则每于两正板之间,各增加一板,称为赠板。兹就正板,说明如下:

正板的板式,可分头板、腰板、底板三种。

① 头板:亦称实板,用于实字头之处,拍于音之始发,故又称迎头板。符号作"·"。

② 腰板:亦称掣板,用于数字连缀之中间,下于字音未完之际。符号作"└"。

③ 底板:亦称截板,用于音穷腔尽之处,板下则音绝,另启下文之音。符号作"/"。

曲的眼式亦有正眼、侧眼之别:正眼系着于字或腔之头部,侧眼系着于字或腔之腹及尾部。若就其点眼位置之不同,则有头眼、中眼、末眼三种:

① 头眼:亦称起眼,下于头板之后的实字上,符号作"、";若下于头板后的空处,则称为"虚头眼",符号作"└"(与粗线之腰板"└"有别)。作用与"彻眼"相同,使之与上一符号相连通。

② 中眼:下于头眼之后的实字,称中眼,亦称正眼,符号作"。"。若下于头眼后的空处,则符号改为"△",称为"彻眼",亦称"虚中眼"。彻就是通的意思,指当与上一符号相连通。故凡连缀于上一符号时,即当认为系上一音符之延长;如单独注于一音旁,应当即指本音迟发一半之音符。

③ 末眼:即下于中眼之后的实字,符号作"、",与头眼相同;若在空处,则称作"虚末眼",其符号同"虚头眼"同作"└"。

板眼就是节拍，节奏的快慢都系于板眼，有一板三眼之曲（如今日钢琴4/4），一板一眼之曲（如2/4），亦有仅下截板之曲。大抵行动之曲，多有快曲；文静之曲，多用慢曲。倘若冠裳倒置，紧慢失次，曲情声情便成乖戾，音乐旋律与语言旋律便也不能融合无间。兹以《蓬瀛曲集》关汉卿《单刀会·搅筝琶》一曲的曲谱，以见其板眼：

恰怎生闹吵吵把三军列，有谁人把俺挡拦者。挡着俺呵！则教您剑下身亡，目前见血。您便有张仪口，蒯通舌，那里去躲藏者。您且来来来好好送某到船上，和您慢慢地别。

像这样的曲词配合这样的工尺板眼，正是要求其语言旋律与音乐旋律的密切融合无间。但是像这样一支《搅筝琶》，如果拿来与谱律中的正格比对，甚于拿来与关汉卿的原本核校，则格律有伸缩变化、字句有增减异同，即此又产生了曲学上的一个大问题。曲之原本、俗本、唱本，字句增损变异颇大，乃习惯而成自然之现象，姑不予论述；而格律本身之伸缩变化，自来为治曲者的莫大困惑。为此，特立一节来仔细说明。

3. 北曲格式的变化

北曲除本格正字之外，尚有衬字、增字、减字、增句、减句、带白等现象。这五种现象，可以说就是促成北曲格式变化的五个因素。它们之间，据著者观察，有其连锁展延的关系。

所谓"连锁展延的关系"，是曲中原来只有本格的"正字"，

第二章　认识元人散曲

其后加"衬字"使曲意流利活泼，"衬字"原为正字之外，添出以作转折、联续、形容、辅佐之用的若干字。名作"衬字"，取陪衬、衬托之意。如"正宫叨叨令"，首四句本格皆是七字句，而下列三曲殊不一致。（此节论衬字、增字，酌取郑因百之说，见《幼狮学志》十一卷二期。）

黄尘万古长安道，折碑三尺邙山墓，西风一叶乌江渡，夕阳十里邯郸树。（无名氏小令）

想他腰金衣紫青云路，笑俺烧丹炼药修行处；俺笑他封妻荫子叨天禄，不如俺逍遥散诞茅庵住。（杨朝英《小令》）

见安排着车儿马儿不由人熬熬煎煎的气，有甚心情将花儿靥儿打扮得娇娇滴滴的媚，准备着被儿单枕儿冷则索昏昏沉沉的睡。从今后衫儿袖儿都揾湿重重叠叠的泪。（王实甫《西厢记》杂剧）

第一曲全同本格，一字不衬；第二曲衬字不多，且易辨识；第三曲则衬字反较正字为多。同一曲调，而各家作品相去如此之远，初学之士，焉能不迷惑而坠入五里雾中。

细按加衬字的原理，约有二端可循：其一就语言旋律来说，衬字必加于音节停顿之处。以七言为例，作：

2、2、2、1

则其音节停顿处有四，第一是开头，这在板眼未下之前，缝隙最大；第二是第四字停顿处，此为拦腰波折之所，缝隙其次；第三是第二字停顿处，缝隙略小；第四是第六字停顿处，此处缝隙最小，几乎不停顿而直贯末字，故上文论句式时，七言作223。有缝隙乃可加衬字，故添加衬字必在音节停顿处，而其所添加衬字之多寡，亦视停顿之长短，亦即音节缝隙之大小而定。其二就音乐旋律来说，衬字必加于板密之处，如此歌唱时乃能抢带得及。因百列举有关衬字之原则十二条，其第四条云：

衬字只能加于句首及句中。句首衬字，冠于全句之首，如水桶之提梁；句中衬字须加于句子分段之处，如庖丁解牛，在关节缝隙处下刀。前引《螾庐曲谈》云："句末三字之内不可妄加衬字。"即因此三字为一整段，不能分开。

其第八条云：

每处所加衬字以三个为度。所谓"衬不过三"，虽为南曲说法，实亦适用于北曲。一句之中所加衬字之总数，则可多于三个，但须分布多处。例如前引《西厢记·叨叨令》曲："见安排着车儿马儿不由人熬熬煎煎的气。"衬字至十个之多，然集中一处者，仅"不由人"三字，其余或一字或两字，零星分布。（马儿之"儿"字属上读，与"不由人"不算集中一处。）

上第四条说明加衬字之位置，第八条说明加衬字之限度。这里要补充说明的是：末三字虽为一整段，但仍略有缝隙，偶然可加衬字，如所举叨叨令之"的"字，即加于末三字(21)之缝隙处。所加衬字虽大抵以三字为度，但句首由于系属着拍之前，缝隙最大，故元曲中，每有用衬超过三字者；又叠字衍声复词之次字与词尾，每视作衬字，而往往不在音节停顿处，如所举叨叨令之"熬""煎"及"儿"字即是，乃因为它们原本皆附着于正字之上以协助语气，并非额外另加的缘故。

王骥德《曲律》卷二《论衬字第十九》云：

古诗余无衬字，有之，自南北二曲始。北曲配弦索，虽繁声稍多，不妨引带。南曲取按拍板，板眼紧慢有数，衬字太多，抢带不及，则调中正字，反不分明。太凡对口曲，不能不用衬字；各大曲及散套，只是不用为佳。细调板缓，多用二三字，尚不妨；紧调板急，若用多字，便躲闪不叠。凡曲自一字句起，至二字、三字、四字、五字、六字、七字句止。唯虞美人调有九字句，然是引曲，又非上二下七，则上四下五；若八字、十字以外，皆是衬字。今人不解，将衬字多处，亦下实板，致主客不分。如《古荆钗记》，锦缠道"说甚么晋陶潜讹作阮郎"，"说甚么"三字，衬字也；《红拂记》却作"我有屠龙剑钓鳌钩射雕宝弓"，增了"屠龙剑"三字，是以"说甚么"三字作实字也。《拜月亭·玉芙蓉》末句"望当今圣明天子诏贤书"，本七字句，"望当今"三字系衬字，后人连衬字入句，如"我为你数归期画损掠儿梢"，遂成十一字句。……又如散套越恁好"闹花深处"一曲，纯是衬字，无异缠令，今皆着板，至不可句读。凡此类，皆衬字太多之故，讹以传讹，无所底止。

凌濛初《南音三籁·凡例》云：

曲每误于衬字。盖曲限于调而文义有不属不畅者，不得不用一二字衬之；然大抵虚字耳。如"这、那、怎、着、的、个"之类。不知者以为句当如此，遂有用实字者，唱者不能抢过而腔戾矣。又有认衬字为实字，而衬外加衬者，唱者又不能抢多字而腔戾矣。固由度曲者懵于律，亦从来刻曲无分别者，遂使后学误认，徒按旧曲句之长短、字之多寡而仿以填词；意谓可以不差，而不知虚实音节之实非也。相沿之误，反见有本调正格，疑其不合者。其弊难以悉数。

虚字，寖假而易为实字，于是意义分量与"正字"相敌，其地位乃提升而为"增字"；"增字"起初不超出三字，后来也有逐渐累积的情形，因而成句，即所谓"增句"。"带白"是夹白的一种，有些含有语气词的，一望即知；有些地位和衬字相近，只是衬字和正字的关系更为密切，用作正字的形容和辅佐，而这一类带白则用作下文的提端和呼唤，且不含语气词。也因为这一类带白的地位和衬字相近，所以往往被误作衬字，认为是衬字的累增，甚至于被误认成句，乱了本格的句法。至于"减字"和"减句"，都是就本格正字和句数稍加损易，虽然也是促成北曲格式变化的因素，但其例不多，影响甚少。

对于衬字问题，明清曲籍加以讨论说明的，只有上引王、凌二家，而且偏于南曲略于北曲。元人论曲，仅周德清《中原音韵·作词十法》提出"切不可用衬垫字"，并云：

> 套数中可摘为乐府者能几？每调多则无十二三句，每句止七字而止，却用衬字加倍，则刺眼矣。

他所说的"乐府"是指小令。小令文字谨严、体制短小，固然少用衬字为佳，若谓切不可用，则过矣。王、凌二氏虽旨在说明南曲之衬字逐渐演变为正字，致使本格讹乱的缘故，但南北曲之曲理其实不殊，故北曲之衬字亦有寖假而与正字不分之现象。

北曲中与正字不易分别之"衬字"，因百谓之"增字"。其《论北曲之衬字与增字》云：

> 衬字既为专供转折、联续、形容、辅佐之"虚字"，似应容易看出。

但常有时全句浑然一体，字数虽较本格应有者为多，而诸字势均力敌，铢两悉称，甚难从语气上或文法上辨识其孰为正孰为衬。前人每云北曲正衬难分，即谓此种情形。细推其故，实因正字衬字之外，尚有予所谓增字。

可见"增字"就是指本格正字之外所添加出来的字，它在地位上其实是衬字，但由于其意义分量与正字"势均力敌、铢两悉称"，后人又在其上加上板眼，所以在全句中，无论意义和音乐，便有与本格正字浑然一体的关系。兹举"寄生草"三支为例。

无名氏小令云：

枯荷底，宿鹭丝。玉簪香惹蝴蝶翅，长空雁写斜行字，御沟红叶题传示。东篱陶令酒初醒，西风了却黄花事。

白朴《墙头马上》杂剧云：

榆散青钱乱，梅攒翠叶肥。轻轻风趁蝴蝶队，霏霏雨过蜻蜓戏，融融沙暖鸳鸯睡。落红踏践马蹄尘，残花酝酿蜂儿蜜。

无名氏小令云：

问甚么虚名利，管甚么闲是非。想着他击珊瑚列锦帐石崇势，则不如卸罗衫纳象简张良退，学取他枕清风铺明月陈抟睡。看了那吴山青似越山青，不如今朝醉了明朝醉。

上边所举的三支《寄生草》，第一支是一字不衬的本格，第二支则首二句由三言增为五言，第三支则中间三句七言增为九言；所增加的字，在地位上属衬字，但在意义分量上，"（榆散）、青钱乱，（梅攒）、翠叶肥""（击）珊瑚、（列）锦帐、石崇势""（卸）罗衫、（纳）象简、张良退""（枕）清风、（铺）明月、陈抟睡"等句都已浑然一体，事实上难有轻重之分，所以括号中的字就把它们叫作"增字"，它们增字的情形和变化是这样的：

3（21）+2 → 5（23）

7（43）+2 → 9（3·3·3）

也就是：三言单式句增二字成为五言单式句，七言单式句增二字成为九言，而此九言摊破为333的顿挫，仍保持单式句的音节形式。可见增字的原理是句子的音节形式保持不变。基于这种原理，郑因百将研究所得列举增字之重要原则十二条，兹为节省读者翻检之劳，将此十二条原则胪列于后，每条并附实例以相印证：

①一字句增两字变为三字。（1+2 → 3）

如"阅金经"第四句本格为一字句，而张可久《若耶溪边路》曲作"（莺乱）啼"。

②二字句再增两字变为四字，上二下二。（2+2 → 4）

如"朝天子"首二句本格为二字句，而张可久作"（瓜田）、邵平""（草堂）、杜陵"。

③二字句增三字变为五乙（五言有单双二式，五乙指双式），上三下二。（2+3 → 5）

如"朝天子"第九、十两句本格为二字句，而张养浩《挂冠》曲作"（严子陵）、钓滩""（韩元帅）、将坛"。

④三字句增两字变为五字，上二下三。（3+2 → 5）如"寄生草"

第二章　认识元人散曲

首二句本格为三字句,而白朴《墙头马上》剧作"(榆散)、青钱乱""(梅攒)、翠叶肥"。

⑤ 三字句再增三字变为六乙,上三下三。(3+3→6)

如"沉醉东风"三四两句本格为三字句,而张养浩《郭子仪功威吐蕃》曲作"(房玄龄)、经济才""(尉敬德)、英雄汉"。

⑥ 四字句增一字变为五乙,上三下二。(4+1→5)

如"醉太平"首二句本格是四字句,而张可久作"(洗)荷花、过雨""(浴)明月、平湖"。

⑦ 四字句增三字变为七乙,上三下四。(4+3→7)

如"赏花时"第四句本格为四字句,而石君宝《曲江池》剧作"这(万言策)、须当应口"。

⑧ 五字句增一字变为六乙,上三下三。(5+1→6)

如赏花时第三句本格为五字句,而石君宝《曲江池》剧作"(题)金榜、占鳌头"。

⑨ 五字句增三字变为八字,上三下五。(5+3→8)

如"赏花时"末句本格为五字句,而石君宝曲江池剧作"真着那(状元名)、喧满凤凰楼"。

⑩ 六字句增一字变为七乙,上三下四。(6+1→7)

如"沉醉东风"首二句为六字句,而卢挚作"(挂)绝壁、枯松倒倚""(落)残霞、孤鹜齐飞"。

⑪ 七字句增一字变为八字,上三下五。(7+1→8)

如"醉太平"第五、六、七等三句本格为七字句,而张可久《洗荷花过雨》曲作"(溯)凉波、似泛银河去""(对)清风、不放金杯住""(上)雕鞍、谁记玉人扶"。

⑫ 七字句增两字变为九字,平分三段。(7+2→9)

如寄生草第三、四、五等三句本格为七字句,而无名氏《问甚么虚名利》曲作"则不如(卸)罗衫、(纳)象简、张良退""学取他(枕)清风、(铺)明月、陈抟睡"。

增字的原则,大抵以这十二条为主要。另外,增字如果加多就会成句,曲中所谓的"增句",有一部分就是这样来的。"增句"有协韵与不协韵两种,不协韵的,如系单句,则有如"带白",循环重复的,例须快念,有如"滚白";协韵的,其在全曲中之地位,有如"增字"之于"正字",大多点上板眼,而其循环重复者,当系"滚唱"性质。兹举一二例说明如下:

玄鹤鸣　马致远

你有甚(事)、疾忙奏,俺无那鼎镬(边)、滚热油。您文臣合安社稷,武将合定戈矛。"你子会文武班头,山呼万岁,舞蹈扬尘。"道那声、诚惶顿首。"如今阳关路上,昭君出塞,当日未央宫里,女主专权。"我不信你敢差排吕太后,枉已后龙争虎斗,都是俺鸾交凤友。

搅筝琶　白朴

【高力士道与陈玄礼】"休没高下,岂可教妃子受刑罚。他见(情受)着皇后中宫,(兼踏)着寡人御榻。他又无罪过,颇贤达。【卿呵!】他不如吴太后般弄权,武则天似篡位,周褒姒(举火)取笑,绀妲己(敲胫)觑人。早间把他个哥哥坏了,(贵妃)有万千不是。"看寡人也合饶过他。

《玄鹤鸣》见于《汉宫秋》杂剧,《搅筝琶》见于《梧桐雨》

第二章 认识元人散曲

杂剧,皆据《广正谱》所录。《玄鹤鸣》中"文武班头"等三句和"阳关路上"等四句,以及《搅筝琶》"吴太后般弄权"等六句,除了"文武班头"句因系成语而偶然入韵外,皆不协韵,而句式又循环重复,故当为"滚白"式之"增句"。其次举协韵的"滚唱"式增句二三例,说明如下:

端正好　马致远

(有意)送君行,(无计)留君住。怕的是君别后、有梦无书,一尊酒尽青山暮。"我揾翠袖,泪如珠;你带落日,践长途。情惨切,意踌躇。"你则身去心休去。

后庭花　乔吉

今日在(汴)河边倚画船,明日在(天)津桥闻杜鹃。最苦是相思病,极高的离恨天,空教我泪涟涟。凄凉杀花间莺燕,(散)东风榆荚钱。"(锁)春秋杨柳烟,断肠(在)过雁前,销魂(向)落照边。苦恹(恹)恨怎言,急煎(煎)情惨然。"

青哥儿

休央及偷香偷香韩寿,怕惊回两行两行红袖。感谢多情贤太守。"我是个放浪江海儒流,傲慢宰相王侯,既然宾主相酬,闲叙笔砚交游。对酒绸缪,交错觥筹,银甲轻伛,金缕低讴。则为他倚着云兜,我控着骅骝,又不是司马江州,商妇兰舟,烟水悠悠,枫叶飕飕。"不争我听拨琵琶楚江头,(愁泪湿)青衫袖。

《端正好》见《青衫泪》杂剧,《后庭花》见《两世姻缘》杂剧,《青

元人散曲：大融合时代的文化硕果

哥儿》见《扬州梦》杂剧。《端正好·揾翠袖》等六句隔句押韵，成三、三的循环重复，当系"滚唱"式的增句。此属仙吕宫，句数多少不拘，但必为双式。《后庭花》的增句在末句之后，须每句押韵，多少不拘。观其句式系末句的循环重复，末句本为五字，而入套之作百分之九十九增一字变为六字，故增句亦仿之而为六字句。

由此看来，增句之理，另有由曲中之句重复而得，其形成之道虽与"增字"之累增成句者不同，但其累增原句而为"滚唱"式之增句则不殊，因为它们的结构也是循环重复的。至于《青哥儿》之增句，以增四字句为主，间有增六字句或四字六字并用者。右例"放浪江海儒流"等四句为六字句，"对酒绸缪"等十句为四字句。其实用六字句者，都可以看作系四字句的累增，亦即由四字句增二字为六字句。就因为增句中不但可以衬字，而且可以增字，加带白，所以"增句"的形式往往又要迷人眼目。《青哥儿》的增句为句句押韵，且循环重复，应当是"滚唱"式的增句。

根据《北曲新谱》，可以增句的曲调有三十支，即：

黄钟刮地风，仙吕端正好、混江龙、油葫芦、那吒令、元和令、上马娇、游四门、后庭花、柳叶儿、青哥儿、六幺序、醉扶归、南吕玄鹤鸣、草池春、鹌鹑儿、隔尾、黄钟尾、中吕道和、越调门鹌熟、络丝娘、绵搭絮、拙鲁速，双调新水令、搅筝琶、川拨棹、梅花酒、拨不断、忽都白、随煞。

曲调旁边加小圈者，表示此等曲牌亦可减句。

这三十支曲调的增句，都已经成为惯例，而且入了谱律。但是也有些曲调的增句只是偶一见之，未能进入谱律的。譬如白朴《梧桐雨》剧的《正宫蛮姑儿》：

懊恼，暗约。【惊我来的】"又不是楼头过雁，砌下寒蛩，檐间玉马，架上金鸡。"是兀那窗儿外梧桐上雨潇潇，一声声洒枝叶，一点点滴寒梢。会把愁人定谑。

又如乔吉《两世姻缘》剧的商调尾曲：

（心事人）拔了短筹，（有情）的太薄幸。【他说到三年来】到如今五载不回程。好教咱"上天远，入地近。"泼残生恰便似风内灯。【比及你】见俺那亏心的短命，则我这一灵儿先飞出洛阳城。

蛮姑儿"楼头过雁"四句和商调尾曲"上天远"二句，也应当是"滚白"式的增句，它们都只是偶一见之，并未进入谱律。

其次说到"带白"，有两种：其一带有语气词，这容易与曲文分辨；其二直接附着于曲文而缺少语气词，则每使人误以为是衬字。兹举例说明如下：

村里迓鼓　金仁杰

凭着我五陵豪气，不信道一生穷暴。我（若生在）春秋那时，英雄志、登时宣召。凭着满腹才调，非咱心傲。【论勇呵！】那里说下庄强，【论武呵！】也不放廉颇会，【论文呵！】怎肯让子产高，【论智呵！】我敢和伍子胥、临潼门宝。

鸳鸯煞尾　关汉卿

从今后把金牌势剑从头摆，将滥官污吏都杀坏。与天子分忧，万民除害。(云：)可我忘了一件，爹爹！俺婆婆年纪高大，无人侍养，你可收恤家中,替你孩儿尽养生送死之礼,我便九泉之下,可也瞑目。(窦天章云:)好孝顺的儿也。(魂旦唱)嘱咐你爹爹,收养我奶奶。可怜他无如无儿,谁管顾年衰迈,再将那文卷舒开。(带云:)爹爹也!把我窦娥名下,(唱)屈死的于伏罪名儿改。

风流体　李直夫

若到春时节、【正月二月三月】早有些和气喧,若到夏时节、【四月五月六月】也有些葛风遍。我最怕的是、【七月八月九月】秋暮天,便休说、【十月十一月腊月】飞雪片。

《村里迓鼓》见元刊本《追韩信》杂剧,其中"论勇呵""论武呵""论文呵""论智呵"诸语,都是带白。《鸳鸯煞尾》见《元曲选·窦娥冤》,《风流体》见《广正谱》所录《虎头牌》。《鸳鸯煞尾》中魂旦和窦天章的对话跟一般的宾白没有两样,因其夹于曲文之中,故称"夹白";而"爹爹也!把我窦娥名下"一语,明标带云,显然就是带白,而又附语气词"也"字。我们如果把"带云"二字和下文的"唱"字去掉,使"把我窦娥名下"一语直接于"屈死的于伏罪名儿改"句上,便要教人混淆为"毫无限制"的衬字或别为一句了。《风流体中》的"正月二月三月"等四语,也应当是带白,如此,曲文的格式就很清楚。上文所引的曲文,凡是用"【　】"括号的,都属这类带白。

影响北曲格式变化的主要因素,有如上述。此外尚有减字、减句、曲调之入套与否与犯调等四项,这四项的影响较小,其中犯调一项已见体制节,此不更赘,兹简述其余三项如下:

减字:因百论北曲之衬字与增字云:"北曲减字情形极为少

第二章 认识元人散曲

见,不过'六字双式可减为四字'、'七字单式可减为六乙'等两三种减法,其影响甚少。"如仙吕青哥儿末第二句为七字单式句,而《元曲选·窦娥冤》作"母子每、到白头"为六乙。又如《大石调》第四句可由五字句变四字句,无名氏"冰肌胜雪"套即作"牛筹相接"。

减句:根据《北曲新谱》,可减句之曲调有:仙吕那吒令、村里迓鼓、游四门,南吕贺新郎、草池春、鹌鹑儿,越调小络丝娘、拙鲁速,双调新水令、搅筝琶、乱柳叶、忽都白等十二调,其中旁边加小圈者那吒令等八调亦皆可增句,可能此等曲调音律比较灵活。减句最多只减去两句,不若增句往往不拘,所以影响格式之变化不大。

曲调入套与否则格律不同:如仙吕后庭花入套乃可增句,青哥儿作小令用者与作套数用者格律有别,者剌古作小令、散套、剧套格律各不同,小梁州首句之格律小令与散套、剧套有别,殿前欢作小令用则减去第六句。所幸见于北曲新谱者亦仅此五例而已,其影响亦甚微。

由上所论,可知促成北曲格式变化之因素相当多,也因此,其变化的情形颇为错综复杂。一支曲中,如果正字之外,又包含衬字、增字、增句、带白,甚至于减字、减句,焉有不教人目眩神迷之感?虽然,如果能掌握其演化的原则和现象,参以谱律之书,多读元人作品,亦庶几可以拨云见日,使"诵读无棘喉涩舌之苦,写作不致贻失格舛律之讥"(《北曲新谱·自序》)。而曲文之为美,尤能得其神髓矣。

而无论曲子的格式如何的伸缩变化,其讲求语言旋律和音乐旋律的融合无间,则是不易的原则。

• 083

4. 套数

同宫调或管色相同的曲牌，按照其板眼音程可以相连成套。所以套数可以说是以宫调、曲牌和腔板为基础，扩大了曲的长度和范围。

根据全元散曲，得各项统计如下：

① 黄钟宫：以"醉花阴"为首曲的套数14，最长13支曲，最短4支曲。以"愿成双"为首曲者6，最长5支，最短4支。以"文如锦"为首曲者1，6支曲。以"侍香金童"为首曲者1，7支曲。以"啄木儿""女冠子"为首曲者各1，各5曲。计得24套。

② 正宫：以"端正好"为首曲者22，最长34支，最短2支。以"月照庭"为首曲者2，长7，短5。以"金殿喜重重""脱布衫""菩萨蛮""醉西施""六幺令""塞鸿秋""梁州令""货郎儿""汲沙尾"为首曲者各1套，最长13支，最短3支。计得33套。

③ 仙吕：以"赏花时"为首曲者22套，最长10支，最短2支。以"点绛唇"为首曲者14套，最长14支，最短4支。以"八声甘州"为首曲者7套，最长5支，最短3支。以"袄神急"为首曲者5套，俱4支。以"翠裙腰"为首曲者4套，最长5支，最短4支。以"村里迓鼓"为首曲者3套，最长10支，最短7支。以"桂枝香"为首曲者1套，5支。南套1，以"泣颜回"为首曲，8支。计得北套56套，南套1套。

④ 南吕：以"一枝花"为首曲者127套，最长9支，最短3支。以"梁州第七"为首曲者3套，最长5支，最短3支。以"四块玉"为首曲者1套，10支。以"梧桐树"为首曲者1套，7支。以"青衲袄"为首曲者1套，11支，此为南曲。计得北曲132套，南曲1套。

⑤ 中吕：以"粉蝶儿"为首曲者27套，最长16支，最短8支。

⑥大石：以"青杏子"为首曲者18套，最长8支，最短3支。以"好观音"为首曲者1套，3支。以"六国朝"为首曲者1套，5支。以"雁传书"为首曲者1套，5支。以"蓦山溪"为首曲者1套，5支。以"鹧鸪天"为首曲者1套。计得23套。

⑦小石：以"恼煞人"为首曲者1套，5支曲。

⑧般涉：以"哨遍"为首曲者18套，最长13支，最短5支。以"耍孩儿"为首曲者6套，最长15支，最短6支。计得24套。

⑨商角：以"黄莺儿"为首曲者4套，俱5支。

⑩商调：以"集贤宾"为首曲者17套，最长11支，最短4支。以"二郎神"为首曲者2套，长10支，短5支。以"玉抱肚""定风波""河西后庭花""水仙子"为首曲者各1套，长5支，短4支。计得23套。

⑪越调：以"斗鹌鹑"为首曲者32套，最长17支，最短4支。以"梅花引""金蕉叶""南乡子""小桃红"为首曲者各1套，长8支，短4支。计得33套。

⑫双调：以"新水令"为首曲者39套，最长21支，最短3支。以"夜行船"为首曲者17套，最长10支，最短4支。以"风入松"为首曲者9套，最长8支，最短4支。以"行香子"为首曲者7套，长7支，短4支。以"乔牌儿"为首曲者4套，长8支，短5支。以"蝶恋花"为首曲者3套，长7支，短3支。以"乔木查""醉春风""驻马听近""朝元乐""锦上花""珍珠马"为首曲者各1套，最长17支，最短4支。计得85套。

由以上可见：

①散套所用宫调十二，比小令多商角与般涉。

②元人散套用曲最长者为"正宫端正好"的"上高监司"套，有曲34支，最短者亦为"正宫端正好"套，仅有2支。

③得套数最多者为南吕宫132套,最少者为小石,仅有1套。

5. 俳优体

中国的文字,每一字都含有形、音、义三个元素,利用形音义所作的"文字游戏"可以追溯到《左传》的记载。韵文学发达以后,利用离形、谐音、衍义以见工巧的作品,在诗词之中,已经别立体格,张清徽(敬)师《词体中俳优格例证试探》(见中研院国际汉学会议集刊)一文中,列举五类十八目;而曲在韵文学中最讲究纤巧机趣,所以其因形、因音、因义,以及其他种种所造就出来的体式,也最为繁多,这就是所谓"俳优体"。任讷《曲谐》卷一《曲中俳体》云:

论曲中俳体,真不一而足。丹丘先生于《太和正音谱》中,定乐府十五体,俳优体其末也。但注曰:"诡喻淫虐,即淫词。"是俳优体之狭义也。广义则举凡一切翻新出奇、逞才弄巧、游戏嘲笑之体皆是也。王骥德《曲律》列巧体于俳谐之外,所见犹未广耳。

于是他广为搜集,在其《散曲概论》卷二中,分七项,列二十五种,说明举例如下:

甲、关于韵者二种:

①短柱体:通篇每句两韵,或两字一韵,元人所谓"六字三韵语"。

双调·折桂令　元·姚燧

鏊舆三顾茅庐,汉祚难扶。日暮桑榆,深渡南泸,长驱西蜀,力拒东吴。美乎周瑜妙术,悲夫关羽云殂。天数盈虚,造物乘除。问汝何如,笑赋归欤。

这支曲子押"鱼模"韵,每两个字就有一个韵脚,因为韵脚很密,所以叫短柱韵。

②独木桥体:通篇协同一字韵。

正宫·塞鸿秋　元·张养浩

春来时香雪梨花会,夏来时云锦荷花会,秋来时霜露黄花会,冬来时风月梅花会。春夏与秋冬,四季皆佳会。主人此意谁能会。

曲中"春夏与秋冬"句可以不押韵。本来诗词曲中,韵脚重出是修辞上的忌讳,而此体却以押同一韵字为"特技"。上例即通首协一"会"字。

乙、关于字者五种:

③叠韵体:每句中除韵脚外,都用叠韵之字,各句所叠之韵不必同。

中吕·粉蝶儿　元·梨园黑老五

(从东陇)风动松呼,听叮咛、定睛争觑,望苍茫、圹广黄庐。恰樵夫,遇渔父。(递)知机携物,(便盘旋)千转前湖。看寒山、晚关滩渡。

上例的韵脚协"鱼模"韵,除韵脚外,首句各字叠"东钟"韵,次句叠"庚青",三句叠"江阳",四句"恰樵"二字出格,五句叠"鱼模",六句叠"齐微",七句叠"先天",八句叠"寒山"。双声叠韵如果适度运用,本来可以使声情谐美,但用多了便会造作,而且声情反入魔道,雷同过甚。

④犯韵体:每句首字犯本句末字之韵。

仙吕·桂枝香　明·无名氏

娇娃低叫,萧郎含笑。映窗纱、体态轻盈,描不就、形容奇妙。想牵情这厢,想钟情那厢。撩人猜料,朝来心照。巧推敲!原非紫玉藏春院,盗取红绡霎夜逃。

齐梁人讲求声韵,如刘勰《文心雕龙·声律》篇说:"双声隔字而每舛,叠韵杂句而必睽。"沈约《宋书·谢灵运传》说:"若前有浮声,则后须切响;一简之内,音韵尽殊;两句之中,轻重悉异。"意思是说一句内如杂用二同声之字,或用二同韵之字;以及一句纯用仄浊,或一句纯用清平,则必致声调不和、节奏不顺。但此体却故意教每字的首尾二字叠韵,以此见工巧。上例首二句"娇、叫""萧、笑",三句"描、妙",六句"撩、料",七句"朝、照",八句"巧、敲",末句"盗、逃"都叠"萧豪"韵,亦即此曲协"萧豪",不协韵的句子,如三句"映、盈",五、六叠句之"想、厢",九句"原、院",亦皆叠"庚青""江阳""先天"。

⑤顶真体:后一句首字,即用前一句末字,亦谓联珠格。

越调·小桃红　元·无名氏

断肠人寄断肠词,词写心间事,事到头来不由自。自寻思,思量往日真诚志,志诚是有,有情谁似?似俺那人儿。

从前歌楼中常用"顶真续麻"行酒令,既风雅而有趣。由于两句间的首末两字相同,使语意和声情连贯下来,着实别有韵致。

⑥ 叠字体:通篇用叠字。

越调·天净沙　　元·乔吉

莺莺燕燕春春,花花柳柳真真,事事风风韵韵,娇娇嫩嫩,停停当当人人。

叠字是构成复词的一种方法,即所谓"叠字衍声复词"。由于是"衍声",所以两字事实上只有一个半音节,也因此节奏自然轻快。所叠之字,大致有如"词尾",如"车儿、马儿"之"儿","桌子、椅子"之"子",念起来是轻快的。乔吉的这支《天净沙》,音节形式虽然都是句句双式,但由于叠字的关系,节奏由"平稳舒徐"变成"轻松愉快",也因此把春天的情调表露无遗。

⑦ 嵌字体:嵌五行,嵌数目,散曲中有之。若嵌五色、五声、八景,嵌数目而一至十顺去逆回等,剧曲中如《牡丹亭》等有之,散曲中则未见。

双调·清江引　　元·贯云石

金钗影摇春燕斜,木杪生春叶。水塘春始波,火候春初热。土牛儿载将春到也。

上例题目作"立春,限句内分嵌'五行'及'春'字。"而每句之首字正依次为"金木水火土",每句中均有一"春"字。

丙、关于句者二种：

⑧ 反复体：每句中之字面，颠倒重复，反复言之。

水仙子　元·无名氏

"恨重叠，重叠恨"，恨绵绵恨满晚妆楼。"愁积聚，积聚愁"，愁切切愁斟碧玉瓯。"懒梳妆，梳妆懒"，懒设设懒爇黄金兽。"泪珠弹，弹珠泪"，泪汪汪汪汪不住流。"病身躯，身躯病"，病恹恹病在我心头。"花见我，我见花"，花应消瘦，"月对咱，咱对月"，月更害羞。"与天说，说与天"，天也应愁。

从上例看来，即在每句开头累增衬字成三言二句，而使其字面颠倒重复，亦由此而强化其声情与词情。

⑨ 重句体：一篇中多同样口气之句，小曲中仿此式者甚多。

双调·折桂令　明·汤式

冷清清、人在西厢，（叫）一声张郎，"（骂）一声张郎"。（乱纷纷）、花落东墙，（问）一会红娘，"（絮）一会红娘"。枕儿余衾儿剩，（温）一半绣床，"（闲）一半绣床"。月儿斜风儿细，（开）一扇纱窗，"（掩）一扇纱窗"。（荡悠悠）、梦绕高唐，（萦）一寸柔肠，"（断）一寸柔肠"。

上例是用增字、增句的方法再加上同样的口气，而形成的特殊格调。

丁、关于联章者一种：

⑩ 连环体：次章首句用前章末句，形式有如"顶真体"，只

是顶真顶字，连环则连句。用重头联章。

清江引 元·贯云石

闲来唱会清江引，解放愁和闷。富贵在于天，生死由乎命。且开怀与知音谈笑饮。且开怀与知音谈笑饮，一曲瑶琴弄。弹出许多声，不与时人共。倚帏屏静中心自省。倚帏屏静中心自省，万事皆前定。穷通各有时，聚散非骄吝。立忠诚步步前程稳。立忠诚步步前程稳，勉励勤和慎。劝君且耐心，缓缓相随顺。好消息到头端的准。

上例四曲，用韵相混；首支"命"以庚青混庚青；次支"饮"真文，"弄、共"东钟，"省"更庚，三韵混押；三支"省、定"庚青混"吝、稳"真文，唯第四支协真文不混。"心"字侵寻，然此处协否均可。

戊、关于材料者八种：

⑪ 足古体：通篇用成句为主。其不能合调处，另为语或加衬以足之。

正宫·塞鸿秋 元·无名氏（青楼）

到春来梨花院落溶溶月，到夏来舞低杨柳楼心月，到秋来金铃犬吠梧桐月，到冬来清香暗渡梅梢月。呀！好也么月，总不如俺寻常一样窗前月。

上例通首俱押"月"字韵，亦可称作"独木桥体"。

此类尚有集古体、集谚体、集剧名体、集调名体、集药名体、隐括体、翻谱体七种，大抵皆矫揉造作，没什么文学意味，这里就不介绍了。

己、关于意者四种：

四种即讽刺体、嘲笑体、风流体、淫虐体，都是就内容而立体，与曲的格律没有关系，这里也予以省略。

庚、待考者二种：

即简梅体、雪花体，莫详其体式。

另有"回文体"，即倒读其词，仍可自然成句。此体应归入"关于句者"类中，但因元曲中但见其名，未见其例，故亦予以省略。

以上所列举的十一体中，前九体可以说都和格律有关系，可说是束缚中又加上了束缚。利用了这样重重叠叠的束缚，显现了曲的纤巧灵妙，但也因为束缚过甚，真正能达到"纤巧灵妙"的作品并不多见，充其量，这样的体式，不过是"文字游戏"而已，不只"大雅之堂"不能登，即是"正格之门"亦不能入。

四、语言

说完散曲的规律，接着谈散曲的语言。语言是随着时空而转变的，语言不同，文学的形式和内容也就不同。一代有一代的语言，所以一代也有一代的文学。汉赋、唐诗、宋词、元曲，它们之间最基本的不同，就是语言质地的差异。所以如果不注意各自语言质地的纯正，作品便会体类不明。譬如：

第二章 认识元人散曲

云一绹，玉一梭，淡淡衫儿薄薄罗，轻颦双黛螺。秋风多，雨相和，帘外芭蕉三两窠，夜长人奈何。（南唐李煜《长相思》）

世事短如春梦，人情薄似秋云。不须计较苦劳心，万事原来有命。幸遇三杯酒美，况逢一朵花新。片时欢笑且相亲，明日阴晴未定。（南宋周敦儒《西江月》）

像这样白描的词，其情味与曲何殊？再看蒋一葵《尧山堂曲纪》所记载的赵孟頫（号松雪）事：

赵松雪欲置妾，以小词调管夫人云："我为学士，你做夫人。岂不闻陶学士有桃叶桃根，苏学士有朝云暮云，我便多娶几个吴姬越女何过分。你年纪已过四旬，只管占住玉堂春。"管夫人答云："你侬我侬，忒煞情多，情多处热似火。把一块泥捻一个你，塑一个我。将咱两个一齐打破，用水调和，再捻一个你，再塑一个我。我泥中有你，你泥中有我。与你生同一个衾，死同一个椁。"松雪得词，大笑而止。

赵松雪夫妻这一段风流韵事，其一唱一和的"小词"，较之元人散曲中的许多作品，更要明白如话。有人说"词句的语体化"促成元人散曲的诞生，但事实上像北宋的柳永、黄庭坚和南唐李后主，都喜欢用白话俚言入词，甚至在敦煌所发现的"唐词"也多半是俚言俗语，有些人便把它叫作"杂曲子"，可见词曲的分别，原来不在于语言的俚俗或雅正，只是词发展的结果，变成典雅凝练纯正，于是白描俚俗的作品就不像词了。

元人散曲：大融合时代的文化硕果

再看以下几支曲子：

鞭挑斜月明金鞚，花压春风短帽檐。谁家帘影玉纤纤，黏翠靥，消息露眉尖。（周德清《喜春来·春晚》）

惊回一枕当年梦，渔唱起南津。画屏云嶂，池塘春草，无限销魂。旧家应在，梧桐覆井，杨柳藏门。闲身空老，孤篷听雨，灯火江村。（倪瓒《人月圆》）

东风柳丝，细雨花枝，好春能有几多时。韶华迅指，芭蕉叶上鸳鸯字，芙蓉帐底鸾凤事，海棠亭畔鹧鸪词，问莺儿燕字。

像这样的曲子，恐怕多数人要把它们当作词，如果置于宋词之中，也必然混淆不清。就文学的体类来说，诗化的词或词化的曲，虽然不失其文学价值，但总不属"正格"。

最先注意到散曲语言的，应当是作《中原音韵》的周德清，其《作词十法》中第二法就是"造语"：

可作乐府语、经史语、天下通语。……不可作俗语、蛮语、谑语、嗑语、市语、方语、书生语、讥诮语、全句语、构肆语、张打油语、双声叠韵语、六字三韵语。

周氏认为可作之语三种，不可作之语十三种。对于这十六种语言，有些他作了解释：

方语：各处乡谈也。

第二章　认识元人散曲

　　书生语：书之纸上，详解方晓，歌则莫知所云。
　　讥诮语：讽刺古有之，不可直述。托一景，托一物可。
　　全句语：短章乐府，务头上不可多用全句，还是自立一家言语为上。全句语者，唯传奇中务头上用此法耳。
　　勾肆语：不必要上纸，但只要好听，俗语、谑语、市语皆可。前辈云："街市小令，唱尖新茜意，成文章曰乐府"是也。乐府小令两途：乐府语可入小令，小令语不可入乐府。
　　张打油语：吉安龙泉县（今吉安市遂川县）水淹米仓，有于志能号无心者，欲县官利塞其口，作水仙子示人，自谓得意。末句云："早难道水米无交。"观其全集自名之曰乐府，作者当以为戒。
　　双声叠韵语：如"故国观光君未归"是也。夫乐府贵在音律浏亮，何乃反入艰难之乡。此体不可无，亦不可专意作而歌之，但可勾肆中白念耳。六字三韵语：前辈周公摄政传奇太平令云："口来豁开两腮。"《西厢记·麻郎儿》云："忽听一声猛惊。"本宫始终不同，韵脚俱用平声，若杂一上声，更属第二者。皆于务头上使。近有"折桂令"，皆二字一韵，不分务头，亦不喝彩。全淳则已，若不淳，则句句急口令矣。所谓画虎不成反类犬也。殊不知前辈止于全篇中务头上使，以别精粗，如众星中显一月之孤明也。可与识者。
　　细按周氏所提出的这十六种语言，所谓乐府语即文雅之语，蛮语指粗蠢狠戾之语，谑语指嘲谑之语，嗑语指唠叨琐屑之语，书生语指典重晦涩之语，讥诮语指措辞刻薄、局变褊狭之语，张打油语指俗恶粗鄙之语，这七种语言是就其格调来说的。所谓经史语即指经史中的成语，天下通语指当时天下通行的语言，俗语指民间习用的语言，市语指商场中的行语，方语指各地的方言，全句语指引用前人著作而整抄全句、不加剪裁，勾肆语指戏剧界共享的语言，这七种语言是就其成分来说的。至于所谓双声叠韵语、六字三韵语，则皆就语言的声韵结构而立名。周氏盖就"文士之曲"为准则以论散曲的语言，其论可作之语与不可作之语，虽大体不差，但文学语言的运用，其妙完全存乎一心。只要能使曲文机趣活泼，无论何等语言，应当都可以使用。就周氏所禁止的十三种语言来说，俗语和谑语二种，征之元人作品和周氏自己的作品，都不合，如何能禁得！

其次周氏又从修辞学的观点论造语，提出了四点禁忌：

语病：如"达不着主母机。"有答之曰："烧公鸭亦可。"似此之类切忌。

语涩：句生硬而平仄不好。

语粗：无细腻俊美之言。

语嫩：谓其言太弱，既庸且腐，又不切当，鄙猥小家而无大气象也。

方言：他方人不晓。

语病：声不雅如《中原音韵》所谓"达不着主母机"，或曰"烧公鸭亦可"类。

请客：如咏春而及夏，题柳而及花类。

太文语：不当行。

太晦语：费解说。

经史语：如《西厢》"靡不有初，鲜克有终"类。

学究语：头巾气。

书生语：时文气。

重字多：不论全套单只，凡重字俱用检去。

衬字多：衬至五六字。

堆积学问。

第二章　认识元人散曲

错用故事。

对偶不整。

其中只有方言和经史语是语言成分，太文语、太晦语、学究语、书生语是语言格调，其余十六条都是有关修辞学的问题。这里可注意的是，"经史语"在周氏是可作之语，而王氏则在禁止之列。任讷《作词十法疏证》云：

元人曲如："红尘不向门前惹，绿树偏宜屋角遮，青山正补墙头缺。""枯藤老树昏鸦，小桥流水人家，古道西风瘦马。夕阳西下，断肠人在天涯。"景中雅语也。

"池中星、玉盘乱洒水晶丸，松梢月、苍龙捧出轩辕镜。""红叶落、火龙褪甲，苍松蟠、怪蟒张牙。""水面云山，山上楼台，山水相连，楼台上下，天地安排。"景中壮语也。

"仙翁何处炼丹砂，一缕白云下。客去斋余，人来茶罢。叹浮生数落花，楚家、汉家，做了渔樵话。""黄庐岸、白苹渡口，绿杨堤、红蓼滩头。虽无刎颈交，却有忘机友。点秋江、白鹭沙鸥，傲杀人间万户侯，不识字、烟波钓叟。"意中爽语也。

"十二玉栏天外倚，望中原、思故国，感慨伤悲，一片伤心碎。"情中快语也。

"笑捻花枝比较春，输与海棠三四分。再偷匀，一半儿胭脂一半儿粉。"情中冶语也。

"参旗动，斗柄挪。为多情、揽下风流祸。眉攒翠蛾，裙拖绛罗，袜冷凌波。耽惊怕、万千般，得受用、些儿个。""侧耳听、门前去马，和泪看、帘外飞花。""怕黄昏、不觉又黄昏，不销魂、怎地不销魂，新啼痕、间旧啼痕，断肠人、送断肠人。""春将去，人未还,这其间,殃及杀、愁眉泪眼。""把团圆梦儿生唤起,谁,不做美。呸!却是你。"情中悄语也。

"怨青春,捱白昼,怕黄昏。""一声梧叶一声秋,一点芭蕉一点愁,三更归梦三更后。"情中紧语也。

"五眼鸡、丹山鸣凤,两头蛇、南阳卧龙。三脚猫、渭水飞熊。""糟腌两个功名字,酰淹千古兴亡事,曲埋万丈虹霓志。不达时、皆笑屈原非,但知音、便说陶潜是。"诨中奇语也。

"搊杀银筝韵不真,揉痒天生钝。纵有相思泪痕,索把拳头搵。"诨中巧语也。

王氏一共举出了"景中雅语""景中壮语""意中爽语""情中快语""情中冶语""情中悄语""情中紧语""诨中奇语""诨中巧语"等九种语言。就内容而言有"情""意""景""诨"四种,就格调而言有"雅""壮""爽""快""冶""悄""紧""奇""巧"九品,即此亦可见元人散曲的语言,所能表现的品位较之诗词更为繁多而别致了。

在元曲里还有两种语言是诗词和南曲所少有的,那就是"叠字衍声复词"和"状声形容复词"。这两种语言的运用,使得元曲显得鲜活无比。在杂剧里,俯拾即是,但散曲里,则主要见诸套数。张清徽《元明杂剧描写技术的几个特点》(载《大陆杂志》十卷十、十一期)中第二节《叠字的繁富》云:

这里所说的叠字,即唐立庵所谓"双音联语"。《诗经》状鸟鸣之声,有"关关""雎雎""交交",形容花木有"夭夭""灼灼";形容绿竹则曰"青青""猗猗",谓蒹葭则曰"苍苍""凄凄",虫鸣为"喓喓",虫飞为"薨薨",虫跃为"趯趯",鱼拨

第二章 认识元人散曲

尾谓之"发发",状水流声为"活活",雷声为"虺虺",星耀为"煌煌"。叠字之用,巧妙已极,这真是天地的元音。其后乐府诗词,此道未衰,易安居士《声声慢》一开场即用七叠,论者叹为观止。不知此种联语的运用,至元曲愈加登峰造极。

《诗经》的国风本是民歌,近于曲,所以叠字亦多。叠字衍声复词的原理,前文已论及,即其次字之作用有如词尾,只占半音节,所以读起来显得很轻快,轻快的音节自然显得生动活泼。至于状声形容复词,由于它的作用是在描摹声音,有时闻声即可见义,在逼真之中,自然使人感到活灵活现。例如贯云石中吕粉蝶儿合套"描不上小扇轻罗"中的几支北曲,兹举其一为例:

斗鹌鹑

闹穰穰的急管繁弦,齐臻臻的兰舟画舸,娇滴滴粉黛相连,颤巍巍翠云万朵。端的是洗古磨今锦绣窝。你不信、试觑波,绿依依杨柳千株,红馥馥芙蕖万朵。

又如王元鼎《商调河西后庭花》"走将来涎涎瞪瞪冷眼儿晔"套中的《河西后庭花·幺篇》:

支楞弦断了绿绮琴,珰玎掂折了碧玉簪。嗨!堕落了题桥志,吁!阑珊了解佩心。(走将来)、笑吟吟,妆呆妆婪。硬厮(挣)、软厮禁,"泥中(刺)、绵里针,黑头(虫)、黄口鹈。"

就因为叠字衍声复词和状声形容复词都在表达声情、助长活泼,所以它们的地位大抵都在衬字之列;如果在正字之中,加上板眼,就不能快唱了。

总结起来说,元人散曲所用的语言,即使是经史诗词中的"雅言",也都是流播人口、众人耳熟能详的"成语",以此成语,可以深厚情味、凝练句意,而不失晦涩;所用的俗语,也往往是庶民体验出来的"谚语",这种"谚语"可以很真切地传达情感和生活,而不至于鄙俚不堪入目;偶然用用方言或行话,虽然教人一时索解不得,但也因此增加了乡土气息。至于衬字、叠字衍声复词和状声形容复词的运用,则增加了语言长度、活泼了语言声情,更使曲成为一种多韵多致的文学。

五、作法

元人论散曲的作法,首先见诸乔吉。陶宗仪《辍耕录》卷八云:

乔梦符(吉),博学多能,以乐府称。尝云:"作乐府亦有法。曰:'凤头、猪肚、豹尾'六字是也。大概起要美丽,中要浩荡,结要响亮。尤贵在首尾贯穿,意思清新,苟能知是,斯可以言乐府矣。"

这里所谓的"乐府",指的是小令。这段议论何止小令应当如此,大凡散套、杂剧,以至于诗文,莫不应如此。其所谓"猪肚""中要浩荡",与周德清所称"腰腹饱满"者相同。

周德清《中原音韵》附有《作词十法》,所谓"词"实即"曲",

第二章 认识元人散曲

十法是:一知韵,二造语,三用事,四用字,五入声作平声,六阴阳,七务头,八对偶,九末句,十定格。所谓"定格",即列举名作四十首,定为标准,并加品评,既可资欣赏,亦可作"曲谱"观。他说:

> 凡作乐府,古人云:"有文章谓之乐府。"如无文饰者谓之俚歌,不可与乐府共论也。又云:"作乐府切忌有伤于音律。"且如女真风流体等乐章,皆以女真人音乐歌之,虽字有舛讹,不伤于音律者,不为善也。大抵先要明腔,后要识谱,审其音而作之,庶无劣调之失。

这是《作词十法》的小引。他分曲为"乐府"和"俚歌"与芝庵的《唱论》略同。乐府要明腔识谱,"审其音而作之",可见曲已到了极为讲求音律的时候。他论"知韵"谓"无入声,止有平上去三声"。论"入声作平声"谓"施于句中,不可不谨,皆不能正其音。"论"阴阳"谓曲中有"用阴字法"与"用阳字法",不可不别。这三条是有关声调的问题。另外还有所谓"务头",他说:

> 要知某调某句某字是"务头",可施俊语于其上。

务头之说,聚讼纷纭。明王骥德《曲律》云:

务头系是调中最紧要句字,凡曲遇揭起其音而宛转其调,如俗之所谓做腔处,每调或一句,或二三句,每句或一字,或二三字,即是务头。

此说近是。周氏又论"造语"的方法:

未造其语，先立其意，语意俱高为上。短章辞既简，意欲尽。长篇要腰腹饱满，首尾相救。造语必俊，用字必熟。太文则迂，不文则俗，文而不文，俗而不俗，要耸观，又耸听，格调高，音律好，衬字无，平仄稳。

他论长短篇之曲的作法，除了"衬字无"一语，如上文所言，不可从外，其余大抵允当。其《论句法第十七》云：

王骥德《曲律》虽然主要为南曲立法，但曲理相通，其中也有颇足供北曲参考的。如其《论字法第十八》云：下字为句中之眼，古谓百炼成字，千炼成句；又谓前有浮声，后须切响。要极新，又要极熟；要极奇，又要极稳。虚句用实字铺衬，实句用虚字点缀。务头须下响字，勿令提掣不起。押韵处，要妥帖天成，换不得他韵。照管上下文，恐有重字，须逐一点勘换去。又闭口字少用，恐唱时费力。

可见他所说的"字法"是就字的意义和声韵而说的。用字到了"妥帖天成"，不只作曲应如此，作诗、作文何尝不应如此？而"隐晦字样"，则是曲中所汲汲务去而唯恐不及的。

其《论句法第十七》云：

句法，宜婉曲不宜直致，宜藻艳不宜枯瘁，宜溜亮不宜艰涩，宜轻俊不宜重滞，宜新采不宜陈腐，宜摆脱不宜堆垛，宜温雅不宜激烈，宜细腻不宜粗率，宜芳润不宜噍杀；又总之，宜自然不宜生造。意常则造语贵新，语常则倒换须奇。他人所道，我则引避；他人用拙，我独用巧。平仄调停，阴阳谐叶。上下引带，减一句不得，

第二章　认识元人散曲

增一句不得。我本新语，而使人闻之，若是旧句，言机熟也；我本生曲，而使人歌之，容易上口，言音调也。一调之中，句句琢炼，毋令有败笔语，毋令有欺嗓，积以成章无遗恨矣。

这是就曲句的情味和音调而论的，所谓"枯瘁、艰涩、重滞、陈腐、堆垛"，固然于曲"不宜"，应当避免；但"直致、激烈、粗率、噍杀"，有时反而是曲中特色，倘极力禁忌，则不流入"词化之曲"者几稀。虽然，"宜自然不宜生造""平仄调停，阴阳谐叶"，则是使得曲"句句琢炼"的不二法门。

其《论章法第十六》云：

作曲，犹造宫室者然。工师之作室也，必先定规式，作曲者，亦必先分段数，以何意起，何意作中段敷衍，何意作后段收煞，整整在目，而后可施结撰。此法，从古之为文、为辞赋、为歌诗者皆然；于曲，则在剧戏，其事头原有步骤；作套数曲，遂绝不闻有知此窍者，只漫然随调，逐句凑拍，掇拾为之，非不间得一二好语，颠倒零碎，终是不成格局。

似乎可以断言，任何文学作品没有不讲求章法结构的，而章法结构如果不佳，则绝非好作品。

又其《论小令第二十五》云：

作小令与五七言绝句同法，要酝藉，要无衬字，要言简而趣味无穷。昔人谓：五言律诗，如四十个贤人，着一个屠沽不得。小令亦得字字看得精细，着一戾句不得，着一草率字不得。弇州论词，所谓宛转绵丽，浅至儇俏，正作小令至语。周氏谓乐府、小令两途，乐府语可入小令，小令语不可入乐府。未必其然。渠所谓小令，盖市井所唱小曲也。

又《论套数第二十四》云：

套数之曲，元人谓之"乐府"，与古之辞赋，今之时义，同一机轴。有起有止，有开有合。须先定下间架，立下主意，排下曲调，然后遣句，然后成章。切忌凑插，切忌将就。务如常山之蛇，首尾相应；又如鲛人之锦，不着一丝纰颣。意新语俊，字响调圆，增减一调不得，颠倒一调不得，有规有矩，有声有色，众美具矣！而其妙处，政不在声调之中，而在句字之外。又须烟波渺漫，姿态横逸，揽之不得，挹之不尽。摹欢则令人神荡，写怨则令人断肠，不在快人，而在动人。此所谓"风神"，所谓"标韵"，所谓"动吾天机"。不知所以然而然，方是神品，方是绝技。

王氏以作五七绝和五言律来比作小令，以作辞赋和时义来比作套数。其所比拟颇有切当之处，所论亦有中肯之语；譬如谓小令"要言简而趣味无穷"，谓套数要"意新语俊，字响调圆"。"务如常山之蛇，首尾相应；又如鲛人之锦，不着一丝纰颣。"都非常警醒，可以使人遵循。但如果以五七绝、五言律之法来作小令，求其"宛转绵丽"，势必失其疏朗诙谐的机趣；如果以辞赋时义之法来作套数，专门讲求其"风神标韵""动吾天机"，虽是"神品绝技"，但势必遗其豪辣灏烂之姿与莽爽疏朗之气；而曲之所以为曲，亦必忘其本来面目。所以作小令也好，作套数也好，莫如以作小令之法作小令，以作套数之法作套数；媚妩者，取其仙女寻春，自然笑傲；豪辣者，取其波浪壮阔，意气纵横；而清刚之气自然流贯其间，则不失曲之所以为曲之韵致矣。

六、内容

任讷在《散曲概论》卷二《内容第八》中，有这样一段话：

夫我国一切韵文之内容，其驳杂广大，殆无逾于曲者。剧曲不论，只就散曲以观：上而时会盛衰，政事兴废；下而里巷琐故，帏闼秘闻。其间形形式式，或议或叙，举无不可于此体中发挥之者。冠冕则极其冠冕，淫鄙则极其淫鄙，而都不失其为当行也。以言人物，则公卿士夫、骚人墨客，固足以写；贩贾走卒、娼女弄人，亦足以写。且在作者意中，初不以与公卿士夫、骚人墨客，有所歧视也。大而天日山河，细而米盐枣栗；美而名姝胜境，丑而恶疾畸形，殆无不足以写；而细者丑者，初亦不与大者美者，有所歧视也。要之，衡其作品之大多数量，虽为风云月露，游戏讥嘲，而意境所到，材料所收，固古今上下，文质雅俗，恢恢乎从不知有所限，从不辨孰者为可能，而孰者为不可能，孰者为能容，而孰者为不能容也。其涵盖之广，固诗文之所不及，而时代体裁，又恰与诗余为邻，由诗余继承而来者，相形之余，一宽一窄，乃益觉其各趋极端，暗中若有谁使为然者。世人但知词曲二事，向来并称，其间于相去不远，而不知细按之，由词递曲，其变迁之骤，趋向之反，实较其他任何两种文体为尤甚也。

任氏这段话说得鞭辟入里、言简意赅。台大中文研究所博士班王安祈，就《全元散曲》中的题目，归纳分类其内容，所得的类别和统计是：

（一）叙情：计得小令441，套数80。

① 送别：小令51，套数9。

② 相思：小令184，套数60。

③ 闺怨：小令83，套数7。

④ 羁旅：小令27，套数2。

⑤ 闲适：小令64，套数2。

⑥ 风情：小令32。

（二）写景：计得小令618，套数24。

① 自然景观：含春景（小令92，套数4）、夏景（小令32，套数3）、秋景（小令48，套数2）、冬景（小令18，套数3）、雪景（小令23，套数4）、月色（小令9）、雨景（小令16，套数1）、夜景（小令18）、节令（小令76，套数3），总共计得小令332，套数20。

② 名胜古迹：小令286，套数4。

（三）咏史：小令91，套数4。

（四）怀古：小令95，套数1。

（五）写志：小令261，套数32。

（六）咏物：计得小令177，套数26。

① 美色：小令71，套数10。

② 花草果木：小令66，套数6。

③鸟兽虫鱼：小令 7，套数 3。

④杂物：小令 33，套数 7。

（七）酬赠：计得小令 312，套数 5。

①宴集即兴：小令 110，套数 1。

②祝贺：小令 20，套数 4。

③赠歌伎：小令 76，套数 22。

④酬和友人：小令 85。

⑤吊祭：小令 21。

（八）其他：有关政教风俗。

以上八大类，实得类别有二十一种。明人陈所闻选《南北宫词纪》十二卷，北纪立门类八，即燕赏、祝贺、栖逸兼归田、送别、旅怀附悼亡、咏物、宫室、闺情；南纪立门类十三，即美丽、闺怨、燕赏、祝贺、题赠、寄慰、送别、写怀、伤逝、隐逸、游览、咏物、嘲笑。这里要特别提出的是那些有关政教风俗的作品，譬如刘时中"上高监司"的两套端正好，一套叙洪都某年大饥的情况，幸赖有司济恤得时，百姓乃能复安其居；一套痛陈当时库藏积弊，吏役弄奸为非的情状，并详举改革办法。这种作品直以套曲之体代说帖、代条陈，最为新异；又如杜仁杰的"庄家不识勾栏"的一套般涉耍孩儿，高安道"嗓淡行院"的一套般涉哨遍写的是演戏和倡优的生活，我们由此了解了元人剧场的结构，院本、杂剧搬演的情形，以及演员的身份地位和种种甘苦。

叙情、写景、咏史怀古、燕赏酬赠，以及抒怀写志、歌功颂德之作，自来各体文字习焉为常，但元人由于政治社会的背景和语言音乐的特质，自然产生不同的格调。像下面这些写情的曲子：

元人散曲：大融合时代的文化硕果

中吕·阳春曲　王和卿

情粘骨髓难揩洗，病在膏肓怎疗治。相思何日会佳期，我共你，相见一般医。

仙吕·一半儿　关汉卿

碧纱窗外静无人，跪在床前忙要亲。骂了个负心回转身，虽是我话儿嗔，一半儿推辞一半儿肯。

仙吕·寄生草　无名氏

宽了他罗裙带，淡了他桃杏腮。翠巍巍两叶眉儿窄，困腾腾每日逐朝害，闷厌厌使我愁无奈。前生想是负亏他，今生还了你相思债。

写情本来贵含蓄，教人耐于咀嚼，但上举三例，或写相思，或叙幽会，或表闺情，用的都是很醒豁的语言，达意唯恐不尽，甚至于露骨，但其真挚之理与秀杰之气却洋溢其间，给我们的是机趣自然的情味。

郑因百在《词曲的特质》一文中说：

曲是元明两朝的产物。凡是读过历史的人，都知道这两朝的政治社会不怎么清明健全，是中国文化的衰落时期。其情形大致有如下述：在上者的施为是凶暴昏虐，在下者的风气是颓废淫靡。政治的黑暗情形，社会畸形状态，暴君之昏虐，特权阶级如元之蒙古人，明之藩王及豪绅，与一部分疆臣吏胥之贪纵不法，使有心之士，对于现实生出一种厌恶恐怖与悲悯交织而成的苦闷。他们受不了这种苦闷，而又打不开它，于是颓废下去。颓废的结果便是淫靡。同

第二章　认识元人散曲

时又有一般人，很热衷而又不得志。于是或者假撇清，满心功名富贵，满口山林泉石；或者怨天尤人，大发牢骚。旁人看去，则只见其鄙陋无聊。我以为曲有四弊：颓废、鄙陋、荒唐、纤佻。颓废与鄙陋如上所述。荒唐是由颓废生出来的。人一颓废了，就把是非真伪都不当回事，胡天胡地，信口雌黄。这种情形，在散曲里较少，在剧曲里颇多。……纤佻则是淫靡风气的反映，是从抒写男女之情上生出来的毛病。古今中外的文学，没有不写男女之情的，这是正当而优美的人类情感，无可厚非。但在写出来的时候，要写得蕴藉深厚，若写得太露、太尽而流于纤佻轻薄，那就失去正当的美。元曲里边，每涉到男女之情，常是容易犯这种毛病，于是连累到整个的曲。

郑因百所说的"纤佻轻薄"，若拿诗教的温柔敦厚来看，确实是曲的弊病之一，但如果我们了解庶民的情感是最赤裸、最显豁、最任性而发的，我们也就可以体谅它们的"不登大雅之堂"了。此时的文人心志已经是颓废鄙陋，他们在行止事实上与庶民无殊，甚至有过之而无不及，所以在酒宴歌席里所写所唱的这些情词，便都如此"纤佻轻薄"了。而如果我们拿元人这些"纤佻轻薄"的情词来和晚近民间歌谣并看，便不难发现，它们同样最多真声、最能沁人肺腑。

因百所说的"颓废、鄙陋"，反映在元人散曲的，便是那些与"情词"等量齐观的"隐居乐道"之词。

中吕·喜春来·隐居　曾瑞

牧牛柱叹白石烂，垂钓休嗟渭水寒，云深虎豹九重关。非是懒，无意近长安。

元人散曲：大融合时代的文化硕果

双调·拨不断·闲乐　吴弘道

泛浮槎，寄生涯，长江万里秋风驾。稚子和烟煮嫩茶，老妻带月包新鲊。醉时闲话。

南吕·骂玉郎过感皇恩·采茶歌　顾德润

人生傀儡棚中过，叹乌兔、似飞梭，消磨岁月新工课；尚父蓑、元亮歌、灵均些。安乐行窝，风流花磨。闲呵诹，歪嗑牙，发乔科。山花裊娜，老子婆娑。心犹倦，时未来，志将何。爱风魔，怕风波。识人多处是非多，适兴吟哦无不可，得磨跎处且磨跎。

像这样的曲子都还有几分"隐居乐道"的情味，但顾德润无意中说了"心犹倦，时未来，志将何"，便充分流露了他的不甘寂寞了。而下面的曲子，则是十足的颓废。

小石·归来乐二支　无名氏

你看那秦代长城替别人打，汉朝陵寝被偷儿挖。魏时铜雀台，到如今无片瓦。哈哈！名利场、最兜搭。班定远、玉门关，枉白了青丝发；马新息、铜柱标，抵不得明珠价。哈哈！却更有几般堪讶。

动不动说甚么玉堂金马，虚费了文园笔札。只恐怕渴死了汉相如，空落下文君再寡。哈哈！到头来都是假。总饶你事业伊周，文章董贾，少不得北邙山下。哈哈！俺归去也呀！

否定了人世间的一切志业进取、功名利禄，殷鉴不远，古人古事俱已如此，而今而后，岂不也等同云烟？所以元人散曲的"吊古兴悲"，无不在否定历史上那些功臣名士如项羽、韩信者流，国色娇娃如西施、昭君者流。他们所向往的，是如严子陵、陶渊明般的山林田园之乐，而事实上，他们大多数是"口是心非""身在山林，心怀魏阙"。表里冲突、外冷内热、形神不能相亲的结果，有时虽然也有一些愤激之语，但大致说来，则是使他们的人格显得鄙陋不堪。而风气所及，连一些达官贵人也都倡起道情了。这正如马致远《荐福碑》一剧所说的"则这有银的陶令不休官，无钱的子张学干禄"。

若论元人散曲最成功的地方，除了写情真切、沁人心脾之外，便是写景之美，如在眼前。举凡春夏秋冬、花朝月夜，以及名都胜迹、池馆楼台，莫不曲尽其致。

双调·寿阳曲　马致远

花村外，草店西，晚霞明，雨收云霁。四围山一竿残照里，锦屏风又添铺翠。

双调·落梅风·江楼晚眺　赵善庆

枫枯叶，柳瘦丝。夕阳闲，画阑十二。望晴空莹然如片纸，一行雁，一行愁字。

仙吕·后庭花·冷泉亭　吕止庵

苍猿攀树啼，残花扑马飞。越女随舟唱，山僧逐渡归。冷泉西，雄楼杰观，钟声出翠微。

双调·清江引　吴西逸

白雁乱飞秋似雪，清露生凉夜。扫却石边云，醉踏松根月。星斗满天人睡也。

大抵写景之曲宜于清丽。小令着墨不多，如绘画之萧疏数笔，自见雅趣；套数则每多铺排，惟妙惟肖。元人作品中，不乏可读之作，即以咏西湖为例，不难汇集成帙。

与写景异曲同工的是咏物之词。

仙吕·醉中天·李嵩髑髅纨扇　黄公望

没半点皮和肉，有一担苦和愁。傀儡儿还将丝线抽，弄一个小样子把冤家逗，识破个羞那不羞。

诗词咏物，喜欢用典故，散曲则出诸白描，往往更为真切。

以上所举的例子都避免和下文"欣赏"一章相同，因此不算是最佳的作品，但即此亦可以概见元人散曲内容之一斑了。

七、风格

元人论曲，述及诸家风格的，首见贯云石，其《阳春白雪·序》云：

盖士尝云："东坡之后，便到稼轩。"兹评甚矣。然而，北来徐子芳滑雅，杨西庵平熟，已有知音。近代疏斋媚妩，如仙女寻春，自然笑傲；冯海粟豪辣灏烂，不断古今心事，又与疏翁不可同古共谈。关汉卿、庾吉甫，造语妖娇，适如少美临杯，使人不忍对殢。仆幼学词，辄知深度如此。年来职史，稍稍遐顿，不能追前数，愧已。澹斋杨朝英,选词百家,谓"阳春白雪",征仆为之一引。吁!阳春白雪,久亡音响,评中数士之词,岂非阳春白雪也耶?客有审仆曰:"适先生所评,未尽选中,谓他士何?"仆曰:"西山朝来有爽气。"客笑,澹斋亦笑。

《阳春白雪》所选作家八十余人,贯氏谓"选词百家",盖举成数。由贯序观之,直以"曲"为"词",故隐然以北曲作家承接东坡、稼轩之后。其所评诸家风格甚有见地,尤其揭橥"豪辣灏烂"一端,则唯曲中足以当此。"西山朝来有爽气",元曲之共同特色便是一股"爽气"流贯其间,贯氏身为元曲名家,故所论自非泛泛之语。

杨朝英另有散曲选集《太平乐府》,邓子晋序之云:

澹斋杨君有选集《阳春白雪》,流行久矣;兹又新选《太平乐府》一编,分宫类调,皆当代朝野名笔,而不复出诸编之所载者。且以燕山卓氏北腔韵类冠之,期于朔南同调,声和气和,而为治世安乐之音,不徒美乎秦青之喉吻也。昔酸斋贯公与澹斋游,曰:"我酸则子当澹。"遂以号之,常相评今日词手,以冯海粟为豪辣灏烂,乃其所畏也。是编首采海粟所和白仁甫黑漆弩为之始,盖嘉其字按四声,字字不苟,辞壮而丽,不淫不伤。澹斋删存之意,亦知乐府之所本与?

可见杨氏选集的标准既重音律,又重辞格;他和贯氏皆以冯海粟的"豪辣灏烂"为典范,那些四声失调,粗俗淫靡之作,并非他们心目中的"乐府",自然在删除之列。

另外,杨维桢《东维子集》也有两段论散曲的文字。其《周月湖今乐府·序》云:

元人散曲：大融合时代的文化硕果

士大夫以今乐成鸣者，奇巧莫如关汉卿、庾吉甫、杨澹斋、卢疏斋，豪爽则犹如冯海粟、滕王霄，酝藉则犹如贯酸斋、马昂父。其体裁各异，而宫商相宜，皆可被于丝竹者也。继起者不可枚举，往往泥文采者失音节，谐音节者亏文采，兼之者实难也。夫词曲本古诗之流，既以乐府名编，则宜有风雅余韵在焉。苟专逐时变，竞俗浅，不自知其流于街谈市谚之陋，而不见夫锦脏绣腑之为懿也，则亦何取于今之乐府，可被于丝竹者哉？

可见杨氏认为曲既当讲求文采，又当谐调音节，而像关氏等人才是曲家的典范。其说与邓氏序太平乐府之意相似，只是他更明白指出曲宜有"风雅余韵"，而对于"街谈市谚"之俚曲则更加鄙薄，尤见士大夫的传统气息而已。他在沈氏《今乐府·序》中更强调这种观念：

或问："骚可以被弦乎？"曰："骚，诗之流，诗可以弦，则骚其不可乎？"或于曰："骚无古今，而乐府有古今，何也？"曰："骚之下为乐府，则亦骚之今也。又况今之今乎？吁！乐府曰今，则乐府之去汉也远矣。士之操觚于是者，文墨之游耳。其于声文缀于君臣、夫妇、仙释氏之典故，以警人视听，使痴儿女知有古今美恶成败之观惩，则出于关、庾氏传奇之变。或者以为治世之音，则辱国甚矣！吁！关雎、麟趾之化渐渍于声乐者，固若是其班乎？故曰："今乐府者，文墨之士之游也。"然而蝶邪正，豪俊、鄙野，则亦随其人品而得之。杨、卢、滕、李、冯、贯、马、白，皆一代词伯，而不能不游于是；虽依比声调，而其格力雄浑正大有足传者。迩年以来，小叶徘辈，类以今乐自鸣，往往流于街谈市谚之陋，有渔樵欸乃之不如者。吾不知又十年二十年后，其变为何如也。

在杨氏眼中，当时的曲运已见衰飒，缘故是"小叶俳辈"的时新小曲，"往往流于街谈市谚之陋"。由此也可见为什么元曲到了后来不是沦于粗鄙，便趋于秾丽的缘故。文士之曲自易趋于秾丽，市井之曲自易趋于卑俗；而元曲之爽气，杨氏之时恐难寻觅矣。

由以上贯、邓、杨三家之论，可见其所揭橥之"风格"有：

贯云石：滑雅、平熟、媚妩、豪辣灏烂、妖娇。

邓子晋：壮丽。

杨维桢：奇巧、豪爽、酝藉、雄浑、豪俊、鄙野。

明人论曲，则《太和正音谱》将乐府体式定为一十五家：

① 丹丘体：豪放不羁。

② 宗匠体：词林老作之调。

③ 黄冠体：神游广漠，寄情太虚，有餐霞服日之思，其名曰"道情"。

④ 承安体：华观伟丽，过于泆乐。承安，金章宗正朔。

⑤ 盛元体：快乐有雍熙之治，字句皆无忌惮。又曰"不讳体"。

⑥ 江东体：端谨严密。

⑦ 西江体：文采焕然，风流儒雅。

⑧ 东吴体：清丽华巧，浮而且艳。

⑨ 淮南体：气劲趣高。

⑩ 玉堂体：公平正大。

⑪ 草堂体：志在泉石。

⑫ 楚江体：屈抑不伸，摅衷诉志。

⑬ 香奁体：裙裾脂粉。

⑭ 骚人体：嘲讥戏谑。

⑮ 俳优体：诡喻媱虐，即"媱词"。

所谓"体式"就是刘勰《文心雕龙》所说的"体性"，也就是司空图《诗品》所说的"品"，都是指"风格"而言。《文心》分体为八，《诗品》析品为二十四。文心分体的标准兼具遣词造句的特色和所表现的风调气味，诗品析品的方法全用韵语体貌，摄其精神。但《正音》则丹丘、宗匠、黄冠、玉堂、草堂、骚人、俳优诸体，俱就典型之作家身份以见作品之风调；承安、盛元二体，乃就时代风气以见作品的内容和特色；江东、西江、东吴、淮南四体，则就地域习染以见作品的格调。只有楚江纯就作家遭遇，单从作品内容以见特质。虽然"乐府"（曲）分体之说始见于此，但其分类方法实嫌复沓与烦琐。任讷《散曲概论》卷二，更以黄冠、承安、玉堂、草堂、楚江、香奁、骚人、俳优八体为散曲内容之分类，而以丹丘、宗匠、盛元、江东、西江、东吴、淮南七体为派别之分类。按《太和正音谱》有"杂剧十二科"，乃就杂剧之内容而分类，对此乐府而既称"体式"，则应当指风格而言，只是其中草堂、香奁、黄冠三体的说明偏向内容而已。

细按此十五体，就其风格而言，可以分为三类：

① 豪放不羁、气劲趣高、公平正大、华观伟丽。

② 端谨严密。

③ 清丽华巧、文采焕然。

上文归纳贯、邓、杨三人所得，则所谓豪辣显烂、豪爽、雄浑、豪俊、壮丽俱属第一类，平熟、蕴藉属第二类，媚妩、妖娇、奇巧、滑雅则属第三类。《正音谱》另有"古今群英乐府格式"，录有"元

第二章　认识元人散曲

一百八十七人""国朝一十六人"。元一百八十七人中有评论者只二十七人,国朝十六人则俱有评论。评论的方法采象征的批评,犹如皇甫湜谕业之论文。又有详略之分,如元代被评论的二十七人中,马东篱等十二人有定论有说明,国朝十六人中王子一等四人亦然,其他则但有定论而无说明。所谓"定论",即是用一四言句作为其曲格的象征;所谓"说明",即是就此"定论"加以发挥。其评马东篱云:

马东篱之词,如朝阳鸣凤。

又云:

其词典雅清丽,可与灵光、景福两相颉颃。有振鬣长鸣,万马皆喑之意。又若神凤飞鸣于九霄,岂可与凡鸟共语哉?宜列群英之上。

所谓"朝阳鸣凤"就是"定论",所谓"其词典雅清丽"诸语就是"说明"。

若就《正音谱》评论"古今群英乐府格式"的标准来观察,则不外从辞藻和风骨两方面着眼。对于辞藻讲求"典雅清丽",对于风骨则主张垒块劲健或俊逸超拔。马东篱所以"宜列群英之上",乃是因为"其词典雅清丽",风骨之垒块劲健"有振鬣长鸣,万马皆喑之意",俊逸超拔"又若神凤飞鸣于九霄"。其他若张小山"其词清而且丽,华而不艳",李寿卿"其词雍容典雅",张鸣善"藻思富赡,烂若春葩",王实甫"铺叙委婉,深得骚人之趣。极有佳句,

· 117 ·

元人散曲：大融合时代的文化硕果

若玉环之出浴华清,绿珠之采莲洛浦",郑德辉"其词出语不凡,若咳唾落乎九天,临风而生珠玉",刘东生"镕意铸词,无纤翳尘俗之气",谷子敬"其词理温润,如璆琳琅玕,可荐为郊庙之用",皆从辞藻的"典雅清丽"立论。若白仁甫"风骨磊块,词源滂沛,若大鹏之起北溟,奋翼凌乎九霄,有一举万里之志",乔梦符"若天吴跨神鳌,噀沫于大洋,波涛汹涌,截断众流之势",宫大用"其词锋颖犀利,神采烨然,若捷翮摩空,下视林薮,使狐兔缩颈于蓬棘之势",则从风骨的磊块劲健予以揄扬。若张小山"有不吃烟火食气""若被太华之仙风,招蓬莱之海月",李寿卿"变化幽玄""非神仙中人,孰能致此",则从风骨之俊逸超拔称美。至于费唐臣"神风耸秀,气势纵横;放则惊涛拍天,敛则山河倒影,自是一般气象",白无咎"孑然独立,峛然挺出;若孤峰之插晴昊,使人莫不仰视也",王子一"风神苍古,才思奇瑰;如汉庭老吏判辞,不容一字增减,老作!其高处,如披琅玕而叫阊阖者也",此三家之风骨,亦如马东篱之兼具磊块劲健与俊逸超拔。

就因为《正音谱》认为有"文章"乃得称"乐府",辞藻讲求"典雅清丽",所以对于以本色质朴见长的作家,便不能欣赏。其谓"关汉卿之词,如琼筵醉客"。并云:

观其词话,乃可上可下之才。盖所以取者,初为杂剧之始,故卓以前列。

他的意思是因为关汉卿是"初为杂剧之始",所以才破格"卓以前列";否则以他那样"可上可下之才",不止不会"前列"为第十名,而是根本不取的。其实杂剧之始不可能为关氏一人所独创,

第二章 认识元人散曲

只要稍具戏剧史常识的人便会了然；而关汉卿是否只是"可上可下之才"，只要读过他剧本的人，也会有明确的判断。

综上所述，论散曲之风格，可以分为豪放、端谨、清丽三派，而其鉴别之法，则从辞藻、风骨着眼。任讷《散曲概论》卷二论"派别"，亦谓"仅列豪放、端谨、清丽三派，事实上已可以广包一切"。并云：

盖元曲之文章，本以用意遣辞，两俱豪放不羁者为主。其余种种，虽概目之为别调可也。惟曲之为事，增界广阔，而方法广任，初不故步自封，画成任何褊狭之畦町，以自限而复限人。故一面尽管以豪放为王，而一面于变换豪放者，亦一一听其自然发展。倘有意方面，较豪放为平实，为和易近人，而不作恣肆放诞，且遣辞又多用循循规矩之文言者，则听其为端谨严密之一派；倘遣辞方面，较豪放为渲染，为焕然成采（前一种虽多用文言，但不必即焕然成采；此种焕然成采，但不必即用文言），而不俚质白描，且用意仍清疏潇洒者，则听其为清丽华巧之一派。

可见任氏分派是从用意、遣辞两方面立言的。他所说的"恣肆放诞"和"清疏潇洒"，其实和"风骨"也颇有关系，所以他与《正音谱》的分派标准是大致不差的。他又说：

三派鼎立，分别在词意之收放与文质之间。仅言豪放、端谨、清丽，于意已足以表见其各派之特色。若又赘以不羁、严密、华巧者，则皆为进一步之说耳。唯三者之中，不羁、华巧，皆无闲言，而端谨进一步之严密，独有所不可。盖曲之工，全恃机趣；端谨者，

· 119 ·

元人散曲：大融合时代的文化硕果

其趣已鲜。所谓严密，若于机趣中见之自佳；若已鲜机趣之端谨，而复严密其组织，岂不蹈冷静沉滞之弊乎？故实际上一首散曲，既端谨而复严密，而仍不失其为好曲子妙曲子者，其例殊不多见也。再所谓豪放者，既属辞意双方之事，而不仅属于意，则有时如言情之作，其意境无所谓放，亦无所谓不放者，但其遣辞若甚本色，则仍属豪放一派；若遣辞不尚本色而尚辞藻，则是清丽矣。因此三派之中，豪放与清丽，尤易辨认，亦尤为要紧。唯端谨者，有时不甚显著，其词遂亦在可有可无之间矣。吾人寻常看散曲，若觉其既非豪放，又非清丽者，即可归之于端谨。故端谨一派，内容甚杂，有善有不善，善者不过为稳成，为大方，终非第一流好曲子；不善者则为平庸，为板滞，为枯涩，全无足道矣。因此端谨之称，若易为平稳二字，而视为曲之品藻中，消极方面一派，则尤为妥帖也。元人散曲之中，豪放最多，清丽次之，端谨较少。明人散曲，大抵与之相反，多者少之，而少者多之。若清丽则仍属居中，然在明人之心目中，端谨者不以为端谨，而正以为清丽。实则其词丽而不清者居多，有时且非曲之丽，而实为诗词之丽，又甚琐屑饾饤，一切迥非元曲比。前之所谓三派，于此已不适用矣。

任氏对于三派的分析，可以说是确当不易之论。元人散曲中，端谨一派已非佳作，况乎鄙野与靡丽之流。因此，论元人散曲者，若梁乙真《元明散曲小史》、罗锦堂《中国散曲史》但分豪放与清丽二派，可以说其来有自。任氏又于元人散曲中举三例，以见三体之确然不同，而确可认为文章之三派：

第二章 认识元人散曲

折桂令　卢挚

想人生七十犹稀，百岁光阴，先过了三十，七十年间，十岁顽童，十载尪羸。五十（岁）除分昼黑，刚分（得）一半儿白日。风雨相随，兔走乌飞。仔细沉吟，都不如快活了便宜。

折桂令　庾天锡

环滁秀列诸峰，山有名泉，泻出其中，泉上危亭，神仙好事，缔构成功。四景朝暮不同，宴酣之乐无穷。酒饮千钟，能醉能文，太守欧翁。

折桂令　张可久

对青山强整乌纱，归雁横秋，倦客思家，翠袖殷勤，金杯错落，玉手琵琶。人老（去）西风白发，蝶愁（来）明日黄花。回首天涯，一抹斜阳，数点寒鸦。

三支皆为折桂令，庾氏通首不衬不增，拘守本格。任讷谓庾词意亦不俗，通篇脱胎于古文（按：即欧阳修《醉翁亭记》），但较之卢、张，则显觉平稳，而趣味为逊，故当为端谨一派。而张词多用对仗，意趣潇洒，不因藻翰而伤缛，则分明为清丽一派。

元代的散曲家有二百余人，以时代分，向来分作前后二期。前期从金末到元大德年间（约1234—1300），约六十余年，相当于钟嗣成《录鬼簿》的"前辈名公"时代；后期从大德间至元末（1300—1367）六十余年，相当于《录鬼簿》作者钟嗣成的时代。

兹将元人散曲作家，依豪放与清丽，大致分派如下，下边加小黑点者，表示较为重要之作家：

甲、前期作家

1. 清丽派：元好问、杨果、王修甫、商挺、胡祇遹、徐琰、鲜于枢、王嘉甫、王恽、卢挚、荆干臣、关汉卿、白朴、高文秀、王实甫、于伯渊、王廷秀、王伯成、赵明道、珠帘秀、鲜于必仁。

2. 豪放派：刘秉忠、杜仁杰、王和卿、盍西村、张弘范、刘因、不忽木、彭寿之、陈草庵、姚燧、庾天锡、马致远、邓玉宾、姚守中、阿里西瑛、冯子振、白贲、贯云石、张养浩。

乙、后期作家

1. 清丽派：郑光祖、曾瑞、乔吉、王元鼎、薛昂夫、吴弘道、赵善庆、马谦斋、张可久、沈禧、任昱、徐再思、孙周卿、顾德润、王晔、吕止庵、查德卿、吴西逸、朱庭玉、李致远、宋方壶、周德清、汪元亨。

2. 豪放派：睢景臣、周文质、赵禹圭、刘时中、阿鲁威、高安道、张鸣善、杨朝英、王举之、钟嗣成、刘伯亨、刘庭信、汤式。

作家的分派只是举其大略的风格，若仔细品味，则往往一个作家本身就兼有清丽与豪放两种不同的格调。豪放派，在元人中，当以马致远、张养浩为代表；清丽派，则当以张可久、乔吉为翘楚。马、张都是前期作家，张、乔则是后期作家。由此也可见前期的特色是偏于豪放，后期则偏于清丽。而无论豪放还是清丽，意致都不失潇洒，气格则更有清刚，这是元曲的特质，明清以后就难于寻觅了。

八、结论——散曲的特质

　　从以上的论述，我们对于元人散曲的各种层面，已经有了具体而深切的认识，现在可以总结起来说明元人散曲的特质。罗锦堂《中国散曲史》谓散曲的特质是：①造句的新奇；②声韵的自然；③文字的通俗；④描写的逼真；⑤取材的丰富。

　　任讷《散曲概论》虽未特立"散曲的特质"一节，但意见则散见于各章节中，综合起来说是：①尽脱词法；②极尽长短变化之能；③协韵较密；④语料活泼；⑤表现途径为代言为批评。对于词曲的分别，他也颇有精当的见解：

　　词静而曲动，词敛而曲放，词纵而曲横，词深而曲横，词内旋而曲外旋，词阴柔而曲阳刚。词以婉约为主，别体则为豪放，曲以豪放为主，别体则为婉约。词尚意内而言外，曲竟为言外而意亦外。词曲之精神如此，作曲者有以显其精神，斯为合乎也。

　　他更从内容上分别词、曲：① 词仅可以抒情写景，而不可以记事；曲则记叙、抒写皆可，作用极广也。② 词仅宜于悲，而不宜于喜；曲则悲喜兼至，情致极放也。③ 词仅可以雅而不可以俗，可以纯而不可以杂；曲则雅俗俱可，无所不容，意志极阔也。④ 词仅宜于庄而不宜于谐，曲则庄谐杂出，态度极活也。由此他就学作词曲之进程上，划分为四步骤，他说：

元人散曲：大融合时代的文化硕果

初步妥溜文理以外，句法、四声、叶韵，俱能妥帖顺溜之谓。词与曲虽各妥溜，其所妥溜，有所不同，而首先必求此妥溜则一也。次步在词为清新，在曲则为尖新，新亦二者之所同。唯词之托体于浑穆，尖非其所宜。曲之感人在敏锐，尖得其所也。三步在词为沉郁，在曲为豪辣。沉郁者，情之所发，郁勃而不能尽忍，郁积而不能尽宣；语之所出，重不知其所负，深不知其所止，而词既已成矣。豪辣者，尖新而能入于大方，情之热烈，可以炙手，词之所鞭策，痕坼立见，而曲既已成矣。四步于词为可以入亦可以出者，有所为亦不必有所为者，其语触着多而做作少者，难以名之，权曰空灵；于曲则为灏烂，盖由险而趋平，由奇而入正，虚涵浑化，而超出于象外者，曲之高境也。

这四个步骤，一方面说明了习作词曲的层次，另一方面也说明了词曲各自的特质。就因为词的最高境界是超妙空灵，曲的登峰造极是灏烂纵横，所以郑因百《词曲的特质》一文，以翩翩佳公子喻词，以恶少气味喻曲，又因为它们根源相近而喻之为同胞兄弟。

以上诸家论说，已经可以概见散曲之特质，兹再就体制、音律、语言、内容、风格五方面，爰就个人意见，从诗词曲的简单比较中，见出曲的特质。

①体制：诗有古、近体，近体又有律、排、绝三种，各有五七言，古体更有杂言。五绝最短，只四句二十字；古体可以自由展延，但最长的《孔雀东南飞》亦不过1745字。词有单调、双调、三叠、四叠之分，而最长的《莺啼序》止于240字。散曲则短至十四字即可成篇的小络丝娘，长则可以累数十调的长套，如刘时中《正宫端正好上高监司》套用三十四调，凡二千四百余字。又曲有南北之分，带过与合套之别，较之诗词变化多方。

②音律：诗之古体只讲求押韵，近体加上平仄和对偶，词则

第二章 认识元人散曲

分别四声，曲更考究阴阳。诗的押韵是平声与平声押，上声与上声押，去声与去声押，入声与入声押，也就是四声各自押韵，不能互相通融。词则平声独用、入声独用，上去两声独用、通用均可，词中平仄通押的情形，只限于西江月、渡江云、换巢鸾凤等少数例子，而曲则北曲平上去（无入声）三声通押，南曲押韵虽大致与词相同，但平上去通押的情形远较词为多，则又近于北曲。所谓平仄通押或三声通押，并不是平仄声随便押一个字就行，而是哪一句该押平声，哪一句该押仄声，仍有它一定的规律。由此可见曲在音律上有较诗词谨严的一面，但也有较宽的一面；谨严的是平仄律，宽敞的是协韵律。另外在句中的"音节形式"，诗的四言只是双式，五七言只是单式，而词曲从三言到七言，各有单双两式。词曲虽然各有单双两式，但曲中更有衬字、增字、带白、滚白，因此语言长度伸缩变化、语势轻重交互传递，在节奏上又较词更为流利活泼。

③语言：诗的语言大抵比较古朴典重，词比较轻灵曼妙，曲则讲求明白通俗、机趣横生。曲盛行的元代，因为不同民族文化的交流融合和庶民阶层的抬头，使曲充满着鲜活的生命力，因此曲中所用的语言往往为诗词所没有。曲大抵都能随物赋形，无论本色或文采，都能恰如其分，各色各类的语言，亦能驱遣自如，达到王国维所说的"真挚之理与秀杰之气，时流露于其间"的"自然"妙境。

④内容：文体不同，所表现的内容就有很大的差别。诗固然没有不能表达的事物，但由于语言形式较为刻板，所以只长于抒情写景，而短于记事说理；抒情亦宜于悲而不宜于喜。词托体最为短小，更止于抒情写景，而几不能记事说理。而散曲之好处则在写景之美，状物之精，描写人生动态、社会情事，能尽态极妍，形容毕肖。也就是说，散曲较之诗词，是唯一能自由自在地表现各色各样

· 125 ·

元人散曲：大融合时代的文化硕果

内容的韵文学。但是，曲毕竟是衰世文学，受到时代极其不良的影响，所以上文引述郑因百所谓的曲之四弊：颓废、鄙陋、荒唐、纤佻，便是因为曲所中时代之毒颇深，而产生的不良现象。也因此，曲中作家，能表现出纯正的思想、真挚的性情、雄阔的胸襟怀抱，亦即是曲中作品而能表现出作者人格和学问的，极为少见。曲之所以被认为"不登大雅之堂"，曲之所以始终难望诗词之项背，质其缘故，乃在于此"四弊"。

⑤风格：大抵说来，诗的风格较庄严、厚重而雄峻。譬之于男，则为彬彬君子；可以为雅士，飘逸而绝伦；可以为豪杰，气吞其山河。譬之于女，则为大家闺秀，可以母仪天下，可以相夫教子。譬之于光，则或烈日当空，或阳春布泽；譬之于水，则或沧海波涛，或一碧万顷。又或如崇山峻岭，崖谷之荦确；又或如峰峦起伏，苍翠之蜿蜒。词的风格较潇洒而韶秀，譬之于男则为翩翩佳公子，可以乘时而超妙空灵，亦可以失意而委顿沉郁；譬之于女，则为小家碧玉，虽风姿可人，终无闺范气象。譬之于光，则或夕阳晚照，或流光徘徊；譬之于水，则或澄湖涟漪，或碧潭写影。又或如精金琅玕，绿野而平畴。曲的风格较轻俊而疏放。譬之于男则为五陵少年，裘马轻肥、意气纵横；可以豪辣灏烂以至飞黄腾达，亦可以颓废荒唐，终于鄙陋纤佻。譬之于女，则为薛涛、李师师者流，虽然高雅俊赏，到底风尘中人。譬之于光，则繁星万点，虽然闪闪灼灼，终觉荧荧寒微；而间或烈火熊熊，刺眼飞舞，亦可以致人焦头烂额矣。譬之于水，则或长江波浪，或春水东流；或清溪潺潺，或飞瀑淙淙。又或如白璧而有瑕，平林而烟织，广漠而风沙。

曲较之诗词犹如此的特质。它又是满心而发、肆口而成，虽欲已言而不得的文学，所以曲又像一股汩汩不竭的泉流。

第三章 元人散曲欣赏

元人散曲：大融合时代的文化硕果

　　上面两章，分析介绍了散曲的各种层面，一方面是为了使读者对散曲具有精确的认识，另一方面也是为欣赏散曲打下深厚的基础。因为认识是欣赏的前提，有了精确的认识，才能有真切的欣赏，文学的品位，也才能够芳馨滋涌。

　　散曲分小令与散套，小令虽然短小，但仍旧有它的章法段落；章法段落掌握不差，曲中的情意就容易分辨清楚，此外它的语言结构和音节形式也要了然胸中，然后诵读吟咏才能传达声韵抑扬之美，分析鉴赏才能体会妙趣横生之乐。散套由于联章，尤要注意其血脉针线的埋伏照映和贯穿全篇的莽爽或清刚之气，以及其曲折腾挪的韵致。其他欣赏时所应注意的一些事项，已经散见前文，这里就不再赘述了。

　　本章的体例是：将元人散曲作家分为豪放与清丽二派，再各分前期与后期，末附无名氏作家一节。每期每派各选择名家，叙述其生平、注解其佳作，缀以"曲话"，略作述评。

　　这里要说明的是：诚如上文所言，豪放与清丽的分派，只是就作家的大致情况归属而言，事实上一位作家往往兼具两种风格。也因此，本章所选注的佳作，有时会出现清丽派的作家有豪放的作品，豪放派的作家有清丽的作品的情况。至于之所以采用"曲话"而不用"赏析"或"析评"，是因为"曲"这种文学的特质是"满心而发""真切自然"，本身已经非常显豁明白，实在无须再强作分析了。但有时也有些涵蕴力比较强的曲子，我们在"曲话"里也就给它"赏析"一番。"曲话"的性质是很自由的，凡是和该作品有关的都可以说，有时一曲一个曲话，有时数曲一个曲话，或综述大意，或评论韵调，或品腾高低，或记逸闻掌故，信手拈来，目的只在供读者参考。而读者如果读完本章，大概也可以窥见元人散曲的风貌了。

一、前期作家——豪放派

1. 刘秉忠

刘秉忠，字仲晦，邢州人。十七岁时为邢台节度使令史，不久弃官，隐居武安山中为僧，名子聪。后游云中，元世祖时在潜邸，海云禅师被召，过云中，听说他博学多才艺，邀他同行。入见后，应对称旨，遂留侍左右。至元初，拜光禄大夫，位太保，参预中书省事，有元一代典章制度，多出其手。所著《藏春乐府》雄廓浏亮中有萧散冲远之致，于两宋名家之外，别树一帜。生于金宣宗贞佑四年（宋宁宗嘉定九年，1216），卒于元世祖至元十一年（宋度宗咸淳十年，1274）。享年五十九岁。小令传世者十二支。

干荷叶

干荷叶，色苍苍，老柄风摇荡。减了清香，越添黄。都因昨夜一场霜，寂寞在秋江上。

【曲话】《尧山堂外纪》云："此秉忠自度曲。曲名干荷叶，即咏干荷叶，犹是唐词之意。"按此调有八支。所谓自度曲即自创

元人散曲：大融合时代的文化硕果

新调之曲，内容和调名相同叫作"咏本题"。写荷叶经霜之后，香销色黄，寂寞秋江，但老柄苍苍，傲骨嶙峋，犹自摇荡顾盼。

干荷叶

南高峰，北高峰①，惨淡烟霞洞②。宋高宗③，一场空。吴山依旧酒旗风④，两度江南梦⑤。

【注释】

① 浙江省杭州市的西湖，三面环山，有南北二高峰对峙。
② 烟霞洞在南高峰下。
③ 宋高宗：名赵构，徽宗第九子，靖康之难，徽钦二帝被俘，遂嗣位，在位三十六年（1127—1162），年号建炎、绍兴。初都建康（南京），绍兴八年（1138）奠都临安（杭州）。
④ 杜牧《江南春绝句》："千里莺啼绿映红，水村山郭酒旗风。南朝四百八十寺，多少楼台烟雨中。"吴山，在今杭州市，春秋时为吴国南界，故名。上有瑞石洞、飞来石等名胜。金主亮南寇，有"立马吴山第一峰"之语，即指此山而言。酒旗风，酒旗迎风招展。酒旗又称酒帘，酒家所用的标志，缀布竿头，悬于门首，用招酒客。
⑤ 指高宗建都建康与临安，皆在江南。

【曲话】《尧山堂外纪》云："凄恻感慨，千古寡和。"这支曲被选入许多选本，可见欣赏的人很多。他歌咏西湖，但揽入高宗的建都临安，写风景依旧而繁华成空的千古感慨。南北高峰耸峙如昔，但是烟霞洞中的烟霞却不是灿烂清绮而是愁云惨淡，惨淡的愁云，笼罩的是南宋高宗皇帝一场偏安江左、贪图繁华的梦幻。今日吴山，只有酒旗迎客，随风招展，依似当年。

宋理宗淳佑年间，泉州人林洪有一首七绝，题作《西湖》："山外青山楼外楼，西湖歌舞几时休。暖风熏得游人醉，直把杭州作汴州。"写得非常繁华，但也非常沉痛。这首诗正可以和《干荷叶》同看，其风人之旨，具见言外。

《藏春》的小曲犹如小词，无所依傍而含蓄深厚，托兴深远。其字里行间，自然流露一分壮彩，所以风骨颇为劲健。

2. 杜仁杰

杜仁杰，字仲梁，号止轩，原名之元，字善夫，济南长清人。金正大中，曾与麻革信之、张澄仲经隐居内乡山中，以诗篇唱和。元至元中，屡征不起。子元素仕元，任福建闽海道廉访使。仁杰以子贵，赠翰林承旨，资善大夫，卒谥文穆。仁杰性善谑，才宏学博，气锐笔健，业专心精。平生与李献能钦叔、冀禹锡京父二人最为友善。元好问《送仲梁出山诗》有云："平生得意钦与京，青眼高歌望君久。"其相契深厚，可见。诗集有《善夫先生集》一卷。传世之小令一、套数三。

庄家不识勾栏①

【般涉调耍孩儿】风调雨顺民安乐，都不似俺庄家快活。桑蚕五谷十分收，官司无甚差科②。当村许下还心愿，来到城中买些纸火③。正打街头过，见吊个花碌碌纸榜④，不似那答儿闹嚷嚷人多⑤。

【六煞】见一个人（手撑）着椽做的门⑥，（高声）的叫请，请。

· 131 ·

道迟来的满了无处停坐。说道前截儿院本调风月,背后幺末敷演刘耍和⑦。高声叫:赶散易得,难得的妆哈⑧。

【五煞】要了(二百钱)⑨放过咱,(入得门)上个木坡。见层层叠叠团圞坐。抬头觑、是个钟楼模样,往下觑、却是人旋窝⑩。见几个妇女向台儿上坐⑪。又不是迎神赛社,不住地擂鼓筛锣⑫。

【四煞】一个(女孩儿)转了几遭⑬,(不多时)引出一伙。中间里一个央人货⑭,裹着枚皂头(巾)顶门(上)插一管笔,满脸石灰更着些黑道儿抹。知他待是如何过,浑身上下,则穿领花布直裰⑮。

【三煞】念了会诗共词,说了会赋与歌。无差错。唇天口地⑯无高下,巧语花言记许多。临绝末,道了低头撮脚,爨罢将幺拨⑰。

【二煞】⑱一个妆做张太公,他故做小二哥。行行行说向城中过,见个年少的妇女向帘儿下立,那老子用意铺谋待取做老婆。教小二哥相说合,但要的豆谷米麦,问甚布绢纱罗。

【一煞】教太公往前那⑲不敢往后那,抬左脚不敢抬右脚,翻来复去由他一个⑳。太公心下实焦懆,把一个(皮)棒槌则一下打做两半个㉑。我则道脑袋天灵㉒破,则道兴词告状,划地大笑呵呵㉓。

【煞尾】则被一泡尿,爆得我没奈何,刚挨刚忍更待看些儿个,枉被这驴颓㉔笑杀我。

【注释】

①此套描写乡下农人进城看戏的情形。宋元时称游艺场所为瓦子,瓦子中有勾栏,为演剧之所,就是今日的戏院。

②差遣科罚。

③祭拜鬼神用的香火。

第三章　元人散曲欣赏

④ 戏剧演出前所贴出的彩色海报，内容即杂剧的题目正名和主演者的艺名。无名氏《蓝采和》杂剧首折宾白云："俺在这梁园棚勾栏里做场，昨日贴出花招儿去，两个兄弟先收拾去了。"

⑤ 意谓没有一个地方比得上那里闹嚷嚷的人更多。

⑥ 这是指勾栏的门。

⑦ 当时勾栏到这里演戏，是院本、杂剧同台并演，犹如晚清的昆剧和京戏一样。院本就是"行院之本"，行院是金元时对于江湖技艺人家的总称，院本就是这些技艺人演出时的底本。院本与宋杂剧只有前后之别，亦即一脉相承，务在滑稽。《调风月》是演出的院本剧目，内容即下文所描述男女的调情戏弄。么末为金元间北杂剧的俗称。《录鬼簿》贾仲名于高文秀之吊词云："除汉卿一个，将前贤疏驳，比诸公么末极多。"又于石君宝吊词云："共吴昌龄么末相齐。"按高文秀杂剧，《录鬼簿著》录三十本，仅次于关汉卿，居元人第二位；吴昌龄、石君宝各十本，所以说"么末相齐"。可见么末为金元北剧的俗称。《刘耍和》，就是要演出的杂剧目，但因为这位庄稼人憋不住尿，没有终场就离开，所以没有看到演出《刘耍和》。按关汉卿有《诈妮子调风月》杂剧，或即由院本改编；高文秀有《黑旋风敷演刘耍和》杂剧。刘耍和实有其人，《录鬼簿》于红字李二、花李郎下均注"教坊刘耍和壻"。元陶宗仪《辍耕录》亦云："教坊色长魏武刘鼎新编辑院本，刘长于念诵。"二李《录鬼簿》皆列入"前辈已死名公"之内，则皆金元间人，而刘耍和当是金代教坊色长。

⑧ 这两句是招呼客人看戏的话语。"赶散"的意义有两种可能：一是"散"作"散乐"解。散乐是民间的游艺表演，撞府冲州、沿村转疃，不专驻一地。二是"散"作"散场"解。元杂剧在正剧演

· 133 ·

完之后，有"打散"的歌舞余兴节目，所舞之曲牌例用《鹧鸪天》。《高安道嗓淡行院哨遍套》，其"耍孩儿一煞"中有云："打散的队子排子排，待将回数收。"又夏伯和《青楼集》纪魏道道云："勾栏内独舞鹧鸪四篇打散，自国初以来无能继者。""妆哈"，亦作"妆喝"，蓝采和杂剧："不争我又做场，又索央众父老妆喝。"则是指观众喝彩之意，这里则引申作精彩的表演。如果"赶散"一语取其第一义的话，那么这两句的意思就是：跑江湖的演出容易看得到，而这里精彩的表演是难得的。如果取第二义，则：演出很精彩，引人入胜，不知不觉就到了打散的时候，这是难得一见的表演啊！

⑨ 这是"看钱"，如今日的"票价"。

⑩ 这四句是由庄稼人眼中来描写"看席"，即观众席。他上了个木做的阶梯，上面的看席是"钟楼模样"，下面的看席，观众如"旋窝"状。由"层层叠叠"，可见看席是有层有阶的；由"团圞坐"，可见看席是向舞台呈半圆式包围的。庄家人坐的是中层的看席，所以他"抬头觑"，又"往下觑"。最上层的"钟楼模样"就是蓝采和杂剧所说的"神楼"，最下一层，大概即后来所谓的"池子"；而中间一层，亦即《蓝采和杂剧》所说的"腰棚"。

⑪ 这在当时叫作"坐排场"，盖犹如今日之集体亮相。

⑫ 这两句是形容剧场的热闹，犹如迎神赛会，敲锣打鼓，百技杂陈。

⑬ 此下描述院本《调风月》演出的情况。

⑭ 央人货犹言坏东西、害人精。

⑮ 此四句描述主演角色"副净"的装扮。皂头巾即黑色的头巾。用黑白二色涂脸，盖取其滑稽之扮相。直裰即道袍，裰亦作"掇"。王世贞《觚不觚录》："腰中间断以一线道横之，谓之程子衣；无

线道者则谓之道袍,又曰直掇;此燕居(即闲居)之所常用也。"

⑯ 形容口齿伶俐,善于夸说。

⑰ 金院本有"五花爨弄"之语,五花指末尼(正末)、引戏(正净)、副末、副净,外加一个装旦(装扮妇女)或装孤(装扮官员),亦即五种角色。从剧情看来,年少的妇女当由"装旦"扮演,张太公当系"副净",小二哥当系"副末"。爨弄,在唐人谓之调弄,是扮演的意思;所以"爨罢"是指院本演完的意思。幺拨,盖谓幺末上演,即继之上演杂剧。这句话大概是末色低头撮脚地"踏场"之后,向观众所作的说明,谓院本演完之后,将继续演出杂剧。

⑱ 这支曲子的大意是:张太公看见一位年轻的妇女很中意,要娶作老婆,由小二哥做媒,聘礼只要豆谷米麦,不要布绢纱罗。

⑲ 那,通"挪",动的意思。

⑳ 因为是老夫少妻,老夫只好听从少妻的摆布。

㉑ 院本的内容务在滑稽,其中必有一个节目,即副末所扮饰的人物拿着皮棒槌打击副净的人物。张太公是副净所扮饰,故吃了一下皮棒槌;而为了达到滑稽的效果,所以只打了一下,皮棒槌就分作两半,使得来耕稼人误以为是张太公的天灵盖被打碎了。

㉒ 头顶。

㉓ 此二句意谓:我以为因此要到官府去兴词告状了,怎的全场的人都大笑呵呵呢?

㉔ 驴颓是骂人的话,即笨驴子,指剧中的张大公。

【曲话】《太和正音谱》谓"杜善夫之词如凤池春色"。看来应当烂如织锦,但他传世的作品却都质朴自然,用的完全是庶民的口吻,尤其这一套曲子,无论是遣词造句还是内容情调都是最通俗的,但也因此,最多真声,显得格外生动活泼。曲中的民情风俗、演戏情状、剧场结构,都教我们亲切如耳闻目睹,这是词曲所不易表达的境界。

3. 王和卿

王和卿,大名人,与关汉卿同时而先卒,或曰即汴梁通许县令王鼎,恐未必是。《录鬼簿》列于前辈名公,题曰:"王和卿学士。"今存小令二十一,套数一。

仙吕·醉中天·大蝴蝶

弹破庄周梦①,两翅驾东风,三百座名园一采一个空。难道是风流孽种②,吓杀寻芳的蜜蜂。轻轻扇动,把卖花人扇过桥东。

【注释】

① 是说从庄周的"梦中"飞了出来。庄周梦蝶的掌故见于《庄子·齐物论》:"昔者庄周梦为蝴蝶,栩栩然蝴蝶也。自喻适志与,不知周也。俄然觉,则蘧蘧然周也。不知周之梦为蝴蝶与?蝴蝶之梦为周与?周与蝴蝶,则必有分矣。此之谓物化。"蘧蘧然是逍遥自在的样子,也是"适志"的意思。有分是说有密切的关系。这则"寓言"本来是说"物、我"之间是相通的,是可以流转变化的。人为万物之一,与万物合一而共流转,因此正不必执着"形躯之我"以为"真我"。但这里只借用典故,把蝴蝶的形象和意趣写得超渺些,意谓这不是一般的蝴蝶,是庄周梦中所变化出来的大蝴蝶。

② 孽种是咒骂的话语,指斥其不正当。不是正妻所生之子谓

之"孽子"。因为大蝴蝶把三百座名园中的花蕊都采光了,所以咒它是"风流孽种",连性好采花的蜜蜂都吓杀了。

【曲话】这支曲子写得非常不俗而富有机趣。首句就提高了蝴蝶的"身份",接着蝴蝶在春日里的逍遥恣肆,便由翅下的东风和名园流露出来,而"三百座名园"也呼应了蝴蝶的"大",所以能够无远弗届。"风流孽种"是调侃的话语,"寻芳蜜蜂"是陪衬的角色。末后三句更用余笔伸展了蜜蜂的"风流",连卖花人篮中的花都不放过,而篮中的花都如此的香,况乎名园中的花团锦簇。蝴蝶双翅的轻轻扇动,就把卖花人扇过桥东了,不正面写蝴蝶追逐卖花人的花香,而仍旧以蝴蝶为主体,因为这是一支咏物的曲子,所以处处都要从"物"——蝴蝶出发。

关于这支曲子,《辍耕录》有这样的记载:

大名王和卿,滑稽佻达,传播四方。中统初,燕市有一蝴蝶,其大异常,王赋醉中天小令……由是其名益著。时有关汉卿者,亦高才风流人物也。王常以讥谑加之,关虽极意还答,终不能胜。王忽坐逝,而鼻垂双涕尺余,人皆叹骇。关来吊唁,询其由,或对云:"此释加所谓坐化也。"复问鼻悬何物?又对云:"此玉箸也。"关云:"我道你不识。不是玉箸,是嗓。"咸发一笑。或戏关云:"你被王和卿轻侮半世,死后方才还得一筹。"凡畜劳伤,则鼻中常流脓水,谓之嗓病。又爱讦人之短者,亦谓之嗓。故云。

可见这支曲子使得王氏在当时就享了大名。他比关汉卿更加玩世不恭,所以其散曲大抵是谐谑玩世之作,如下面几支曲子:

元人散曲：大融合时代的文化硕果

越调·小桃红·胖妓

夜深交颈效鸳鸯，锦被翻红浪，雨歇云收那情况。难当。一翻翻在人身上，偌长偌大，偌粗偌胖，压匾沈东阳。

越调·天净沙·咏秃

笠儿深掩过双肩，头巾牢抹到眉边，款款地把笠檐儿试掀，连荒道一句，君子人不见头面。

双调·拨不断·胖夫妻

一个胖双郎，就了个胖苏娘。两口儿便似熊模样，成就了风流喘豫章。绣帏中一对儿鸳鸯象，交肚皮厮撞。

"沈东阳"就是梁朝的沈约，他曾向徐勉说："老病百日数旬，革带常应移孔。"后人就以"沈腰"为瘦弱的代词。这里是借"沈东阳"的"瘦"来和妓女的"胖"对比。"双郎"和"苏娘"是金元之间一个很有名的故事，叫作《豫章城双渐赶苏卿》，双渐是士子，苏卿是妓女，这里借用他们作为胖夫妻的名字。上面三曲，有些人可能要认为俗恶不堪，但它的趣就在那份"俗恶"。且再看下面这支曲子，就和《醉中天·咏大蝴蝶》有异曲同工之妙了。

双调·拨不断·大鱼

胜神鳌，夯风涛。脊梁上轻负着蓬莱岛，万里夕阳锦背高。翻身犹恨东洋小，太公怎钓。

写大鱼的气象，真不下于庄子书中的"北冥之鲲"，而由此也可见王氏之善于咏物了。

4. 盍西村

盍西村，盱眙人。曹本《录鬼簿》有"盍志学学士"，明写本则作"盍士常学士"；《阳春白雪》亦有"盍志学"。《太平乐府》及《乐府新声》有"盍西村"。综合看来，志学、士常当是一名一字，而西村盖其号。现存小令十八，套数一。

越调·小桃红·戍楼残霞

戍楼①残照断霞红，只有青山送。梨叶新来带霜重，望归鸿，归鸿也被西风弄。闲愁万种，旧游云梦②，回首月明中③。

【注释】

① 戍楼又称谯楼，城上的高楼，用以望敌。

② 云梦，《周礼职方》："荆州，其泽薮云梦。"云梦泽即现在的洞庭湖。这里以"云梦"为旧游，言外尚有往事如云如梦之义。

③ 李后主《虞美人》词："小楼昨夜又东风，故国不堪回首月明中。"

【曲话】这支曲是西村越调小桃红"临川八景"的第六支，写的是戍楼独上的旅愁。《太和正音谱》说："盍西村之词，如清风爽籁。"他善于写风物，格调大抵如此。

5. 张弘范

张弘范，字仲畴，河内人。至元二年（1336），授益都淄莱等路行军万户，攻宋襄阳，拔之。元兵渡江南侵，弘范为前锋，直至建康，以功改亳州万户，后赐名拔都。宋降，师还，授镇国上将军江东道宣慰使。宋张世杰立广王昺于海上，弘范为蒙古汉军都元帅，督兵往攻之，执宋丞相文天祥于五坡岭，破张世杰、陆秀夫于崖山，因以亡宋。勒石纪功而还。未几瘴疠疾作，端坐而卒，年四十三。封淮阳王，谥献武。弘范善马槊，颇能为歌诗。幼尝学于郝经，天资甚高，虽观书大略，率意吐辞，往往踔厉奇伟。有淮阳集及淮阳乐府。今存小令三。

双调·殿前欢·襄阳战①

鬼门关②，朝中宰相五更寒。锦衣绣袄③兵十万。枝剑摇环④，定输赢此阵间。无辞惮，（舍）性命争功汗。将军战敌，宰相清闲。

【注释】

① 此曲显然作于至元二年，时张弘范以益都、淄莱等路行军万户奉命攻宋襄阳。

② 鬼门关用以比喻将军战阵的危险。

③ 锦衣绣袄是兵士的衣服，用华服来衬托军士的精神饱满。

④ 竖起宝剑摇动刀环，是兵士拿起武器向前攻击的样子。

【曲话】此曲以将军的行军艰苦和宰相的庙堂清闲对比，朝中的宰相只有五更早朝的清寒，而将军则有时时面临鬼门关的危险。看样子，张弘范的眼中是无宰相的；那时正是马上争夺天下的时候，难怪他顾盼自雄。这支曲子虽然并非佳作，但颇有将军的声口，故录以为参考。

6. 刘因

刘因，字梦吉，保定容城人。天资绝人，三岁识书，六岁能诗，长而深究理学，杜门深居，不为苟合，不妄交接，公卿使者过之，多逊避不与相见，人或以为傲。爱诸葛孔明静以修身之语，表所居曰静修。尝游郎山雷溪间，号雷溪真隐，又号樵庵。至元十九年（1282年）征拜右赞善大夫，以母疾辞归。至元二十八年（1291）召为集贤学士，以疾固辞。越二年卒，年四十五。延祐中，赠翰林学士，追封容城郡公，谥文靖。著有《静修集》《四书精要》等。存小令二支。

黄钟·人月圆

茫茫大块洪炉里①，何物不寒灰。古今多少，荒烟废垒②，老树遗台③。太山如砺，黄河如带，等是尘埃④。不须更叹，花开花落，春去春来⑤。

【注释】

① 大块就是大地。《庄子·齐物论》："夫大块噫气，其名为风。"洪炉就是大炉。《旧唐书·郑畋传》："鼓洪炉于圣代，成庶绩于明时。"这句的意思是：大地就像个大火炉，万物都在火炉里。

②垒,是堡垒。荒烟弥漫废弃的堡垒,指英雄争战的功名,事过境迁,终于湮灭。

③台,是楼台。废弃的庭园只有老树傍着当年歌舞的楼台,此指富贵不可长保。

④《汉书·功臣表》:"封爵之誓曰:使黄河如带,泰山如砺,国以永存。"意思是说,当年汉高祖分封群臣的誓言有这样的话:即使黄河变成一条衣带,泰山变成一块砺石,所分封的国土永久存在。这三句是说连山川都会改变,富贵功名自然也会变成尘埃。

⑤谓循环不变化的是时序的轮转。

【曲话】人月圆词曲同调,格式完全相同,可见词曲原来是同胞兄弟。这支曲子极写万物万事的不可永恒,把大地比喻成洪炉,所以人们经之营之以争取功名富贵的堡垒楼台,最后莫不化作寒灰。下半阕开头三句又承接前半阕的意思,然后说明人们的生死,犹如花的开落,在时光的隧道里,不停地轮回。全曲感慨苍凉,因为它所抒发的是人类亘古以来的共同悲哀。

7. 不忽木

不忽木,一名时用,字用臣,世为康里部大人。康里即汉高车国。不忽木姿禀英特,进止祥雅,世祖奇之,命给事东宫。师事赞善王恂、祭酒许衡。至元二十七年(1290)累官翰林学士承旨知制诰,兼修国史,拜平章政事。成宗即位,拜昭文馆大学士平章军国事。大德二年(1298),特命行中丞事兼领侍仪司事,大德四年(1300)

第三章 元人散曲欣赏

疾作,引觞满饮而卒,年四十六,谥文贞。

辞朝

【仙吕点绛唇】宁可身卧糟丘,索强如命悬君手①。寻几个知心友。乐以忘忧,愿作林泉叟②。

【混江龙】布袍宽袖,乐然何处谒王侯。但尊中有酒,身外无忧。数着残棋江月晓,一声长啸海门③秋。"山间深住,林下幽居,清泉濯足,强如闲事萦心。"淡生涯一味都参透。草衣木食,胜如肥马轻裘④。

【油葫芦】虽住在洗耳溪边不饮牛⑤,贫自守。乐闲身翻作抱官囚⑥,布袍宽褪拿云手⑦,玉霄占断谈天口⑧。吹箫访伍员⑨,弃瓢学许由⑩,野云不断深山岫⑪,谁肯向官路里半途休⑫。

【天下乐】明放着伏事君王不到头,休休,难措手。游鱼儿见食不见钩。都只为半纸功名一笔勾,急回头两鬓秋。

【那咤令】谁待似落花般,莺朋燕友;谁待似转灯般,龙争虎斗。你看这迅指间,乌飞兔走⑬。假若名利成,至如田园就,都是此,去马来牛⑭。

【鹊踏枝】臣只待醉江楼,卧山丘。一任教谈笑虚名,小子封侯。臣向这仕路上、为官倦首,枉尘埋了、锦带吴钩⑮。

【寄生草】但得黄鸡嫩,白酒熟。一任教疏篱墙缺茅庵漏,只要窗明炕暖蒲团⑯厚。问甚身寒腹饱麻衣旧,饮仙家水酒两三瓯,强如看翰林风月三千首⑰。

【村里迓鼓】臣离了九重宫阙⑱,未到这八方宇宙⑲,寻几个诗朋酒友,向尘世外、消磨白昼。臣只待领着紫猿,携着白鹿,跨着苍虬,观着山色,听着水声,饮着玉瓯。倒大来省气力、如诚惶顿首⑳。

元人散曲：大融合时代的文化硕果

【上马娇】但得个月满身,酒满瓯,雄饮醉时休。紫箫吹断三更后,畅好是孤鹤(唳)一声秋。

【胜葫芦】㉑世间闲事挂心头,唯酒可忘忧㉒。非是微臣常恋酒,叹古今荣辱,看兴亡成败,只待一醉解千愁。

【后庭花】拣溪山好处游,向仙家酒旋筹㉓,会三岛十洲客㉔,强如(宴)功臣万户侯㉕。不索你问缘由,把玄关泄露,这箫声世间(无)天上有。"(非)微臣说强口,(酒)葫芦挂树头,(打)鱼船缆渡口。"

【柳叶儿】只待看、山明水秀,不恋你市曹中物穰人稠。想高官重职难消受,学耕耨,种田畴,倒大来无虑无忧。

【赚尾】既把世情疏,感谢君恩厚。臣怕饮的是黄封御酒。竹杖芒鞋㉖任意留,拣溪山、好处追游。就着这晚云收△㉗冷落了深秋,饮遍金山月满舟。那其间潮来的正悠,船开在当溜㉘,卧吹箫管到扬州。

【注释】

① 酒糟堆积成丘,是形容饮酒之多。《新序·节士》:"桀为酒池,足以运舟;糟丘,足以望七里。"此二句意谓:宁可饮酒醉卧酒糟之上,也不愿在朝廷做官,使自己的生命掌握在皇帝的手里。

② 隐居山林的老人。

③ 海门,县名,今海门市,在江苏省,以其临海,故名。

④ 骑着肥马,穿着轻裘,形容富贵的生活。《杜甫秋兴·八首之四》:"同学少年都不贱,五陵裘马自轻肥。"

⑤ 巢父、许由都是唐尧时的隐士。尧要召许由为九州长,许由

不愿意听,在颍水边洗耳朵。巢父见到了问他为什么,许由告诉他,他就说:"我要给牛喝水,你污染了牛口。"于是就牵牛到上流去喝水,见《庄子·让王》篇。这里借用这个典故来比喻自己的高洁。

⑥抱官囚谓被官职所羁绊,如被囚住一般。这是元曲中常用的话语。

⑦拿云手比喻追求功名利禄的手段。

⑧是说在神仙境界般的隐居生活里,可以谈天说地,分辨言论的虚实。玉霄,指神仙境界;谈天,用战国时齐人驺衍的典故。驺衍善辩论,齐人称他作谈天衍,见《史记·孟子荀卿列传》。集解引刘向《别录》云:"驺衍之所言,五德终始,天地广大,书言天事,故曰谈天。"今俗谓群居谈论曰谈天,本此。

⑨《史记·范雎传》:"伍子胥至于陵水,无以糊其口,鼓腹吹篪,乞食于吴市。"徐广注:"篪一作箫。"按:后人用此典皆作吹箫。伍子胥,春秋楚人,名员。父奢、兄尚为平王所杀,子胥奔吴,佐吴王阖闾伐楚,五战而入楚都郢;时平王已卒,子胥掘墓鞭尸,以报父兄之仇。

⑩《逸士传》:"许由手捧水饮,人遗一瓢,饮讫挂木上,风吹有声,由以为烦,去之。"钱起《谒许由庙》诗:"松上树瓢枝几变,石间洗耳水空流。"伍员、许由二句是说过着穷苦的隐居生活。

⑪是说深山之中不断有浮云滋生。

⑫是说有谁愿意半路里出来做官。

⑬郑因百《曲选注》云:"落花、转灯、迅指皆两字句,两个般字及间字,皆衬字也。经此一衬,遂可与下句并而为一。此种句尾衬字之情形,极为少见。《北词广正谱》引此曲作例,而不知其为句尾衬字,遂将句法正衬一齐弄错。"莺朋燕友,比喻风月情感;龙争

虎斗，比喻名利争逐；鸟飞兔走，形容日月飞逝；落花形容，其消逝之快；转灯，形容其变化之速；迅，指犹言弹指，形容光阴的短暂。

⑭ 是说名利和田园的成就，都是隐居中牛马躬耕的缘故。

⑮ 锦带吴钩为宦者之服。因为已倦于为官，辞朝归隐，所以说"尘埋了锦带吴钩"。

⑯ 蒲团是僧家坐禅及跪拜之具，因蒲质软而形圆，故云。

⑰ 欧阳修诗："翰林风月三千首，吏部文章二百年。"谓李白诗、韩愈文。李白曾供奉翰林，韩愈曾官吏部侍郎。

⑱ 形容朝廷的高远。九重兼喻其束缚之多。

⑲ 形容无拘无碍的世界，用指隐居的山林。

⑳ 诚惶顿首是人臣对君主的用语，即非常的惶恐而叩头求饶。

㉑ 诸本调名皆作游四门，郑因百曲选据谱改正。

㉒ 曹操《短歌行》："对酒当歌，人生几何，譬如朝露，去日苦多。慨当以慷，忧思难忘，何以解忧，唯有杜康。"杜康善于造酒。

㉓ 篘，漉酒用的酒笼。

㉔ 三岛指海上三仙山蓬莱、方壶、瀛洲；十洲，汉武帝闻王母说巨海之中有祖、瀛、玄、炎、长、元、流、生、凤麟、聚窟十洲，乃人迹稀绝处，见十洲记。三岛十洲客指神仙。

㉕ 汉代非刘氏不王，人臣爵位以万户侯为最高。

㉖ 芒鞋即草鞋。

㉗ 此处"△"符号表句中藏韵。

㉘ 当溜谓顺流。

【曲话】 按不忽木元史本传云："至元二十三年改工部尚书，迁刑部河东按察使。……二十四年，丞相桑哥奏立尚书省，诬杀参政杨居宽、郭佑，不忽木争之不得。桑哥深忌之，尝指不忽木谓其妻曰：'他日籍我家者，此人也。'因其退食，责以不坐曹理务，欲加之罪，遂以疾免。……二十七年，拜翰林学士承旨，知制诰。"

这套曲子可能就是作于免官以后，拜翰林学士以前两三年之中。因此不忽木之所以辞官退隐，事实上是牵连到和丞相桑哥的一场政争。本传又云："不忽木素贫，平居服儒素，不尚华饰。"则《油葫芦》中所云"贫自守"及《寄生草》云云，盖实录。不忽木是西域人，历任显要，而亦不能安于位，乃萌退志，可见当时政治的险恶；又不忽木未久即复出，也可见元人的那些隐居乐道之作，往往是口是心非，所谓"身在山林而心怀魏阙"。

这套曲子用的口吻是对君王说的，而一开头就说"宁可身卧糟丘，索强如命悬君手"。一股愤懑不平已见于言外，而鹊踏枝开头用"臣只待醉江楼"、村里迓鼓用"臣离了九重宫阙"、元和令用"臣向山林得自由"，更使通篇的气势激越起来，也就因为他的胸中有这一股愤懑激越之情，所以写的虽然是恬退之意，而风骨自在其中。以一位西域人而有如此笔墨，遣词造句顺适妥帖、声韵酣畅、潇洒有致，是很难得的。

8. 陈草庵

陈草庵，生平不详，但知官中丞。存小令《山坡羊》二十六支。

山坡羊

尧民堪讶，朱陈婚嫁①，柴门斜搭葫芦架。沸池蛙②，噪林鸦，牧笛声里牛羊下，茅舍竹篱三两家。民，田种多；官，差税寡。

【注释】

① 朱陈村在今江苏省丰县东南。白居易《朱陈村》诗："徐州古丰县，有村曰朱陈；一村唯两姓，世世为婚姻。"后世因用朱陈为两姓缔结婚姻之词。

② 池中的青蛙叫得好像沸腾起来一样。

【曲话】曲子的开头就说，即使是当年生活在光天化日的唐尧百姓也要惊讶赞叹。人们喜气洋洋地在柴门外斜搭的葫芦架前婚嫁儿女。而池塘中如十部鼓吹的鸣蛙，树林里喧闹聒噪的乌鸦，以及赶着牛羊、吹着短笛归来的牧童，构成这一幅"茅舍竹篱三两家"的暮景。生活在这里的人民，田地种得多，而政府的差税少，充满着一股安详和乐的气息。

此曲以婚嫁写百姓安于生养，以鸦噪蛙鸣加上牧笛写百姓沐浴于大自然的祥和，安其居而乐其业。《山坡羊》末四句两两对等，一字句与三字句都要下得醒豁中肯。这里正点出了百姓安乐的根源。草庵所存唯山坡羊，而一气二十六支，可见他擅长此调，譬如下面一支写人世名利的追逐，也写得很疏朗有致：

红尘千丈，风波一样，利名人一似风魔障。恰余杭，又敦煌。云南蜀海黄茅瘴，暮宿晓行一世妆。钱，金数两；名，纸半张。

红尘仆仆，东南西北奔驰，而风波处处；最后所争所逐得的，只是那蝇头的小利，那半纸的功名。

9. 姚燧

姚燧，字端甫，号牧庵，河南人。许衡颇赏其文。至元间，提举陕西四川中兴等路学校，除陕西汉中道提刑按察司副使，调山南湖北道，入为翰林直学士，迁大司农丞。元贞元年，以翰林学士与侍读高道凝总裁世祖实录。大德五年，出为江东廉访使。九年，拜江西省参知政事。至大元年，入为太子宾客，进承旨学士，寻拜太子少傅。明年授荣禄大夫翰林学士承旨知制诰兼修国史，四年得告归，皇庆二年卒，年七十六。著有《牧庵集》。时元有天下已数十年，倡鸣古文，群推牧庵，拟诸唐之韩愈，宋之欧阳修。存有小令二十九，套数一。

凭阑人·寄征衣
欲寄征衣君不还，不寄君衣君又寒。寄与不寄间，妾身千万难。

中吕·普天乐
浙江秋，吴山夜。愁随潮去，恨与山叠。塞雁来，芙蓉谢，冷雨青灯读书舍。待离别怎离别，今宵醉也，明朝去也，宁奈些些。

中吕·阳春曲
笔头风月时时过，眼底儿曹渐渐多。有人问我事如何，人海阔，无日不风波。

【曲话】牧庵是元代的散文名家，元史称其文"闳肆该洽，豪而不宕，刚而不厉，春容盛大，有西汉风。宋末弊习，为之一变"。

张养浩序其文集亦云："公才驱气驾，纵横开阖，纪律唯意，约要于繁，出奇于腐，江海驶而蛟龙拏，风霆薄而元气溢。"今观其小曲，简淡高旷，与文章异趣。上举三曲皆明白如话而情致缠绵，颇能化绚烂归平淡，为曲中极致。

《寄征衣》写闺中少妇欲寄寒衣的心情。征夫远在边疆，生死未卜，天候转寒，怀念之余，自然想起远人的衣服单薄；可是离别已久，消息全无，胸中又不免重重幽怨。此调四句二十四字，两句七言，两句五言，犹如诗中绝句，形制短小，其妙在言有尽而意无穷，此曲正在明畅之中有细腻委婉之致。

《普天乐》写离别的前夕。用浙江的秋潮、吴山的重叠来形容别离愁恨的汹涌和堆积；用塞雁的南来反衬离人竟要远别，用芙蓉的凋谢暗示从此良辰美景的消逝。而今宵赋别之所，正是冷雨青灯的书房，依依无奈之情，只好借酒沉醉了。此曲的妙处是就眼前之景含无限之情，情景交融得很好。用两处重韵，也使声情和词意都强化了。而最后一句"宁奈些些"，口吻轻倩，又有无限的关爱。

《阳春曲》一名《喜春来》。调名为阳春为喜春，而字里行间则老气横秋。笔头风月是他的写作生活，光阴就在他的笔尖滑过了，眼下的儿辈们逐渐地增多，逐渐地成长，而自己也逐渐老大了。他对于人生的体验是：人生广阔，犹如海洋，时时都有风波，航行其中，处处都有险恶。此曲一气呵成，意致老到，应当赏其高旷。

中吕·醉高歌·感怀

十年燕月歌声[①]，几点吴霜鬓影[②]。西风吹起鲈鱼兴[③]，已在桑榆暮景[④]。

第三章　元人散曲欣赏

【注释】

①燕月歌声,用战国时荆轲的掌故。《史记·刺客列传》:"荆轲嗜酒,日与狗屠及高渐离饮于燕市。酒酣以往,高渐离击筑,荆轲和而歌于市中。相乐也,已而相泣,旁若无人。"此句写他十八岁时始受学于长安,在长安中意气纵横地生活。

②史称牧庵生三岁而孤,育于伯父枢。枢隐居苏门,谓燧蒙暗,教督之甚急,燧不能堪。杨奂驰书止之曰:"燧令器也,长自有成,尔何以急为!"且许嫁之以女。年十三,见许衡于苏门。则牧庵虽为河南人,而实长于吴中,所以这一句的意思是:鬓发已经带有几点家乡吴地的秋霜了。也就是说自己已经老大了。

③鲈鱼兴,用西晋张翰掌故。《晋书·张翰传》:"齐王冏辟为大师马东曹掾。因见秋风起,思吴中菰菜莼羹鲈脍曰:'人生贵适志,何能羁宦数千里以要名爵乎?'遂命驾而归。"意思是说:西风吹起了他的故乡之思。

④日将夕,在桑榆间,所以桑榆是晚暮的意思。《后汉书·冯异传》"始虽垂翅回溪,终能奋翼黾池,可谓失之东隅,收之桑榆。"《世说新语》:"谢太傅(安)谓王右军(羲之)曰:'中年伤于哀乐,与亲友别,辄作数日恶。'王曰:'年在桑榆,自然至此。'"

【曲话】《醉高歌》一曲,字里行间也真有醉高歌、抒怀抱之意,写的是牧庵晚年落叶归根的惆怅。他直到元武宗至大四年(1311)乃得告归,可是朝廷又一再征召,他都以老病推辞,过了两年,他就死了。由此可见牧庵晚年颇有不得不做官的苦,所以曲意显得萧飒苍凉。开头两句对比双起,今昔相映,英年意气与晚节乡心,包拢了他的一生。此曲《中原音韵·作词十法》引录,"燕月"作"燕市";"已在"作"晚节",周德清评此云:"妙在点、节二字上声起音,务头在第二句及尾。"按:"晚节"二字上上连用,此曲家大忌,不如"已在"二字上去声美听;又"暮景"亦是"晚节"之意,一句中同时出现,词意累赘,因此"晚节"二字不如作"已在"。

10. 庾天锡

庾天锡,字吉甫,大都人。中书省掾,除员外郎,中山府判。着杂剧骂上元、琵琶怨、兰昌宫等十五种,俱不存。存小令七,套数四。

双调·雁儿落带得胜令

韩侯一将坛①,诸葛三分汉②。功名纸半张,富贵十年限。行路古来难③,古道近长安④。紧把心猿系,牢将意马拴。尘寰⑥,倒大⑦无忧患;狼山⑧,白云相伴闲。

【注释】

① 用汉王刘邦拜韩信为大将事。《史记·淮阴侯列传》:"于是王欲召信拜之,何曰:'王素慢无礼,今拜大将,如呼小儿耳,此信所以去也。王必欲拜之,择良日,斋戒,设坛场,具礼,乃可耳。'王许之。诸将皆喜,人人各自以为得大将。至拜,大将乃韩信也。一军皆惊。"从此韩信为刘邦攻取魏、代、赵、齐等国,并使燕望风而降,功高盖世。

② 诸葛亮《出师表》："今天下三分。"此句谓诸葛亮佐刘备建立蜀汉与魏、吴鼎足,功劳甚大,为一代贤相。

③ 行路难原是乐府旧题。吴兢《乐府古题解》云:"行路难,毕言世路艰难及离别悲伤之意。"这里人生路途艰难之意。

④ 长安为历代首都,为功名利禄之所,故人人皆奔驰于长安古道之中。

⑤ 这两句是说要把住心志,不为功名利禄所诱。参同契:"心猿不定,意马四驰,神气散乱于外。"

⑥ 人间充满烟尘,故云"尘寰";这里是用来和朝廷对举。

⑦ 倒大、倒大来,为元曲方言,是绝大的意思。

⑧ 狼山在江苏省南通县南(今南通市通州区),雄踞长江北岸,风物绝佳。此非塞外狼山。

怀古①

【商角调黄莺儿】怀古,怀古,物换千年,星移几度②。想当时,帝子元婴③,阎公都督④。

【踏莎行】彩射龙光⑤,云埋铁柱⑥。迷津烟暗,渡水平湖⑦。高士祠堂⑧,旌阳殿宇⑨,洪恩⑩路,藕花⑪无数。

【盖天旗】残碑淋雨,留得王郎⑫佳句。信步携筇⑬,登临闲伫。雁惊寒,衡阳浦⑭。秋水长天,落霞孤鹜⑮。

【应天长】东接吴,南甸楚⑯。绀坞⑰荒村,苍烟古木,俯把遥岑伤未足。夕阳暮,空无语,昔人何处。

【尾】孤塔插晴空,高阁临江渚⑱。栋飞南浦云⑲,帘卷西山雨⑳。观胜概壮江山,叹鸣銮㉑罢歌舞。

【注释】

① 此套原无题目，兹取首二字为题，观其内容，为南昌怀古之作；多引用王勃《滕王阁序》及诗中成语，形式又略近檃括。其檃括处，不具注。

② 物换星移，是说时光流逝，景物转变。

③ 李元婴，唐高祖幼子，太宗之弟。太宗贞观十三年封滕王，授金州刺史，高宗永徽三年迁苏州刺史，寻转洪州都督。滕王阁即元婴在洪州时所建。洪州即今之南昌。

④ 王勃《滕王阁序》："都督阎公之雅望，棨戟遥临。"蒋清翊注云："阎公名不可考。"张逊业校正王勃集序谓系阎伯玙，未知何据。按《新唐书·王勃传》："初，道出钟陵（即南昌），九月九日，都督大宴滕王阁，宿命其婿作序以夸客；因出纸笔徧请，客莫敢当，至勃，泛然不辞。"

⑤ 是说宝剑的光芒、华彩四射。《滕王阁序》："物华天宝，龙光射斗牛之墟。"龙光即宝剑的光芒，此用《晋书》张华传掌故。按传云："吴之未灭也，斗牛间常有紫气。吴平之后，紫气愈明。雷焕曰：'宝剑之精上彻于天耳，在豫章丰城。'华即补焕为丰城令。焕掘狱屋基，得一石函中有双剑，并刻题，一曰龙泉，一曰太阿。其夕，斗牛间气不复见为。"其后，剑化为龙，没水中失去，故云龙光。丰城即今江西省丰城市，在南昌之南。

⑥ 铁柱用许逊掌故，详下"旌阳殿宇"条。

⑦ 二句是说烟波浩渺，渡口景色一片迷茫。湖指南昌城东南隅之东湖。

⑧ 后汉时的徐稺，字孺子，南昌人。安贫隐居，德望甚著，

不就征聘，时称南州高士。其祠堂有二：一在南昌城南东湖南，本孺子故宅，宋时曾巩始即其处结茅为堂；一在南昌县学之左。

⑨晋时，许逊字敬之，本汝南人，家于南昌。举孝廉，官旌阳县令，感晋世纷乱，弃官归。从仙人谌母习道术；周游江湖，时斩除蛟蛇毒物，为民除害。至宁康二年，拔宅飞升。世称许真君，亦称许旌阳。铁柱宫，一名妙济万寿宫，在南昌城西南广润门内，中有铁柱，相传旌阳所铸，以镇蛟螭之害。旌阳飞升之后，乡人即其故宅建庙，名游帷观，后改名玉隆万寿宫，在南昌西逍遥山。

⑩洪恩桥在东湖之北，唐时建。

⑪藕花即莲花。

⑫王郎即王勃。勃作《滕王阁序》时旧传谓年十四，近人高步瀛谓年二十余。

⑬筇，本是一种竹子，因其可以为杖，故为竹杖之代称。

⑭衡阳地当湘、蒸二水合流处，故谓衡阳浦，浦是水边的意思。

⑮二句写景，是说秋水的蓝和长天的碧，构成天连水水连天的玻璃世界；灿烂的霞光照耀大地，闪烁在孤飞的野鸭身上。前一句好像是画中澄澈的大背景，后一句则涂抹上陆离光怪的颜色，而雁背上的夕阳，更使画面生动起来了。

⑯二句谓东边和吴地相接，南边是楚国的疆域。

⑰绀坞指僧寺，亦称绀坊、绀园、绀宇、绀殿。《大周新翻三藏圣教·序》："可谓缁俗之纲维，绀坊之龙象。"按无量寿经说极乐国之地相云："见瑠璃地内外映彻。"瑠璃亦云绀瑠璃，以其作绀青色也，佛国土之色相为绀青，故僧寺亦称绀坞、绀坊等。

⑱江中的沙洲。江指赣江，一名豫章江。

⑲ 是说南浦的烟云飞入滕王阁中，袅绕于栋梁之间。南浦在南昌城南赣江滨。

⑳ 是说卷起帘帷就可以观赏西山的雨景。西山在南昌城西三十里，正对滕王阁之背，连属三百余里，其绝顶有风雨，传说能出云气作雷雨云。见读史方舆纪要卷八十四。

㉑ 是说现在物是人非，当年的酒宴歌席已散。鸣銮是歌女身上的饰物。

【曲话】贯云石《阳春白雪·序》云："关汉卿、庾吉甫造语妖娇，适如少美临杯，使人不忍对觞。"贾仲明《凌波仙》称吉甫之曲"语言脱洒不粗疏，翰墨清新果自如"。《正音谱》曰："庾吉甫之词，如奇峰散绮。"大抵皆以清丽称吉甫，今观其雁儿落带得胜令赋狼山五曲与商角调《黄莺儿·怀古》二套，皆苍凉感慨，质实有力；而别情、闺怨诸曲，则端谨之作而已。

11. 马致远

马致远，号东篱，大都人，任江浙行省务官，务官犹今之税吏。贾仲明《凌波仙吊》词云："万花丛里马神仙，百世集中说致远，四方海内皆谈羡。战文场，曲状元，姓名香贯满梨园。汉宫秋，青衫泪，戚夫人，孟浩然。共庾白关老齐肩。"又云："元贞书会李时中，马致远，花李郎，红字公，四高贤合捻黄粱梦。东篱翁头折冤，第二折商调相从，第三折大石调，第四折是正宫，都一般愁雾悲风。"则东篱于元贞间与李时中等同是书会中人，而东篱之名气堪称第一。现存小令一一五，套数十六，从其散曲可以看出他的生活和性格，他有富豪的身世，远大的抱负和怀才不遇的悲郁。中年过着"酒中仙""风月主"的狂放生活，晚年归于"林间友""尘外客"的闲适心境，偶然他也有路途客旅之愁。他的遭遇，正是时代文人人生际遇的典型。

南吕·四块玉

酒旋沽，鱼新买，满眼云山画图开，清风明月还诗债。本是个懒散人，又无甚经济才①，归去来②。

【注释】

① 经济才指经世济民的才能。《文中子·礼乐》："皆有经济之道。"

② 归去来：陶潜《归去来辞》："归去来兮，田园将芜胡不归。"以抒写其辞官归隐的心意和生活。去来，即归去，去来构成偏义复词，来字意义消失。此借用为退隐之意。

【曲话】这支曲子其实是用来发抒个人的抑郁和牢骚。东篱以高才沉抑下僚，难免一肚皮不合时宜，所以只好借酒浇愁，寄情山水。首四句写得还相当潇洒：刚沽的酒，新烹的鱼，对着云霞山光，迎着清风明月；此时此际，应当心旷神怡了，可是想想自己的遭遇，怨艾之情，油然而生。所谓"本是个懒散人"诸语，愈见其满腔愤慨而已。此曲前半俊逸洒脱，后半消极怨尤，风格类似稼轩词，盖其性情使然，他们不像渊明、东坡那么看得开、想得透。

双调·落梅风

云笼月,风弄铁①,两般儿、助人凄切。剔银灯②欲将心事写,长吁气、一声吹灭。

【注释】

①铁谓屋檐前铁马。孟昉诗:"风弄虚檐铁马鸣。"《芸窗私志》:"元帝时临池,观竹既枯,后每思其响,夜不能寝;帝为作薄玉龙数十枚,以缕线悬于檐外,夜中因风相击,听之与竹无异。民间效之,不敢用龙,以什骏代,今之铁马是其遗制。"

②剔,挑去、除去。灯芯燃烧过久,则成黑炭,火光微弱,故需剔之。银灯是用白铜或锡制成之灯。剔银灯,亦为词牌、曲牌名,此一语双关。

【曲话】这支曲子写闺中少妇闲愁幽恨之情,用车遮韵尤添声情的凄切。云笼月,不禁有良辰美景奈何天的感叹。萧瑟的风捉弄着檐前的铁马,耳边厢是一阵阵凌乱的凄厉声。荧荧孤灯伴着茕茕人影,万般心绪,从何说起?纵使剔尽银灯,也难以下笔表达心意,没想一声长叹,却将灯火吹灭了。

南吕·金字经

担头担明月①,斧磨石上苔②。且作樵夫隐去来。柴,买臣③安在哉?空岩外④,老了栋梁材。

【注释】

① 樵夫挑着柴,踏着明月归来。

② 把斧头在长满青苔的石上磨利。

③ 朱买臣,字翁子,汉会稽人。好读书,武帝时严助荐之于朝,召对称旨,拜中大夫。会东越乱,受命为会稽太守,治楼船战具,讨平之,官主爵都尉。后为丞相长史,丞相张汤陵折之,买臣怨,发汤阴事,汤自杀。帝怒,诛买臣。买臣微时,家甚贫,卖薪自给,且行且读,妻羞之,背之去。后拜守越之命,乘传车入吴,见故妻与夫治道,买臣命后车载其夫妇入太守舍,妻惭忿,自缢死。

④ 是说在遥远偏僻的寂静山岩上。空,形容寂静;外,形容遥远偏僻。

【曲话】这支曲子是东篱假借朱买臣来发抒大才无所用的愤懑。开首两句虽然说的都是樵夫,但这位樵夫肩头担的不是柴火而是明月;斧头所磨的就是门无长者车辙、因而长满苍苔的石头。当年的朱买臣就是身在樵中而心思万里的志士,他毕竟成功了,然而当今之世,纵有朱买臣之志,焉有朱买臣之遇?当今之世的朱买臣,只好在遥远偏僻的寂静山岩上,腐朽了他们的栋梁之材而已。曲中所写的是古今才人志士的悲凉,这也正是东篱沉抑下僚、终于无可施展的牢骚。

双调·落梅风

人初静,月正明。纱窗外,玉梅斜映。梅花笑人休弄影,月沉时、

元人散曲：大融合时代的文化硕果

一般孤另。

【曲话】这支曲子写得非常清新脱俗，可见大家手笔是不拘一格的。梅月争辉，光明皎洁，冰清玉冷；伊人清高，如月如梅；然而月沉则梅花无影，人亦无月可诉，其寂寞孤零，则月、梅与人同一也。

越调·天净沙·秋思

枯藤老树昏鸦，小桥流水人家，古道西风瘦马。夕阳西下，断肠人在天涯[①]。

【注释】

①此句意义形式是断肠人、在天涯，但音节形式当作一波三折。断肠是形容悲哀之甚。《搜神后记》："有人杀猿子，猿母悲啼死，破其腹，肠皆断裂。"天涯，天边，形容离家之远。

【曲话】这支曲子写秋天的情思，是一支很有名的小令，几乎所有的选本和文学史、散曲史都选录引用它。它的好处是"言在耳目之内，情寄八荒之表。"用语精练，写景凄美，寄意遥深。首三句着眼于九样具体的实物，每三样自成一组，各有恰如其分的形容词加以修饰。于是秋日的原野就显现出三幅最醒目的画像：一棵残枝败叶的老树，上面缠绕着枯藤，在暮色苍冥中，栖止着一只孤零零的乌鸦。跨着淙淙的流水，大概是一条木板桥吧！那里隐藏着一户人家，屋里正充满着温暖和团聚的喜悦。可是我这沦落异乡远在天边的断肠人，在西风吹拂下，骑着一匹款段瘦马，踽踽于荒野古道之中,眼前只有夕阳的余晖和无穷尽的旅途。乌鸦虽然孤零,尚有栖止的时候;我既已不如,岂敢更奢望像那流水绕屋、小桥曲径的人家,那样的欢聚、那样的温暖!唉!我的人生,只是一片永无止境的茫然而已。

这支曲子布局上的特色是:将首三六字句作鼎足对,句式是二、二、二的双式句,音节一波三折,平仄配合稳谐,其意象都是具体而工致的。紧接着而来的"夕阳西下"一句,则用托墨法染成一幅凄丽的背景,最后再将作为主题的"人"烘衬出来,于是境界开展,感慨深邃,尽在不言中矣。

南吕·金字经

夜来西风里,九天鹏鹗飞①,困煞中原一布衣②。悲,故人知未知。登楼意③,恨无上天梯④。

【注释】

① 鹏是神话中的巨鸟,鹗是凶猛的大鸟。这句话用《庄子·逍遥游》大鹏"水击三千里,抟扶摇而上者九万里"的掌故,比喻乘时而起、飞黄腾达。九天是形容天之高远。

② 古代只有官员和七十岁以上的老人才能穿丝织品,一般平民只能穿"布衣",因此以"布衣"指百姓。

③ 这句暗用王粲《登楼赋》的掌故。东汉末年,王粲避乱客居江南,怀念故乡,有一天他登当阳城楼,作赋来发抒忧思。这里除了怀乡之意外,尚隐含着要冲开困迫,向上进取的心志。

④ 比喻达成理想的凭借。

【曲话】这支曲子写的也是东篱不甘沉抑下僚的愤懑和郁勃。中原是志士仁人驰骋的场所，他不愿做一辈子不得施展抱负而困煞在中原的布衣，所以他因秋风之来，九天鹏鹗之高飞而起兴，以为这也应当是他有为的时候，然而他毕竟只有悲凉，因为纵使他有登高望远的心意，而无登高的楼梯。那么他的这番心志又有谁来引援达成呢？此曲句句激越，盖郁极勃发之气也。

双调·折桂令·叹世

咸阳百二山河①，两字"功名"，几阵干戈②。项废东吴③，刘兴西蜀④，梦说南柯⑤。韩信功、兀的般证果⑥，蒯通言、那里是风魔⑦。成也萧何，败也萧何⑧。醉了由他。

【注释】

①形容咸阳的地势险要，山河交错。咸阳是秦代的都城，即今陕西咸阳，在原长安县西北。《读史方舆纪要》："山南水北曰阳；地在九峻之南，渭水之北，山水皆阳，故曰咸阳。"

②这两句是说为了"功名"，争战不休。干戈，兵器名。干即盾，用于防卫；戈用以攻击。干戈合成联合式合义复词，产生新义，即"战争"的意思。

③项指项羽，灭秦后，自称西楚霸王，都彭城。后来垓下兵败，自刎乌江。彭城和乌江都属东方的"吴"地，故云废东吴。

④刘指刘邦。项羽封他为汉王，领有汉中、巴蜀地。后来暗度陈仓，东向与项羽争夺天下，终于消灭项羽，即帝位，是为汉高祖，故云兴西蜀。

⑤是说刘、项的争战和功业,到头来就像一场梦而已。南柯,即《南柯太守传》,唐传奇小说,李公佐作。略云:淳于棼,家广陵,宅南有古槐,枝干条永,棼生日醉卧,梦至大槐安国,妻公主,为南柯太守二十年,生五男二女,备极荣显;后与敌战而败,公主亦卒,被遣归。既醒,见家童拥彗于庭,斜日未隐,余樽犹在,因寻槐下穴,所谓南柯郡,即槐南枝下蚁穴。梦感南柯之虚浮,悟人世之倏忽,遂栖心道门。后人因谓"梦"为"南柯",本此。

⑥韩信与萧何、张良并为汉初三杰,信为汉王刘邦之大将军,攻取赵、代、魏、燕、齐等国,功劳最大,先为三齐王,后封楚王。刘邦加以谋逆罪,将他逮捕,降为淮阴侯,后吕后杀之于长乐钟室。这句是说:像韩信立下那么大功劳,终于也落得那样身首异处的结果。兀的,这个、那个。

⑦蒯通是秦末汉初的策士,曾经劝韩信自立,与刘、项鼎足争权天下。韩信不能用他的计策,他就装疯作傻以避祸。这句是说:蒯通所说的话是有先见之明的,他是为了逃避灾祸,哪里是真的风魔呢?风魔,发疯。

⑧萧何是刘邦的得力助手,汉兴,为相国。他曾经极力推荐韩信,甚至把逃跑的韩信追了回来,刘邦终于采纳他的意见,拜韩信为大将军。后来韩信由楚王被贬为淮阴侯,闲居长安,他却和吕后合谋,把韩信骗入宫廷,杀之于长乐钟室。因此说韩信的一生"成也萧何,败也萧何"。

【曲话】这支曲子是拿楚汉争战之际的英雄豪杰,来说明人世间事功的终归幻灭,所以东篱的人生是"醉了由他"。这是乱世里的颓废思想,充满在元人的篇章之中;但我们须知道,他们嘴里这么说，心中未必如此想。正因为在那样的特定时代，即使是英雄豪杰也无事功可立，所以他们便反过来否定功名，以消除胸中的块垒。从这一支曲子，我们隐约可以感受到东篱那股不可遏抑的郁勃之气。

双调·湘妃怨·和卢疏斋西湖①

金卮②满劝莫推辞，已是黄柑紫蟹时③。鸳鸯不管伤心事，便白头湖上死。爱园林、一抹胭脂，（霜落）在丹枫上④，（水飘）着红叶儿。风流煞带酒的西施⑤。

【注释】

① 卢疏斋即卢挚，见下文清丽派作家。卢挚有《双调湘妃怨·题西湖》四支，其一云："湖山佳处哪些儿？恰到轻寒微雨时。东风懒倦催春事，嗔垂杨袅丝丝，海棠花、偷抹胭脂。任（吴岫）眉尖恨，厌（钱塘）江上词。是个妒色的西施。"其下三支的末句是"是个好客的西施""是个百巧的西施""是个淡净的西施"。马致远所和的曲子也有四支，这是第三支，其余三支末句分别作"可喜煞睡足的西施""清洁煞避暑的西施""难妆煞傅粉的西施"。按：酬和之曲的题目应相同，所押的韵部也要相同。卢、马都同写西湖，同用支思韵。

② 金卮，金杯。
③ 柑黄蟹紫正是秋凉时候。
④ 枫树逢秋，其叶变红，霜染其上，更鲜红可爱。上句"爱园林、一抹胭脂"，写的便是枫林变红的景色。
⑤ 西施相传是春秋时越国的美女，生长于苎萝山卖薪者家。

越王勾践被吴王夫差所败,退守会稽;知夫差好色,乃令大夫范蠡献西施、郑旦,吴王大悦,迷惑忘政;后卒被越王所灭。事见东汉赵晔吴越春秋。又吴地记云:"西施入吴,三年始达,在途与范蠡通,生一子。"越绝书云:"吴亡后,西施复归范蠡,同泛五湖而去。"又一说则谓越献西施,夫差纳之,伍子胥谏,不听,杀子胥;后吴果灭于越,乃沉西施于江,以报子胥。按:西施故事脍炙人口,而不见《左传》《国语》《史记》,盖赵晔所杜撰。著者有《西施故事志疑》一文,见《说俗文学》,台湾联经公司出版。

【曲话】这是一支酬和的曲子。酬和在诗词里很常见,曲也用来酬和,可见元人是把曲当作"新诗"来看待的。卢疏斋的格调是疏淡清丽的,东篱酬和他,自然也感染他的格调。苏东坡有一首诗咏西湖:

水光潋滟晴方好,山色空濛雨亦奇。

若把西湖比西子,淡妆浓抹总相宜。

所以西湖也叫"西子湖"。疏斋就是拿西子来描写西湖,东篱这支和曲也就拿带酒的西施来比喻西湖的秋天。其中"鸳鸯"二句,盖就西施、范蠡同泛五湖的传说,来歌诵他们爱情的始终如一。

秋思①

【双调夜行船】百岁光阴一梦蝶②,重回首、往事堪嗟。今日春来,明朝花谢,急罚盏、夜阑灯灭③。

【乔木查】想秦宫汉阙④,都做了衰草牛羊野。不恁么渔樵没话说⑤。纵荒坟横断碑,不辨龙蛇⑥。

【庆宣和】投至狐踪与兔穴,多少豪杰⑦。鼎足虽坚半腰里折,魏耶？晋耶？⑧

【落梅风】天教你富，莫太奢⑨。没多时、好天良夜。富家儿更做道你心似铁，争辜负了锦堂风月⑩。

【风入松】眼前红日又西斜，疾似下坡车。不争镜里添白雪⑪，上床与、鞋履相别⑫，休笑巢鸠计拙⑬，葫芦提⑭一向装呆。

【拨不断】利名竭，是非绝⑮。红尘不向门前惹⑯，绿树偏宜屋角遮，青山正补墙头缺。更哪堪竹篱茅舍⑰。

【离亭宴带歇指煞】⑱（离亭宴煞首两句）蛩吟罢一觉才宁贴，鸡鸣时万事无休歇⑲。（歇指煞三至八）何年是彻⑳。看密匝匝蚁排兵，乱纷纷蜂酿蜜，急攘攘蝇争血㉑。裴公绿野堂㉒，陶令白莲社㉓。（歇指煞三至八再作一遍平仄相同）爱秋来时那些：和露摘黄花，带霜分紫蟹，煮酒烧红叶。想人生有限杯，浑几个重阳节㉕。（离亭宴煞末三句）人问我顽童记者㉖，便北海探吾来，道东篱醉了也㉗。

【注释】

① 此套传诵既久，异本甚多，兹据郑因百曲选。因百云："梨园按试乐府新声本最古且最善，今悉从之。唯新声本无题，今据《中原音韵》补。又离亭宴带歇指煞据他书校改数处。"

② 这是用《庄子·齐物论》"庄周梦蝶"的典故，意思是人生百年，短暂犹如庄周一梦化为蝴蝶。

③ 意思是赶紧喝酒，否则夜深灯就要灭了。杜甫诗："百罚深杯亦不辞。"古人饮酒行令，不如令者有罚酒之举，罚酒不可不喝；这里借用罚盏为饮酒之意。盏，小杯；夜阑犹言夜深。

④ 秦宫指阿房宫，秦始皇所建。杜牧阿房宫赋："覆压三百

余里……五步一楼，十步一阁。"汉阙指凤阙，汉武帝所建。《汉书·东方朔传》："起建章，左凤阙，右神明，号称千门万户。"

⑤不这样樵夫渔父就没有历代兴亡的闲话可说。不恁么，不这样。

⑥是说纵使荒坟上留下断残的墓碑，但字迹模糊，已经无法辨识是何许人物，更无法断定墓中人是圣贤庸愚。龙蛇，可作墓碑上的字迹解，亦可作墓中人的为龙为蛇，亦即其如龙之圣贤，或如蛇之庸愚。

⑦是说昔日的许多豪杰，他们的坟墓，今日都成了狐兔的巢穴。投至，待到、弄得。

⑧魏、蜀、吴三国鼎足分立局势，表面看来，它们相倚相制，犹如铜制鼎足的坚固，但后来蜀汉先被魏所灭，魏又被晋所篡，吴终于也并于晋，而晋代也成为过去了。

⑨是说上天教你富有时，你就不要更奢求而不知足。

⑩二句是说有钱的人家怎的还固执不知变通，白白地辜负了那偌大的家私、美丽的厅堂和清风明月的良辰美景。锦堂，用宋韩琦画锦堂的掌故。

⑪是说想不到日子过得那么快，镜中的自己，鬓边又加添了白发。

⑫是说今日上床和鞋子相别，明日是否能再穿它不可知。这是比喻人随时都有死亡的可能。

⑬是说不要嘲笑鸠鸟不善于营巢，但它照样可以得其所安。方言："鸠，蜀谓之拙鸟，不善营巢，取他鸟巢居之。"禽经云："鸠拙而安。"

⑭葫芦提亦作葫芦蹄，宋元俗语，即糊里糊涂或马马虎虎之意。

⑮ 是说如果没有名利争竞之心，也就没有是非成败的纷扰。

⑯ 是说凡世间的纷华和麻烦就不会招引到自家门里来。红尘指世间一切纷扰之俗务。

⑰ 是说哪里受得了竹篱茅舍的享受呢！意思是竹篱茅舍就已经够好的了。

⑱ 郑因百《曲选》云："雍熙乐府作离亭宴煞，乐府新声作离亭煞，盖误脱宴字。按：此曲实是离亭宴带歇指煞，与离亭宴煞截然两体，不容相混，今据《太和正音谱》、北词广正谱改定。《中原音韵》作'离亭宴歇指双鸳鸯杀尾声'，则又是节外生枝矣。"

⑲ 二句是说夜里受到蟋蟀鸣声的干扰，直到鸣声停止。睡意方酣，而鸡鸣又起，于是万事纷纷，又无止无休地涌向前来。蛩，蟋蟀。

⑳ 到什么时候才能看开世间事呢？

㉑ 三句用蚂蚁、蜜蜂、苍蝇来比喻人们为功名的战争、为生活的忙乱、为利益的竞逐。密匝匝是密集的样子，急攘攘是紧急相争的样子。

㉒ 裴度，字中立，唐河东闻喜人，德宗贞元进士，为宪宗、穆宗时名相，封晋国公，故名裴公。唐书本传："度于午桥作别墅，具燠馆凉台，号绿野堂。"按：午桥在原河南洛阳县城南十里。裴度与白居易、刘禹锡在绿野堂饮酒赋诗，不问俗事。

㉓ 东晋时高僧慧远集僧徒慧永、慧持等和当时名士刘遗民等十八人，结社于庐山东林寺，同修西方净业，寺中多植白莲，故称白莲社，亦称莲社。陶令指陶潜，潜字渊明，曾作过彭泽县令，故云陶令。渊明隐居浔阳，常与社中人往还，但未入社。此句与上句是说像裴度逍遥绿野堂中、陶潜盘桓白莲社里，算是能看开俗务而

第三章 元人散曲欣赏

自得其乐的了。

㉔ 三句是说秋天里最叫人赏心乐事的三件事。菊花带露，色泽最美，紫蟹入秋经霜而肉最肥，枫、柿、黄栌等植物入秋经霜而色变红，以此红叶煮酒而饮，情味最佳。

㉕ 阴历九月初九日为重阳节。魏文帝与钟繇书："忽复九月九日。九为阳数，而日月并应，俗嘉其名，以为宜于长久，故以享宴高会。"

㉖ 若有人问道我，请你这顽皮的童仆记着。童指应门童子。

㉗ 东汉孔融字文举，孔子后裔。献帝时为北海相，故人称为孔北海。融博学工文章，性好客，尝说："座上客常满，樽中酒不空。"这句是吩咐童子的话语，谓即使有好客如孔北海来访，也向他推辞道："马东篱醉了。"

【曲话】明蒋一葵《尧山堂曲纪》云："马致远双调秋思，放逸宏丽，而不离本色，押韵尤妙，元人称为第一，真不虚也。"它的押韵之妙，周德清（中原音韵）云："此方是乐府。不重韵，无衬字，韵险语俊。谚曰：'百中无一。'余曰：'万中无一。'看他用蝶穴杰别竭绝字，是入声作平声；阙说铁雪拙贴歇彻血节字，是入声作上声；灭月叶，是入声作去声。无一字不妥；后辈学去！"郑因百《曲选》注云："周氏所述为元时北方语音，与今之'国语'颇有不同，如穴字今读去声，阙字彻字今亦读去声，说拙缺歇节等字今读平声，皆是也。然北曲中上声与平声原可通用，故上述古上今平诸字照今音读亦自不妨，仅穴字须读平声，阙彻二字须读上声耳。"而其押韵之妙，实有赖于车遮韵声情之萧瑟凄绝，颇能与秋日情思吻合，相得益彰。按周氏所谓"无衬字"，不确。

这套曲子通篇一气呵成，不只写出了世间人们的心灵，也写出了人类亘古以来无可如何的悲凉，所以显得既放旷且超脱，有吞吐宇宙、包罗天地的胜概。

开首《夜行船》写出了人命如朝露，寿无金石固的怅惘，所以得到的结论是："不如饮美酒，被服纨与素。"那就是"及时行乐"。这也就是全篇的旨意。

其次《乔木查》写帝王的尊贵，《庆宣和》写豪杰的烜赫，但其结果宫阙成了"衰草牛羊野"，陵墓成了"狐踪与兔穴"，所以人生在世，第一要务就是要"及时行乐"！接着他又说到富有之人，往往不知停止他们的欲望，而一味无尽地奢求，然而却都个个悭吝不堪，白白地辜负了可资愉悦的"锦堂风月"，这种人真是白活了。

《风入松》再次感叹人命的短暂和无常，然后说出了他在尘世里装疯卖傻的处世态度。

最后一支犯调，前半感到世人争功夺利、营营不休的可悲，说出了陶然自得才是大彻大悟的人生。裴公的绿野堂、陶令的白莲社就是人生的模范，而他自己也因此懂得在秋日里从黄花、从紫蟹、从红叶中获得了生命无穷的乐趣。

我们读了他这一套曲子，胸中确有一股飒飒之气，是萧爽，是洒落，而清刚气骨，则流贯其间。

借马

【般涉调·耍孩儿】近来时买得匹蒲梢骑①，气命儿般看承爱惜②。逐宵上草料数十番，喂饲得膘息③胖肥。但有些秽污却早忙刷洗，微有些辛勤便下骑。有那等无知辈，出言要借，对面难推。

【七煞】懒设设牵下槽，意迟迟背后随。气忿忿懒把鞍来鞴④，

第三章　元人散曲欣赏

我沉吟了半晌语不语,不晓事颩人知不知。他又不是不精细,道不得(他)人弓莫挽,(他)人马休骑。

【六煞】不骑呵!(西棚下)凉处拴,骑时节(拣地皮)平处骑。将青青嫩草频频的喂,歇时节肚带松松放,怕坐的困尻包儿⑤款款移。勤觑着鞍和辔⑥,牢踏着宝镫⑦,前口儿休提⑧。

【五煞】(饥时节)喂些草,(渴时节)饮些水。着皮肤休使鹿毡⑨屈,三山骨⑩休使鞭来打,砖瓦上休教稳着蹄⑪。(有口话)你明明的记,饱时休走,饮了休驰。

【四煞】(抛粪时)教干处抛,(尿绰⑫时)教净处尿。拴时节拣个牢固桩橛⑬上系,路途上休要踏砖块,过水处不教践起泥,这(马)知人义,似云长赤兔⑭,如益德乌骓⑮。

【三煞】(有汗时)休去檐下拴⑯,(渲时)休教侵着颏⑰。软煮料草铡⑱底细,上坡时款把身来耸,下坡时休教走得疾。休道人忒寒碎⑲,休教鞭髟⑳着马眼,休教鞭擦损毛衣。

【二煞】不借时恶了弟兄,不借时反了面皮。马儿行嘱咐叮咛记,鞍心马户㉑将伊打,刷子去刀莫作疑。只叹的(一声)长吁气,哀哀怨怨,切切悲悲。

【一煞】(早晨间)借与他,(日平西)盼望你。倚门专等来家门,柔肠寸寸因他断,侧耳频频听你嘶。道一声好去,早两泪双垂。

【尾】(没道理)没道理,(忒下的)忒下的㉒。恰才说来的话君专记,一口气不违借与了你。

【注释】

①良马的名字。《史记·乐书》:"后伐大宛,得千里马,

· 171 ·

马名蒲梢。"

② 像自己性命般的照顾和爱惜。

③ 马肥叫膘息，是说皮里肥肉相接。

④ 套上马鞍叫鞴。

⑤ 指马背上的鞍。

⑥ 马勒头和马缰绳合起来叫辔。

⑦ 马鞍两旁足所踩者。

⑧ 是说不要用力拉住缰绳把马口向上提起。

⑨ 氀毡，粗毛，盖指马脖上的鬣毛。

⑩ 三山骨盖指马身上突出的骨。

⑪ 是说不要教马蹄中垫入了砖瓦，以致伤到马足。

⑫ 尿绰犹言撒尿。

⑬ 桩橛是拴牛马的短柱。

⑭ 云长赤兔是说关云长的赤兔马。云长即关羽之字。赤兔原属吕布。《三国志·魏志·吕布传》："布有良马曰赤兔。"注："时人语曰：人中有吕布，马中有赤兔。"

⑮ 张益德的乌骓马。益德是张飞的字。按：赤兔、乌骓都是良马。项羽亦有马名骓。

⑯ 意思是怕檐下阴凉，容易使马招致风寒。

⑰ 是说刷洗马时不要伤损到马颐。渲，画家有渲刷法，擦以水墨，再三淋之，谓之"渲"，这里指为马刷洗。颊，当是颐之误，即马颐。

⑱ 锄，切。

⑲ 寒碎即寒酸琐碎。

⑳ 彪，犹南方人之言甩。

㉑ 鞍心，马鞍的中间；马户，马的当驴；这两个地方有皮革和铜片保护。

㉒ 犹言忒下的手，有手段太辣之意。

【曲话】这套曲子写爱马的心情淋漓尽致，可谓无微不至，而遣词造句，真叫人忍俊不禁。马主人说了半天，马一直没有借出，最后说了一句："恰才说来的话君专记，一口气不违借与了你。"我们知道这位借马者此时逃之唯恐不及，哪还会有胆气借他的马呢？像这样的情味就是诙谐而机趣，是诗词中少有的，它不必有高深的含义和耐人寻味的哲理，它只是以清清爽爽的气息教人感到一分会心的愉悦。这是东篱散曲的另一种面貌，他不是出诸雅言，而是纯有的白描。大家的文字是可以驱遣自如的。

【总评】上文"风格"一节里，曾引（《太和正音谱》）评马致远的话语，推崇他为元人第一，说他的风格是"典雅清丽"，事实上字里行间还揄扬他"超逸雄爽"。"典雅清丽""超逸雄爽"，可以说是曲的极致，也正是贯云石序《阳春白雪》所谓的"灏烂"。"灏烂"即是东篱的定评。

元曲家所表现的内容思想，大多数只有时代的共同特色和意识，像马致远、张养浩那样能见出性情和襟抱的很少。也因此东篱乐府和云庄乐府便弥足珍贵。我们从上面所录的曲子，大抵可以看出东篱的那股郁勃之气，和无可奈何的悲哀；他的故作闲适，其实也只是无可奈何的排遣而已。

12. 邓玉宾

邓玉宾，官同知，生平不详。存小令四，套数四。

正宫·叨叨令·道情（其二）

一个（空）皮囊裹着千重气①，一个（干）骷髅顶戴着十分罪②。为儿女使尽了拖刀计③，为家私费尽了担山力。您省的也么哥④？您省的也么哥？这一个长生道理何人会！

【注释】

① 是说人的一生要承受许许多多的气愤。空皮囊，比喻形躯。
② 是说人的一生要担当许多的罪过。骷髅是干枯无肉的死人头骨。
③ 拖刀计形容铤而走险的计谋。
④ 也么哥是语词，又作"也末哥"，意义同"吗"。这是曲中的"泛声"，成为定格，也就是任何人作叨叨令，都会有"也么哥"三字。如《正宫·叨叨令·道情》其四：

白云深处青山下，茅庵草舍无冬夏。闲来几句渔樵话，困来一枕葫芦架。您省的也么哥？您省的也么哥？煞强如风波千丈担惊怕。

【曲话】邓玉宾《正宫·叨叨令》共有四支，总题《道情》，录其二与其四两支。道情的旨趣都是否定现实的人生，趋向闲适的物外。这两支曲子正表现了这两方面的意义。其遣词明白如话，意致爽朗，韵调颇佳。

第三章 元人散曲欣赏

双调·雁儿落带得胜令

乾坤一转丸①，日月双飞箭②。浮生梦一场③，世事云千变④。万里玉门关⑤，七里钓鱼滩⑥。晓日长安近⑦，秋风蜀道难⑧。休干⑨，误杀英雄汉；看看，星星两鬓斑⑩。

【注释】

① 是说天地就好像一个转动的丸子，循环变化得非常快。

② 形容时光流逝得很快。

③ 虚浮的人生就好像一场梦般的刹那空无。

④ 世事莫测，就好像云烟的千变万化。

⑤ 这句比喻追求功名，万里封侯。东汉班超平定西域，封为定远侯，久之，思归故乡。其妹班昭代为上书朝廷，中有"臣不敢望到酒泉郡，但愿生入玉门关"之句。玉门关，在今甘肃省敦煌市西，阳关在其东南，两关并为古时通西域之要道。

⑥ 即七里濑，一名七里滩，在浙江省桐庐县严陵山西，因其两山耸起壁立，连亘七里，故云。东汉光武帝时，严陵隐居垂钓于此。按严陵本姓庄，以避明帝讳改姓严，与光武帝同学。光武帝屡次征召他入朝为官，他逃隐于此。

⑦ 此句形容距离朝廷很遥远，早晨的太阳比朝廷要近得多。用《世说新语·夙慧》篇的典故："晋明帝年数岁，坐元帝膝上，有人从长安来，元帝问洛下消息，潸然流涕。明帝问何以致泣，具以东渡意告之；因问明帝：'汝意谓长安何如日远？'答曰：'日远。不闻人从日边来，居然可知。'元帝异之。明日集群臣宴会，告以此意，更重问之。乃答曰：'日近。'元帝失色，曰：'尔何

· 175 ·

故异昨日之言邪？'答曰：'举目见日，不见长安。'"这句意谓功名的追求非常难，盖长安为功名利禄竞逐之所。

⑧ 此句形容被贬谪，远离朝廷，在险恶的环境里奔波劳苦。李白蜀道难："噫吁戏！危乎高哉！蜀道之难，难于上青天。"

⑨ 是说不要营求了。

⑩ 是说两边的鬓发白花花了。

【曲话】这也是一支否定功名的曲子，可以说就是邓玉宾咏《道情》的基调。首先说岁月流逝得很快，世事变化得不可捉摸，而人的一生不过是一场梦而已。世人不明此理，终日营营求求，功名那么的难成，仕途如此多艰，结果耽误了多少英雄豪杰，而岁月的侵袭，已从鬓边的白发显露出来了。作者肯定的是"七里钓鱼滩"，视功名如草芥、自得其乐的严子陵；否定的是"万里玉门关"，求功名于异域、垂老思归的班定远。这种思想正好和他的《道情》合拍。《太和正音谱》说他的曲"如幽谷芳兰"，幽谷芳兰是清新脱俗的，清新的是他文字的格调，脱俗的是他要超越凡尘的心志！

13. 姚守中

姚守中，洛阳人，牧庵学士之从子。平江路吏。著有杂剧立中宗、逢萌挂冠、汉太守郝廉留钱等三种，俱不存。存套数一。

牛诉冤

【中吕·粉蝶儿】性鲁①心愚，住烟村、饱谙②农务。丑则丑、堪画堪图。杏花村③，桃林野④，春风几度。（疏林外）新日西晡⑤，载吹笛、牧童归去。

【醉春风】绿野喜春耕,一犁江上雨。力田扶把受驱驰,因为(主甘分受)苦⑥,苦,苦。经了些横雨斜风,酷寒盛暑,暮烟晓雾。

【红绣鞋】牧放在(芳)草岸白苹古渡,嬉游于(绿)杨堤红蓼平湖。画工描我在远山图。(助田单)英勇阵⑦,(驾老子)蓦山居⑧。古今(人)吟未足。

【石榴花】朝耕暮垦费功夫,辛苦为谁乎?一朝染患倒在官衢⑨,见一个宰辅,借问农夫,气喘因何故?听说罢、感叹长吁。那官人劝课⑩还朝去,题着咱名字奏銮舆⑪。

【斗鹌鹑】他道我润国于民,受千辛万苦。每日向堰口拖船,渡头拽车,一勇性天生胆气麤,从来不怕虎。为伍的是伴哥王留⑫,受用的是村歌社鼓⑬。

【上小楼】感谢中书部⑭,符行移诸处⑮。所在官司,禁治严明,遍下乡都。里正⑯行,社长⑰行,叮咛省谕:宰耕牛的、捕获申路⑱。

【幺】食我者肌肤未肥,卖我者家私不当。若是老病残疾,辛中身亡,不堪耕锄,告本官,送本都,从公发付,闪⑲得我、丑尸不着坟墓。

【满庭芳】衔冤负屈,春工办足,却待闲居,圈㉑门前见两个人来觑,多应是将我窥图。一个曾受戒南庄上的忻都,一个是累经断北澶王屠㉒,好教我心惊虑。若是将咱卖与,一命在须臾。

【十二月】心中畏惧,意下踌躇,莫不待将我衅钟㉓,不忍其觳觫㉔,那思想耕牛为主,他则是嗜利而图。

【尧民歌】被这厮添钱买我离桑枢㉕,不睹是牵咱过前途,一声频叹气长吁,两眼恓惶泪如珠。凶徒凶徒贪财性狠毒,绑我在将军柱㉖。

【耍孩儿】只见他手持刀器将咱觑,唬得我(战)扑速㉗魂

· 177 ·

元人散曲：大融合时代的文化硕果

归地府，登时间满地血模糊，（碎）分张骨肉皮肤。尖刀儿割下薄刀儿切，官秤称来私秤上估，（应捕人）㉘在傍边觑。（张弹压）先抬了脖项，（李弓兵）强要了胸脯。

【二煞】却不道（闻其声）不忍食其肉㉙，划地（加料物）宽锅中烂煮，煮得美甘甘香喷喷软如酥㉚。把从前的主雇招呼。他则道三分为本十分利，那里问一失人身万劫㉛无。有一等（贪馋啜）的乔人物㉜，就本店随机儿索唤，买归家取意儿庖厨㉝。

【三煞】或是（包馒头）待上宾，或是（裹馄饨）请伴侣。向磁罐中软火儿葱椒煨，胜如黄犬能医冷，赛过胡羊善补虚。添几盏椒花露，你装得肚皮饱旺，我的性命何事。

【四煞】我本是（时苗）留下犊㉞，（田单）用过牯。勤耕苦战功无补，他比那图财害命情尤重，我比那展草垂缰㉟义有余。我是一个直钱㊱底物，有我时田园开辟，无我时仓廪空虚。

【五煞】（泥牛）能报春，（石牛）能致雨㊲。耕牛运土遭诛戮，从今后草坡边野鹿无朋友，麦垄上羊失了伴侣。那是我伤情处，再不见柳梢残月，再不见古木昏乌。

【六煞】觓儿铺了弓，皮儿鞔做鼓。骨头儿卖与钗环铺，黑角儿做就乌犀带，花蹄儿开成玳瑁梳。无一件抛残物。好材儿卖与了靴匠，碎皮儿回与田夫。

【尾】我（元阳）寿未终，（死得）真个屈苦。告你个阎罗王正直无私曲，诉不尽平生受过苦。

【注释】

① 鲁，笨拙。

② 饱谙，非常熟悉。

③ 杜牧《清明》："清明时节雨纷纷，路上行人欲断魂。借问酒家何处有，牧童遥指杏花村。"

④ 《书·武成》："放牛于桃林之野。"《通鉴地理今释》："自潼关至函谷俱谓之桃林塞。"

⑤ 午后申时为晡，即黄昏之时。

⑥ 为了主人而甘心忍受劳苦。

⑦ 此句用战国时齐田单以火牛破燕军的掌故。

⑧ 此句用老子骑青牛的掌故。

⑨ 官衢犹言大道。

⑩ 劝课指官员下乡劝农力耕。

⑪ 鸾舆，指皇帝的车驾，因为车上有鸾铃，故云，此指皇帝而言。

⑫ 伴哥王留，这里用作乡下农夫的代称。

⑬ 社鼓指迎神赛会的锣鼓。

⑭ "中书部"与下文之"省谕"相应，可见是指中书省，这里应当是指"行中书省"，等于现在的省。

⑮ 公文下达各地方。

⑯ 里正，是春秋战国时的一里之长，明代改名里长。基层官职，负责掌管户口和纳税。

⑰ 社长，元朝时每50家编为一社，由德高望重的人当社长，管理行政事务。

⑱ 申路，申报到路。路是行政区域名，元代上隶于行中书省，下领州、县，犹如明清之府。

⑲ 本都指本身所属之官府。

⑳ 闪，抛撒。

㉑ 圈，指牛圈，关牛羊的木栏。

㉒ 二句极言忻都与王屠都是宰牛能手。

㉓ 衅钟，用牛马之血涂在钟上，古人谓此可以取得灵应。

㉔ 觳觫，恐惧貌。《孟子·梁惠王》："吾不忍其觳觫。"

㉕ 桑枢，盖即桑梓，指原来生长之处。

㉖ 将军柱盖指强大之柱。

㉗ 战栗不停的样子。

㉘ 应捕人与下文之张弹压、李弓兵都是指奉命稽查私宰牛只的人，而他们却都在旁边看，甚至于分肥。

㉙ 语见《孟子·梁惠王》。

㉚ 松脆的食物都可以叫作酥。

㉛ 万劫是佛家语，意思是极长的时间。

㉜ 这句是说贪吃的家伙。馎饦，即饮食；乔人物，骂人的话语，犹言家伙。

㉝ 随意在厨房中或煮或炒。

㉞ 是说为四时的禾苗耕种尽过力的牛犊。

㉟ 展草垂缰，指马。

㊱ 直钱，同值钱。

㊲ 泥牛报春、石牛致雨，盖民间之习俗观念。泥牛，见《传灯录》："洞山问龙山和尚：'见什么道理，便住此山？'师云：'我见两个泥牛斗入海，直至如今无消息。'"石牛，见《水经·沔水注》："秦惠王欲伐蜀而不知道，作五石牛，以金置尾下，言能屎金；蜀王令五丁引之成道，秦使张仪、司马错寻路灭蜀，因曰石牛道。"这两句是说牛的作用很大，连泥牛都能报春，石牛也能致雨。

【曲话】这套曲子以牛的口吻写牛的生活、牛的劳苦,而终于落得被卖被宰,不只身上的肉被吃掉,连皮、角、蹄也无一不被制成器具。这是"代言体"的写法,显得更真切。全套共享十六支曲,算是长套。耍孩儿是般涉调,接在中吕宫之后,即所谓"借宫",其后用煞曲五支,数目至六而无一,这是很奇怪的现象,未知是否散佚。就文字来说,这套曲子并非顶好的作品,大抵属中驷端谨,而所以取录的原因,是因为它的内容。我们由此可见元人散曲无所不写,而用代言体的手法也不只是杂剧才有。

14. 冯子振

冯子振,字海粟,自号怪怪道人,又号瀛洲客,攸州人。《元史·陈孚传》云:"攸州冯子振,其豪迈与孚略同。孚敬畏之,自以为不可及。子振于天下之书,无所不记。当其为文也,酒酣耳热,命侍吏二三人润笔以俟,子振据案疾书,随纸多寡,顷刻辄尽。"宋濂也说他"横厉奋发,一挥万余言"。可见他的性情和文才。存小令四十四。

正宫·鹦鹉曲

白无咎①有鹦鹉曲②云:

侬家鹦鹉洲边住,是个不识字渔父。浪花中、一叶扁舟③,睡煞④江南烟雨。【幺】觉来时满眼青山,抖擞⑤绿蓑⑥归去。算从前、错怨天公,甚也有、安排我处⑦。

余壬寅岁⑧留上京⑨,有北京伶妇⑩御园秀⑪之属相从风雪中,恨此曲无续之者,且谓前后多亲炙⑫士大夫⑬,拘于韵度⑭,如第一个"父"字,便难下语;又"甚也有、安排我处","甚"字必须去声字,"我"字于须上声字,音律始谐[15];不然,必不可歌。此一节又难下语。诸公举酒,索余和之[16],以汴吴、上都、天京[17]风景,试续之。

山亭逸兴

嵯峨峰顶移家住,是个不唧嘈[18]渔父。烂柯时树老无花,叶叶枝枝风雨。

【幺】故人[19]曾唤我归来,却道不如休去。指门前、万叠云山,是不费、青蚨[20]买处。

感事

江湖难比山林住,种果父胜刺船父[21]。看春花又看秋花,不管颠狂风雨。

【幺】尽人间白浪滔天,我自醉歌眠去。到中流、手脚忙时,只靠着、柴扉[22]深处。

野客

春归不恋风光住[23],向老拙问讯槎父[24]。叹荏苒[25]、李白飘零,寂寞长安花雨[26]。【幺】指沧溟铁网珊瑚[27],袖卷钓竿西去[28]。锦袍空、醉墨淋漓[29],是万口、声名响处。

故园归计

重来京国多时住,恰做了白发伧父[30],十年枕上家山,负我湘烟潇雨[31]。

【幺】断回肠一首阳关㉜,早晚马头南去。对吴山、结个茅庵,画不尽、西湖巧处。

【注释】

①白贲,字无咎,钱塘人。诗人白珽之子,事迹不详。《录鬼簿》称为白无咎学士,在"前辈已死名公"之列。

②此曲《阳春白雪·后集卷》一引,题无名氏,误。鹦鹉洲在今湖北省汉阳西南长江中。

③扁舟即小舟。

④睡煞,熟睡。

⑤抖擞,这里指"振落"绿蓑上的雨水,也含有精神振奋愉悦的意思。

⑥用棕榈或草编成的雨衣叫蓑。

⑦是说毕竟也为我安排了一个可以陶情适志的地方。

⑧壬寅岁是元成宗大德六年(1302)。

⑨此"上京"应即下文之"上都"。

⑩伶妇是指演戏或从事歌舞表演的妇女。

⑪御园秀是指伶妇的"艺名",优伶在唐宋即已使用艺名。

⑫亲炙,亲受教诲、感染或熏陶。炙下省"于"字。

⑬士大夫,这里指文人学士。

⑭受声韵的限制。声韵即平仄四声和韵脚。

⑮指语言旋律和音乐旋律才能和谐无间。

⑯这里是"步韵"相和,即按照原作的韵脚描述相同的题材。

⑰汴,今河南省开封;吴(今苏州市吴中区)。上都,元世

祖即位开平，营开平府，至元五年改号"上都"。天京，指元代之首都(今北京)。

⑱ 唧嚼是精细、伶俐的意思。

⑲ 故人，老朋友。

⑳ 青蚨，金钱。青蚨本为虫名，一名鱼伯。《淮南子·万毕术》："青蚨还钱。"注："以其子母各等，置瓮中，埋东行阴垣下，三日复开之，即相从，以母血涂八十一钱，亦以子血涂八十一钱，以其钱更互市，置子用母，置母用子，钱皆自还也。"按世谓钱曰青蚨，本此。

㉑ 刺船父即船夫。

㉒ 柴扉，木做的门。

㉓ 任春归去，无须留恋春光、硬要将春光留住。

㉔ 老拙，年老笨拙，作者自己的谦称。槎父，驾竹筏或木筏的人。

㉕ 荏苒，时光逐渐流逝的样子。

㉖ 此句是说李白客游长安，供奉翰林，唐玄宗虽然有意用他，终因高力士等小人的毁谤而不果。他虚度光阴，无所施展，寂寞的心境就好像春日长安城中飘零的花朵。

㉗ 沧溟，蓝色的海洋。铁网珊瑚，比喻搜罗珍奇。《唐书拂菻国传》："海中有珊瑚洲，海人乘大舶堕铁网水底，珊瑚初生盘木上，白如菌，一岁而黄，三岁赤，枝格交错，高三四尺，铁发其根，系网舶上，绞而出之。"

㉘ 此句暗用李白自称"海上钓鳌客"事。摭遗："李白开元中谒宰相，封一版，上题曰'海上钓鳌客李白'。宰相问曰：'先生临沧海，钓巨鳌，以何为钩线？'曰：'以风波逸其情，乾坤纵其志，虹霓为丝，明月为钩。'又曰：'何物为饵？'曰：'以天

下无义气丈夫为饵。'时相悚然。"

㉙ 此句用李白醉写清平调事。《松窗杂录》："开元中,李白供奉翰林,时禁中木芍药盛开,明皇命龟年持金笺宣赐李白立进清平调三章,白宿醒未解,援笔而就,自此顾李白异于他学士。"锦袍是帝王所赐的华贵之服;墨淋漓,形容文思泉涌的样子。

㉚ 伧父,鄙俗的人。

㉛ 湖南省之湘水,在零陵县(今永州市区)西合潇水,世称潇湘。这里用其烟雨指江南风光。

㉜ 阳关自古与玉门关同为出塞必经之地。王维《送元二使安西》:"渭城朝雨浥轻尘,客舍青青柳色新。劝君更尽一杯酒,西出阳关无故人。"世称《阳关曲》。

【曲话】白无咎的这一支鹦鹉曲非常有名,后人唱和的很多,观冯海粟分析它的格律,可见它的谨严。而无咎固然写得非常的潇洒,把渔父的自在闲适描绘得入木三分;海粟的才情尤其不凡,步韵相和,一口气写了四十二支,其豪情敏思于此可证。贯云石《阳春白雪·序》谓"冯海粟豪辣灏烂,不断古今"。由此也可见海粟当时所享的盛名。

15. 贯云石

贯云石,本名小云石海涯,维吾尔族人。元世祖至元二十三年(1286)生,元泰定帝泰定元年(1324)卒,三十九岁。元史一四三有传。祖阿里海牙佐元侵宋有功,封楚国公。父名贯只哥,云石遂以贯为氏,自号酸斋。幼时雄武多力,善骑射。稍长始折节读书。初袭父官为两淮万户府达鲁花赤,御军严猛,行伍肃然。后让官于其弟,从姚燧学,燧见其诗文大奇。选为英宗潜邸说书秀才。仁宗时,官翰林侍读学士。称疾辞官,南居杭州,放浪江湖以终。赠集贤学士,追封京兆郡公,谥文靖。存小令七十九,套数八。

正宫·塞鸿秋代人作

战西风几点宾鸿至①,感起我南朝千古伤心事②。展花笺③欲写几句知心事,空教我停霜毫④半晌无才思。往常得兴时,一扫无瑕疵⑤。今日个病厌厌⑥刚写下两个相思字。

【注释】

①战西风,与西风搏斗,意即冒着凄冷的西风。几点,形容几只鸿雁飞翔天际,望之如点。宾鸿,鸿为雁之大者,秋季南来,春则北去,按季节迁徙,如做客旅行,故云宾鸿。

②吴潜人月圆:"南朝千古伤心事,还唱后庭花。"《陈书·皇后传》:"后主每引宾客,对贵妃等游宴,则使诸贵人及女学士与狎客共赋新诗,互相赠答,采其尤艳者以为曲词,被以新声,选宫女有容色者以千百数,令习而歌之,分部叠进,持以相乐,其曲有玉树后庭花、临春乐等,大旨所归,皆美张贵妃、孔贵嫔之容色也。"后隋将韩擒虎入朱雀门,后主与张孔二妃匿入宫内景阳井,被获,解送长安。按此曲袭用吴氏之语,但取其"伤心事"之意,未必与南朝后主有关,曲中用典,往往如此。

③纸之精制华美者称花笺,以供题咏书札之用。徐陵《玉台新咏·序》:"五色花笺,河北胶东之纸。"

④ 教，使。霜毫，毛笔，以白羊毛制成，故云。

⑤ 瑕疵，犹言毛病。瑕，玉上之污点；疵，凡事物之有缺失者皆称疵。

⑥ 厌厌，即恹恹，疾病虚弱的样子。

【曲话】此曲写秋日相思之情。因百云："酸斋此曲在当时甚有名，但周德清《中原音韵》颇讥其衬字太多。依作曲习惯，戏剧用之北曲不妨多加衬字，观元人杂剧可知；散曲则不论南北，衬字愈少愈好。周之讥贯，不为无理。词曲皆不许重韵，此曲犯规重用事字。"此曲曲意酣畅，实得诸衬字的助长声情；妙在写难言之情，而能先得我心。用笔爽利，得蒜酪风味。

正宫·小梁州

朱颜绿鬓①少年郎，都变做白发苍苍②。尽教他花柳自芬芳③，无心赏，不趁燕莺忙④。【幺】东家醉了东家唱，西家再醉何妨。醉的强？醒的强⑤？百年浑是醉，三万六千场⑥。

【注释】

① 红润的面容、黑色的头发，这是年轻的样子。

② 苍苍，斑白的样子。

③ 此句一语双关，以春天芬芳的花柳暗喻风月场中的妓女。尽教他，任他去。

④ 这句也是双关说法，以春日里活跃忙碌的莺燕暗喻寻花问柳的行为。

⑤ 是说醉了的好呢，还是醒了的好呢？
⑥ 一年三百六十日，一日醉一场，百年就是三万六千场。

双调·清江引

弃微名去来心快哉①，一笑白云外②。知音③三五人，痛饮何妨碍，醉袍袖舞嫌天地窄。

【注释】

① 去来，用陶渊明归去来辞之义，即辞官归去。此曲写脱卸名缰利锁之后的逍遥自在。

② 形容笑傲自如，无拘无束。即笑声可以纵放，彻于云霄。

③ 知音，彼此相知的好友。用伯牙和钟子期的掌故。春秋时伯牙善鼓琴，与钟子期为好友。伯牙鼓琴，子期听之。志在太山，则曰巍巍；志在流水，则曰汤汤。子期死，伯牙绝弦，痛世无知音者。见《吕氏春秋·本味》篇。

双调·清江引·惜别

若还与他相见时，道个真传示。不是不修书，不是无才思，绕清江买不得天样纸。

双调·水仙子

绿阴茅屋两三间，院后溪流门外山。山桃野杏开无限，怕春光虚过眼。得浮生、半日清闲，邀邻翁为伴，使家僮过盏，直吃得老瓦盆干。

第三章 元人散曲欣赏

双调·寿阳曲

新秋至,人乍别。顺长江、水流残月,悠悠画东去也。这思量、起头儿一夜。

【曲话】《太和正音谱》云:"贯酸斋之词,如天马脱羁。"纵观酸斋一生的行事和散曲的风格,正是如此。当他官场正得意时,他却忽然感叹说:"辞尊居卑,昔贤所尚也。"于是就辞官回江南,卖药于钱塘市中,隐姓埋名。有次经过梁山泺,看到渔父织芦花为被,他想拿䌷交换,渔父要求他赋诗一首,他援笔立就:"采得芦花不浣尘,翠蓑聊复借为茵。西风刮梦秋无际,夜月生香雪满身。毛骨已随天地老,声名不让古今贫。青绫莫为鸳鸯妒,欸乃声中别有春。"诗成,就把被拿走。又有一次游虎跑泉,看到一群人正饮酒赋诗,以"泉"字为韵,其中一人口中只是念着"泉泉泉",久久不能成诗。他拖着拐杖来到,应声道:"泉泉泉,乱迸珍珠个个圆。玉斧斫开顽石髓,金钩搭出老龙涎。"大家惊问道:"您不就是贯酸斋吗?"他说:"然然然!"于是同饮,尽醉而去。又有一次他赴亲友的宴会,那时正好立春,坐客以《清江引》请赋,而且限用"金木水火土"五字冠于每句之首,每句各用春字。他马上写道:"金钗影摇春燕斜,木杪生春叶,水塘春始波,火候春初热,土牛儿载将春到也。"满座的宾客都叫好不绝。他临终时,作了一首辞世诗:"洞花幽草结良缘,被我瞒他四十年。今日不留生死相,海天明月一般圆。"洞花、幽草是他两个妾的名字。他直到死还是如此的洒脱。张小山为贯酸斋解嘲云:"君王曾赐琼林宴,三斗始朝天。文章懒入编修院。红锦笺,白纻篇,黄柑传。学会神仙,参透诗禅,厌尘嚣,绝名利,逸林泉。天台洞口,地肺山前,学炼丹,同货墨,共谈玄。兴飘然,酒家眠,洞花幽草结姻缘,被我瞒他四十年,海天秋月一般圆。"可以说是知人之言。

酸斋以蒙古贵胄,醉心文辞,敝屣功名,优游林泉。由于他的性情襟抱超旷清迈,如天马脱羁,所以他论词独宗豪放(见《阳春白雪·序》),所作散曲亦本色质朴,清新自然。以上所举数曲,所写的情事都极为平常,但表达的方法都非常超妙脱俗,因此显得很机趣有味。譬如塞鸿秋把写信时的心理活动描绘得很曲折真切而感人。最后一句"今日个病厌厌刚写下两个相思字",那份软弱无力的心情,却用衬字把语调加长,使声情回旋腾挪,表达得更为深刻。小梁州写暮年纵酒,无心花柳,末后两句"百年浑是醉,三万六千场"。就是变化李白《襄阳歌》"百年三万六千日,一日须倾三百杯"而来,也结得很豪迈。另外清江引一支写抛开名缰利锁的喜悦,一支写惜别的心情,寿阳曲写相思,水仙子则用杜甫《客至》诗意"肯与邻翁相对饮,隔篱呼取尽余杯"。写闲居之乐,也都妙趣横生,余味无穷。他用的虽然是白描的手法,却能雅致深韵,如"仙女寻春,自然笑傲。"

16. 张养浩

张养浩,字希孟,号云庄,济南人。元世祖至元六年(1269)生,元文宗天历二年(1329)卒,六十一岁。(此从三续疑年录,元史一七五本传作六十岁)幼以学行闻乡里。年甫逾冠,游京师,平章不忽木辟为礼部令史。历官至礼部尚书,参议中书省事。以感愤时政,弃官归隐。所居有泉石花木之胜,优游其间者久之,屡征不起。文宗天历二年,关中大旱,特拜陕西行台中丞。养浩闻命,散其家财以予乡里贫乏者。至陕，救荒除弊，勤政抚民，不久，遂以劳瘁卒。文宗至顺二年，追封滨国公，谥文忠。有集名归田类稿行世，所作散曲名云庄休居自适小乐府，简称云庄乐府。有小令一六一，套数二。

中吕·山坡羊·北邙山①怀古

悲风成阵，荒烟埋恨，碑铭残缺应难认。知他是汉朝君，晋朝臣，把风云庆会②消磨尽，都做了北邙山下尘。便是君，也唤不应。便是臣，也唤不应。

中吕·山坡羊·洛阳怀古

天津桥③上，凭栏遥望，春陵王气④都凋丧。树苍苍，水茫茫。云台不见中兴将⑤，千古转头归灭亡。功，也不久长；名，也不久长。

中吕·山坡羊·潼关怀古

峰峦如聚，波涛如怒，山河表里潼关路⑥。望西都⑦，意踟蹰⑧。伤心秦汉经行处，宫阙万间都做了土。兴，百姓苦；亡，百姓苦。

【注释】

①北邙山又名邙山、芒山、北山、郏山，在河南省洛阳县（今为洛阳市）北，接偃师、巩、孟津三县界。东汉建武十一年，恭王祉葬于北邙，其后王侯公卿多葬于此。

②比喻君臣相得，英雄豪杰各趁势逞能。《易·干》："云从龙，风从虎，圣人作而万物睹。"《后汉书·耿纯传》："以龙虎之姿，遭风云之时，奋迅拔起，期月之间，兄弟称王。"又朱佑等传论：

"中兴二十八将，前世以为上应二十八宿，未之详也；然咸能感会风云，奋其智勇，称为佐命，亦各志能之士也。"

③ 天津桥在洛阳西南洛水之上。

④ 春陵即南阳白水乡，汉光武举兵处，故云"春陵王气"。

⑤ 云台在汉洛阳南宫，明帝图中兴二十八将像于此。台高干云，故名。因二十八将佐光武灭新莽定天下，恢复汉室，故云中兴将。

⑥ 山河表里，即表里山河，形容形势险要。《左传·僖公二十八年》："表里山河，必无害也。"注："晋国外河而内山。"潼关在陕西省潼关县，县以关名，古为桃林塞。东汉置潼关，故址在今潼关县东南；隋时北移四里，即今县治。地当黄河之曲，据崤函之固，扼秦晋豫三省之冲，关城雄踞山腰，下临黄河，素称险要，故以山河表里称之。

⑦ 周以镐京为西京，在今陕西省西安市长安区西南；西汉都长安，亦称西都；盖东汉都洛阳，在东，故云；故城在今西安市长安区西北。

⑧ 踟蹰，徘徊流连的样子。

【曲话】《云庄乐府·山坡羊·怀古》共有九支，今录其三。三首都是作者赴陕西行台中丞时，途中所作。潼关地势险要，为兵家必争之地，关系着历代的兴亡。首二句以如聚的峰峦和如怒的波涛来作为潼关"山河表里"的实写，虚实相映，开展之中，自见绵密。以下作者以光风斋月的性情，从悲天悯人的襟抱着眼，所以感人深邃。北邙山和洛阳二首，虽然都从人命须臾，功名幻灭上立言，但景物苍茫，感怀沉郁，表达的是自古以来，人们无可抗拒的悲哀，所以动人也很深。山坡羊末后的一字句和三字句，用语要精警，凝聚全篇，然后才能把通首的神采显豁出来。张希孟在此做得很到位。

第三章 元人散曲欣赏

中吕·喜春来·探春

梅花已有飘零意,杨柳将垂袅娜枝。杏桃仿佛露胭脂,残照底,青出的草芽齐。

双调·雁儿落带得胜令

云来山更佳,云去山如画。山因云晦明,云共山高下。倚杖立云沙①,回首见山家。野鹿眠山草,山猿戏野花。云霞,我爱山无价。看时行踏②,云山也爱咱。

中吕·十二月带尧民歌·寒食道中

清明禁烟③,雨过郊原。三四株溪边杏桃,一两处墙里秋千。隐隐的如闻管弦,却原来是流水溅溅。人家浑是武陵源④,烟霭⑤蒙蒙淡春天。游人马上袅金鞭,野老田间话丰年。山川都来杖履边;早子⑥称了闲居愿。

双调·折桂令·过金山寺⑦

长江浩浩西来,水面云山,山上楼台。山水相连,楼台相对,天与安排。诗句成、风烟动色,酒杯倾、天地忘怀。醉眼睁开,遥望蓬莱⑧,一半云遮,一半烟霾。

【注释】

① 立云沙,是说茫茫云海,立在云脚,就好像立在海边沙滩上一样。

② 行踏,来来往往,边走边看的样子。

③《荆楚岁时记》:"冬至后一百五日,谓之寒食,禁火三日。"注:"据历,合在清明前二日,亦有去冬至一百六日者。"按寒食禁火之俗,世多以为晋文公哀念介之推而作。

④ 陶渊明所记之桃花源在武陵郡,故又称武陵源。武陵,今湖南常德。

⑤ 烟霭,犹记烟云。霭,云气之貌。

⑥ 早子,早则、早就。

⑦ 金山寺在江苏省镇江市西北之金山上。山本在长江之中,今山下沙涨,已与南岸毗连,与焦山对峙,世称金焦。

⑧ 蓬莱,海中仙山名,亦作蓬壶。《汉书·郊祀志》:"使人入海求蓬莱、方丈、瀛洲,此三神山者,其传在渤海中。"

【曲话】右边四曲,或写风景,或记旅游,都是希孟闲适生活的一面。《折桂令·过金山寺》一支,写得气象浩大,"诗句成、风烟动色,酒杯倾、天地忘怀。"诗人的心灵和情兴,真是被山川风物熏染得汹涌勃发,淘洗得朗爽清旷。《十二月带尧民歌·寒食道》中,将景色勾描得甚为温暖明媚,意趣显现得极其潇洒冲远。首二句画出大自然清新的背景,接着以溪边杏桃的花朵和墙里秋千上的女儿具体地点破了春的气息;流水溅溅的悦耳动听,则从自然的音声来渲染春的欢乐。后半阕全从人事着笔,烟霭蒙蒙中隐藏的是煦煦然的世外桃源。马上的游人,从袅动的金鞭,看出他们自由自在的喜悦;田间的野老,从他们的笑谈中,也使人分享到丰年的快乐。这时眼底的山川胜景,不知何故,都竞相地往我的杖下履边来了。雁儿落带得胜令是从云山的美好对大自然的礼赞,喜春来则从草木中探出春天来临的消息;也都写得很清新明丽,看出他岁月的优游。

郑因百《从元曲四弊说到张养浩的云庄乐府》云：

据黄缙金华文集卷八张文忠公祠堂碑，知道养浩家在济南城内，他的别墅云庄则在城北十里，华不注山及鹊山之阳、历山之阴。这一带山水风景很优美，他归隐时年纪刚过五十，到六十岁再起，在这别墅里住了约十年光景。这十年的生活颇为闲适，云庄乐府大部作于这段时期。

也因此，他作品中清丽朗爽的也特别多。这些作品都教人爱不忍释，再举数曲如下：

十二月带尧民歌

从跳出功名火坑，来到这花月蓬瀛，守着这良田数顷，看一会雨种烟耕。到大来心头不惊，每日家直睡到天明。见斜川鸡犬乐升平，绕屋桑麻翠烟生。杖藜无处不堪行，满目云山画难成。泉声响时仔细听，转觉柴门静。

双调·沉醉东风

蔬圃莲池药阑，石田茅屋柴关。俺这里花发得疾，溪流得慢。绰然亭、别是人间。对着这万顷风烟四面山，因此上、功名意懒。

双调·庆东原

（鹤立）花边玉，（莺啼）树杪弦。喜沙鸥也解相留恋。一个冲开锦川，一个啼残翠烟，一个飞上青天。诗句欲成时，满地云撩乱。

像这样的曲子，真是不食人间烟火。即使渊明、摩诘并世，恐怕也难望其清绮。

中吕·喜春来

亲登华岳①悲哀雨,自舍资财拯救民。满城都道好官人。还自哂②,比颜御史费精神③。

中吕·喜春来

十年不做南柯梦④,一旦还为西土臣⑤。空教人道好官人。还自哂,闲杀洣湖⑥春。

中吕·喜春来

路逢饿殍⑦须亲问,道遇流民⑧于细询。满城都道好官人。还自哂,只落得白发满头新。

咏喜雨

【南吕·一枝花】用尽我为民为国心,祈下些值玉值金雨。数年空盼望,一旦遂沾濡⑨。唤省焦枯⑩,喜万象春如故,恨流民尚在途。留不住、都弃业抛家,当不的、也离乡背土。

【梁州】恨不得把野草、翻腾做菽粟⑪,澄河沙、都变化做金珠。直使千门万户家豪富,我也不枉受了天禄⑫。眼觑着灾伤教我没是处,只落得雪满头颅⑬。

【尾声】青天多谢相扶助,赤子⑭从今罢叹吁。只愿的三日霖霪⑮不停住,

【便下当街上】似五湖⑯都浸了九衢⑰,犹自⑱杀(洗)不尽从前受过的苦。

第三章　元人散曲欣赏

【注释】

① 华岳，在陕西省华阴市南，亦称太华山，为五岳之西岳。

② 哂，微笑。

③ 颜御史，即颜真卿，唐万年人，字清臣。开元进士，累官侍御史，出为平原太守。安禄山反，真卿起兵讨贼，河朔诸郡共推为盟主，加河北招讨使。肃宗即位灵武，数奉书陈事，迁工部尚书兼御史大夫。代宗立，再迁至尚书右丞，封鲁国公。德宗朝，李希烈反，遣真卿往谕，希烈胁之降，不屈，遇害。谥文忠。真卿正色立朝，刚而有礼，天下称为颜鲁公。此句意谓自己受百姓之爱戴犹如颜鲁公，而自己为百姓所受的辛苦，较之颜鲁公犹有过之。

④ 南柯梦用李公佐南柯太守记的掌故，这里专指富贵功名之梦。希孟五十辞官，六十再起，故云十年。

⑤ 西土臣，指天历二年关中大旱，民饥，期廷特拜张养浩为陕西行台中丞之事。

⑥ 泺湖在山东历城东北，张养浩的云庄别墅就在这附近。这一带山水风景很美，有泺水和华不注山及鹊山。

⑦ 饿莩，饿死的人，亦作饿莩。《孟子·梁惠王》："涂有饿莩而不知发。"

⑧ 流民，离闭家乡，流离失所的百姓。

⑨ 沾濡，得到水的浸润。

⑩ 焦枯，把焦枯的禾苗又重新使之回苏。

⑪ 菽粟，这里是农作物的总称。

⑫ 天禄，指朝廷所给的俸禄。

⑬ 此句是说弄到满头白发。落得，弄得。
⑭ 赤子，这里指百姓。
⑮ 霖霪，下得很长时间的雨。
⑯ 五湖之说甚多，一般指太湖及其附近之四湖。这里则用来形容雨水纵横。
⑰ 湸，同淹，被水浸没。衢，大道。
⑱ 犹自，尚且。

【曲话】以上三支《喜春来》和《南吕·一枝花》套，都是张希孟官陕西行台中丞时所作的。论写作技巧，比起那些闲情逸致的云庄白适小乐府，显得有点拙而直，但是气象阔大，情感极其真挚而深厚，在元人散曲中是别开生面的。关于他再起救灾的情形，《元史》卷一七五本传说：

天历二年，关中大旱，饥民相食；特拜陕西行台中丞，既闻命，即散其家之所有与乡里贫乏者，登车就道。遇饿者则赈之，死者则葬之。道经华山，祷雨于岳祠，泣拜不能起；天忽阴翳，一雨二日。及到官，复祷于社坛，大雨如注，水三尺乃止，禾黍自生；秦人大喜……到官四月，未尝家居，止宿公署，夜则祷于天，昼则出赈饥民，终日无少怠，每一念至，即抚膺痛哭。遂得疾不起。

可见希孟是积劳成疾而死的，就因为他那悲天悯人的胸怀而解救了无数生灵的性命，称他为"仁圣"，应当是当之无愧的。

《太和正音谱》称其曲"如玉树临风"，其婀娜多姿应当指休居自适之曲；若右录诸曲，则真朴开阔、醇厚笃实，在在都是他性情襟抱的流露。

二、前期作家——清丽派

1. 杨果

杨果,字正卿,号西庵,祁州蒲阴人。幼失怙恃,避乱河南,以章句授徒为业。金哀宗正大元年进士,历知偃师(今偃师市)等地。入元,历官北京宣抚使,参知政事,怀孟路总管;以老致仕,卒于家,年七十五。元史一六四有传。存小令十一,套数五。

越调·小桃红·采莲女　二首

采莲人和采莲歌,柳外兰舟过,不管鸳鸯梦惊破。夜如何?有人独上江楼卧。伤心莫唱,南朝旧曲①,司马泪痕多②。

采莲湖上棹船回,风约湘裙翠,一曲琵琶数行泪。望君归,芙蓉开尽无消息。晚凉多少,红鸳白鹭,何处不双飞。

【注释】

① 指陈后主的玉树后庭花。吴潜《人月圆》词:"南朝千古伤心事,还唱后庭花。"

② 白居易《琵琶行》:"座中泣下谁最多,江州司马青衫湿。"江州司马就是白居易自己。

【曲话】贯云石《阳春白雪·序》："杨西庵平熟，已有知者。"《太和正音谱》云："杨西庵之词，如花柳芳妍。"平熟盖指其音调，芳妍则其词采。西庵采莲女计十一首，右举二首写采莲女之情思，柔媚悠长，含不尽之意见于言外。

2. 商挺

商挺，字孟卿，曹州济阴人。元初为行台幕官。至元元年，入拜参知政事，累迁枢密副使，以疾免。二十五年卒，年八十。赠太师，开府仪同三司上柱国鲁国公，谥文定。存小令十九。

双调·潘妃曲 二首

冷冷清清人寂静，斜把鲛绡①凭，和泪听。蓦听得门外地皮儿鸣，则道是多情，却原来翠竹把纱窗映。

带月披星担惊怕，久立纱窗下，等候他。蓦听得门外地皮儿踏，则道是冤家②，原来风动荼蘼架。

【注释】

① 鲛绡，丝帕。《述异》记："南海中有鲛人室，水居如鱼，不废机织，其眼能泣则出珠。"文选左思《吴都赋》："泉室潜织而卷绡。"注："俗传鲛人从水中出，曾寄寓人家，积日卖绡。"鲛绡是说鲛人所织的丝帕，言其美丽高贵。

② 冤家即怨家，本是指相与结怨仇的人；此反用其意，称其所亲爱之人。

【曲话】商孟卿是位"大官人",但写起小曲来也一派儿女情态,有时甚至于写出像这样肉麻的曲子:"煞是你个冤家劳合重,今夜里效鸾凤,多情可意种,紧把纤腰贴酥胸,正是两情浓,笑吟吟舌吐丁香送。"(潘妃曲)可见曲这种文学,原来是适合歌儿舞女口吻的。

3. 王恽

王恽字仲谋,别号秋涧,卫州汲县人。仕中统大德间,历官国史编修监察御史、出判平阳路,迁燕南河北按察副使,福建按察使,授翰林学士,大德五年求退,得请归,八年卒。赠翰林学士承旨资善大夫,追封太原郡公,谥文定。著有秋涧先生大全文集,存小令四十一。

正宫·黑漆弩·游金山寺并序

邻曲子①严伯昌尝以黑漆弩侑酒,省郎②仲先谓余曰:"词虽佳,曲名似未雅,若就以江南烟雨目之,何如?"予曰:"昔东坡作念奴曲,后人爱之,易其名曰《酹江月》③,其谁曰不然。"仲先因请余效颦④,遂追赋游金山寺一阕,倚其声而歌之。昔汉儒家畜声妓,唐人例有音乐,而今之乐府⑤,用力多而难为工,纵使有成,未免笔墨劝淫为狭⑥耳。渠辈⑦年少气锐,渊源正学,不致费日力于此也。其词曰:

苍波万顷孤岑⑧矗,是一片水面上天竺⑨。金鳌头⑩、满咽三杯,吸尽江山浓绿。【幺】蛟龙虑、恐下燃犀⑪,风起浪翻如屋。任夕阳、归棹纵横,待偿我、平生不足。

【注释】

① 邻家之子。

② 在政府中服务的官员。

③ 这阕词指苏东坡《念奴娇·大江东去》，其末句作"一尊还酹江月"，故以为名。

④ 效颦，用作效法别人的谦辞。《庄子·天运》："西施病心而颦其里，其里之丑人见而美之，归亦捧心而颦其里；其里之富人见之，坚闭门而不出，贫人见之，挈妻子而去之走；彼知颦美，而不知颦之所以美。"《太平寰宇》记载越州诸暨县有西施家、东施家；黄庭坚等始凿言东施效颦，见通俗编。

⑤ 今之乐府指曲。

⑥ 狭，狭斜，谓狭路曲巷，指妓女所居之处。为狭，即狎妓。

⑦ 渠辈，他们。

⑧ 指长江中的金山。

⑨ 天竺，印度之古称，亦作天笃、身毒。这里用指佛教圣地。

⑩ 金山在镇江西北，最高处曰金鳌峰，妙高峰，有寺曰金山寺，下临大江。

⑪《晋书·温峤传》："峤至牛渚矶，水深不可测。世云，其下多怪物。峤遂燃犀角而照之。须臾，见水族覆火，奇形异状。"这句是说躲藏在江中的蛟龙，深恐有人像温峤那样燃烧犀角来照耀，使它们现出原形。

【曲话】秋涧是元代的文章巨公，其文章，经旨之义理，史传之铺陈，子集之英华，古今之体制，间见叠出，雄深雅健，词古而意不晦。以这样的才华，作起曲子来，雅丽之中，亦自有风骨。右曲开首两句即托出金山和金山寺，而背景则是万顷苍波和一片水面；于是下文便着重大江的描写，大江的碧绿与山色的青翠，似乎都被金鳌峰的巨口所汲取了。风起时浪翻如屋，应当是蛟龙的跃腾；而夕阳闪闪，归帆点点，使人不禁也有超脱凡尘，乘筏任去留的怀想。

从序文看来，此曲是专为宴前侑酒而写的，他对于时人制曲，内容偏向"劝淫为狭"颇为不满，所以劝严伯昌等年轻人少浪费时间在曲子上面，也可见"曲"在元人心目中同样是"不登大雅之堂"的。

4. 卢挚

卢挚，字处道，一字莘老，号疏斋，涿郡人。世祖至元五年进士。历官河南路总管，江东道廉访使，翰林学士承旨。挚以诗文称，作曲尤负时名。生于太宗七年，卒于成宗大德四年，六十六岁。著有《疏斋集》，存小令一二〇。

双调·折桂令

沙三伴哥来嗏①，两腿青泥，只为捞虾。太公庄上，杨柳阴中，磕破西瓜。小二哥昔涎剌塔②，碌轴渰着个琵琶③。看荞麦开花，绿豆生芽。无是无非，快活煞庄家。

双调·折桂令·邺下怀古

笑征西伏枥悲吟，才鼎足功成，铜爵春深④。敕勒歌残⑤，无愁梦断⑥，明月西沉⑦。算只有、韩家昼锦，对家山、辉映来今⑧。乔木空林⑨，几度西风，感慨登临。

双调·沉醉东风·秋景

挂绝壁、枯松倒倚⑩，落残霞、孤鹜齐飞⑪。（四围）不尽山、

元人散曲：大融合时代的文化硕果

（一望）无穷水。散西风、满天秋意，夜静云帆月影⑫低，载我在、潇湘画里⑬。

双调·沉醉东风对酒

对酒问、人生几何⑭，初无情、日月消磨。炼成腹内丹⑮，泼煞心头火⑯。葫芦提、醉中闲过。万里云山入浩歌，一任傍人笑我。

双调·蟾宫曲

奴耕婢织生涯，门前栽柳，院后桑麻。有客来，汲清泉，自煮茶芽。稚子谦和礼法，山妻软弱贤达。守着些实善邻家，无是无非，问甚么、富贵荣华。

双调·蟾宫曲·醉赠乐府珠帘秀⑰

系行舟、谁遣卿卿⑱，爱林下风姿⑲，云外歌声⑳。宝髻堆云㉑，冰弦散雨㉒，总是才情。恰绿树南熏㉓晚晴，险些儿、羞杀啼莺。客散邮亭㉔，楚调㉕将成，醉梦初醒。

【注释】

① 沙三伴哥，乡下人的小名，"三"用以称其排行。嗏，语尾助词，同"吧"。

② 小二哥，也是乡下人的小名。昔涎剌塔，形容不整洁的样子。

③ 碌轴是一种农具。琵琶，在这里似乎也是一种农具。渰，通"掩"，遮住。

④ 这三句用曹操事。曹操字孟德，沛国谯人（今安徽省亳州

市)。未得志时,尝谓将来死后,但望墓碑题作"汉征西将军曹侯墓",于愿已足。伏枥悲吟,曹操《龟虽寿》:"老骥伏枥,志在千里;烈士暮年,壮心不已。"枥,马栏,即养马之所。鼎足功成,谓魏蜀吴三国鼎立。铜爵,即铜爵台,爵亦作雀,东汉献帝建安十五年曹操所建,故筑在今河南省临漳县西南邺城内西北隅。魏都故事云:"魏武帝遗命诸子曰:吾死后葬于邺之西岗上,与西门豹祠相近。吾妾与伎人皆着铜雀台,台上施六尺床,下穗账,朝晡上酒脯粻糒之属,每月朝十五,辄向帐前作伎,汝等时登台,望吾西陵墓田。"

⑤《乐府广题》:"北齐神武(高欢)攻周玉壁,士卒死者十四五。神武恚愤疾发。周王下令曰:'高欢鼠子,亲犯玉壁,剑弩一发,元凶自毙。'神武闻之,勉坐以安士众,悉引诸贵,使斛律金唱敕勒,神武自和之。其歌本鲜卑语,易为齐言,故其句长短不齐。"按敕勒,古种族名,其歌云:"敕勒川,阴山下,天似穹庐,笼盖四野。天苍苍,野茫茫,风吹草低见牛羊。"其事已远,故云歌残。

⑥北齐后主高纬,字仁纲,颇好文学,置文林馆,引诸文士,而不喜见朝士。多嬖宠,奴婢杂户等滥得富贵者万数,甚至犬马鸡鹰,亦有封号。后益骄纵,为无愁之曲,自弹琵琶而唱之,人谓之无愁天子。重敛繁役,于晋阳起十二院,穷极奢丽。在位十一年,周伐之,帝大败,遂奔邺,传位太子恒。明年,为周师所获,封温国公,寻族灭。后主虽一生穷奢极欲,到头来弄得国破身亡,故云梦断。

⑦北齐斛律光,字明月,工骑射,历位太子太保。以战功迁太尉,袭爵咸阳王。属败周兵,拜左丞相。光居家严肃,见子弟若君臣;性节俭,杜绝馈饷。不肯预政事,每会议,常独后言,言辄合理。行兵常为士卒先,结发从戎,未尝失律,深为邻敌慑惮。后被祖珽

等逭死，故云西沉。

⑧ 宋韩琦，字雅圭，相州人，即古邺都。天圣中进士，历官陕西经略安抚招讨使，与范仲淹在兵间久，名重一时。及元昊称臣，召为枢密副使，嘉祐中拜同中书门下平章事。英宗嗣位，拜右仆射，封魏国公。神宗立，拜司从，兼侍中，判相州，相人爱之如父母，换节永兴军，卒谥忠献。昼锦为琦之堂名。琦功业彪炳，朝廷倚为柱石，百姓视同父母，足为邦家之光，典型后人，故云对家山辉映来今。

⑨ 高大之树木谓之乔木，空，树叶凋零，故谓之空林。

⑩ 李白《蜀道难》："枯松倒挂倚绝壁。"为迁就上三下四句法格律，故用倒装句法。绝壁，极为陡峭之山壁。

⑪ 王勃《滕王阁序》："落霞与孤鹜齐飞，秋水共长天一色。"即"雁背残霞红欲暮"的意境。鹜，即鸭，此指雁而言。一只在天边的野雁，映衬着残霞飞行，故云齐飞。

⑫ 云帆，如云的帆篷，喻舟行之轻快。月影，月光。

⑬ 湖南省境之湘水在零陵县（今零陵区）与潇水合流，世称潇湘。宋宋迪，以潇湘风景写平远山水八幅，时称《潇湘八景》。按《梦溪笔谈》："宋迪工画，其得意者有平沙雁落、远浦帆归、山市晴岚、江天暮云、洞庭秋月、潇湘夜雨、烟寺晚钟、渔村夕照，谓之八景。"此借喻风景之美。

⑭ 曹操《短歌行》："对酒当歌，人生几何，譬如朝露，去日苦多。"

⑮ 形容经过百般的磨炼，涵养隐忍的功夫。

⑯ 将暴躁的脾气都消除净尽。

⑰ 这是在酒席上乘着醉意所写的曲子，用来赠送青楼歌伎珠帘秀，请她即席歌之。乐府，有文采而俊雅的曲子，对"俚曲"而言。

⑱ 卿卿，对女性狎昵亲切的称呼。

⑲ 形容其飘逸不同流俗的舞态，犹如风拂林梢，摇曳生姿。

⑳ 形容歌声嘹亮美妙，高入云霄。杜甫赠花卿："锦城丝管日纷纷，半入江风半入云。此曲只应天上有，人间能得几回闻。"

㉑ 戴着金玉装饰的发髻，美如堆积的云朵。

㉒ 挥动洁白的丝弦，弹出犹如中天飘洒而至的雨声。

㉓ 南熏，温和的南风。《史记·乐书》："舜作五弦之琴，以歌南风。"《集解》："其辞曰：'南风之熏兮，可以解吾民之愠兮。'"

㉔ 邮亭本是传送文书的场所，亦用作客栈、旅馆之属。《汉书·薛宣传》："过其县，桥梁邮亭不修。"注："邮亭，行书之舍，亦如今之驿及行道馆舍也。"

㉕ 楚调，楚地之音调悲壮激楚。按秦政暴虐，四方怨恨，楚尤发愤，士气特盛。汉高祖起于丰沛（楚故地），亦多借故楚之壮气以灭秦，世因谓其所作大风歌及房中夫人房中乐悲壮激昂，具有楚调，目为楚声。

【曲话】疏斋的诗文是有元一代名家。他论诗说："大凡作诗，须用三百篇与离骚。言不关于世教，义不存于比兴，诗亦徒作。"他论文说："清庙茅屋谓之古；朱门大厦谓之华屋可，谓之古不可。太羹玄酒谓之古；八珍谓之美味可，谓之古不可。知此可与言古文之妙。"可见他论诗主张以比兴见教化，论文主张古今有别。而其曲则豪放清丽兼而有之，实难拘于一隅，只是学者多以清丽归属，姑且从之。右录六曲中，《蟾宫曲·赠珠帘秀》《折桂令·邺下怀古》《沉醉东风·秋景》等三曲俱属清丽之作；其余三曲属豪放，用字遣词疏朗显豁，不烦细说。

珠帘秀姓朱氏，元代名妓，《青楼集》谓其杂剧独步一时，驾头、花旦、软末尼，悉造其妙。可见她的多才多艺。也因此，名公文士颇为推重。胡紫山曾赠以《沉醉东风》，冯海粟赠以《鹧鸪天》，王秋涧赠以《浣溪沙》，关汉卿赠以《南吕·一枝花》套，后辈都称她朱娘娘。疏斋另有一支《双调·寿阳曲·别珠帘秀》：

才欢悦，早间别，痛煞煞、好难割舍。画船载将春去也，空留下、半江明月。

珠帘秀同样也有一支《双调·寿阳曲·答卢疏斋》：

山无数，烟万缕，憔悴煞、玉堂人物。倚篷窗一身儿活受苦，恨不得、随大江东去。

可见他们的情感多么深厚。疏斋另外和刘蕙连、杨阿娇、江云等也都诗酒流连，红巾翠袖，豪情胜概，不减唐宋。

《沉醉东风》写黄昏后舟中所见的秋色。色彩明丽可喜。无穷的碧水，不尽的山光之中，用特笔点出绝壁上倒挂的枯松和与残霞齐飞的孤鹜，从而透露秋的几许凄凉与惆怅。可是接着而来的是皓月当空，在西风的吹拂下，张满的云帆，其轻快可想；这时又不禁感到，自己恍惚在银也似的潇湘画里。

《折桂令》写邺下怀古。邺下故城在今河南省临漳县西，汉置县，东汉袁绍镇此，后以封曹操；三国魏置邺都，其后为前秦、后赵、东魏、北齐之都，隋复为邺县。前半以首三句写曹操，其余三句分写北齐的高欢、高纬和斛律光，各用笑、残、断、沉来表现功名富贵的幻灭，显现出悲凉感慨的情调。在那许许多多的历史人物中，作者所欣赏赞美的，只有宋代韩琦的德业。然而"大江东去，浪淘尽、千古风流人物"。昔日的繁华世界，眼前的乔木空林，只有千古不变的西风，在后人登临感慨之余，助长其悲凉而已。

5. 关汉卿

关汉卿，号已斋叟，大都人。生卒年不详。钟嗣成《录鬼簿》列汉卿于"前辈已死名公才人"之首，并谓"余生也晚，不得与几席之末。不知出处，故不敢作传以吊云"。按《录鬼簿》作于元文宗至顺元年（1330），由此可推知汉卿为十三世纪人。其少年时代，当在金朝度过。南宋亡（1279）不久，南游临安，故其散曲有杭州景套数，其中并云："大元朝新附国，亡宋家旧华夷。"毕生致力杂剧，所作多至六十四种，今存十四种，描写范围极广，各极其致。散曲存小令五十七，套数十三。

仙吕·一半儿·题情

碧纱窗外静无人，跪在床前忙要亲，骂了个负心回转身。虽是我话儿嗔，一半儿推辞一半儿肯。

南吕·四块玉·别情

自送别，心难舍。一点相思几时绝，凭阑袖拂杨花雪。溪又斜，山又遮，人去也。

南吕·四块玉·闲适（二首）

旧酒没，新醅①泼。老瓦盆边笑呵呵，共山僧野叟闲吟和②。他出一对鸡，我出一个鹅，闲快活。

南亩耕③，东山卧④。世态人情经历多，闲将往事思量过。贤的是他，愚的是我，争甚么。

双调·大德歌·秋

风飘飘，雨潇潇，便做陈抟⑤也睡不着。懊恼，伤怀抱。扑簌簌⑥、泪点抛。秋蝉儿噪罢寒蛩⑦儿叫，淅零零⑧细雨洒芭蕉⑨。

【注释】

① 新醅，新酿的酒。

② 吟和，吟诗唱和。

③ 南亩耕，用诸葛亮《出师表》的典故："臣本布衣，躬耕于南阳。"

④ 东山卧，用晋谢安隐于上虞东山，征召不至的典故，见晋孙盛晋阳秋。二句是说过着隐居耕读的生活。

⑤ 陈抟，字图南，自号扶摇子，宋真源人（今河南鹿邑乡东）。生于唐末，五代时，隐居华山修道，服气辟谷，寝卧常百余日不起，俗以为睡仙。自晋、汉（后晋、后汉）以后，每闻一朝兴衰，辄颦蹙数日；及闻宋太祖登极，答曰："天下自此定矣。"太宗时赐号希夷先生。

⑥ 扑簌簌，眼泪禁不住纷纷下落的样子。簌簌用以状声。

⑦ 寒蛩，即蟋蟀，一名吟蛩。

⑧ 淅零零，细雨纷纷飘落的声音。

⑨ 芭蕉，植物名，亦作巴蕉。高可及丈，叶柄互相抱合如茎，叶大，长椭圆形。

【曲话】关汉卿是元杂剧的第一大家，所作散曲则多写儿女柔情、离愁别恨，或闲逸自适，盖以余力为之，而清丽潇洒，细腻感人。兹以大德歌为例，详为分析如下：

此曲写秋怀。一个伤心人在秋风秋雨中，自然更加哀感。风雨的煎熬，白昼秋蝉，夜晚寒蛩的鸣叫，样样都助长凄凉和悲切；对于往事的懊悔，除了以泪洗面外，更无消遣的办法。隔着窗儿，只有芭蕉上的细雨，淅零零地滴到天明。

这支曲可以分作三个小段落，即首三句、中三句、末二句。首三句，先用对偶三字句写景，"飘飘"和"潇潇"是风声、雨声的实写，加上句子短，叠字复词和上一下二的句式，于是屋外风雨紧急的景象，自然衬托出一个在屋里辗转难眠、内心如煎似焚的愁人。"陈抟"的典故虽然隐晦，但加上"睡不着"三字，就令人感到显豁而意味深长了。"愁人"的"愁"要说多深就有多深，而其如煎似焚的程度，更是不言而喻了，这是曲中用典可以凝练句意的妙处。这句七言句对上面对偶的三字句要能承受得住，如此意境才能开展。它用的句式是上四下三，属于顺读，而承着上两句叠字复词，所以音调显得轻快，而里外情景的配合，便使得这份"愁绪"颇有悠扬婉转之感。中间三句是对于"愁绪"的实写，句法与上一段类似，也是两个短句，再承一个长句。"簌簌"二字形容泪点抛坠的情形，加上一"扑"字，从音声中使人想见眼泪忍不住纷纷而下，不可收拾的样子；如此则那份对往事的"懊恼"和不堪回首的"伤心怀抱"就不必再浪费笔墨了。末后二句，再用实景与前段呼应，

元人散曲：大融合时代的文化硕果

纯就音声的凄切来反映内心的孤独凄凉和煎熬。这样一来，前后写景，中间写情，情景交融，可以说天衣无缝了。另外，通首由于长句皆为单式句和几组叠字复词的运用，以及几个衬字和"懊恼""泪点""细雨"等上去声的配合，使得音调在明快中有婉转悠扬之致，曲和诗词风格的异同，因此也表现得很明显。

其他诸曲也都在显豁中见流丽清新之致。

不伏老

【南吕·一枝花】（攀）出墙朵朵花，（折）临路枝枝柳。花攀红蕊嫩，柳折翠条柔。浪子风流，凭着我折柳攀花手，直煞得花残柳败休。半生来、折柳攀花，一世里、眠花卧柳。[①]

【梁州第七】我是个普天下、郎君[②]领袖，盖世界、浪子班头[③]。愿朱颜不改常依旧，花中消遣，酒中忘忧，分茶攧竹[④]，打马藏阄[⑤]，通五音、六律滑熟[⑥]，甚闲愁、到我心头。伴的是"银筝女、银台前"、理银筝、笑倚银屏，伴的是"玉天仙、携玉手"、并玉肩、同登玉楼，伴的是"金钗客、歌金缕"、捧金樽、满泛金瓯[⑦]。你道我老也，暂休。占排场风月功名首[⑧]，（更）玲珑又别透[⑨]。我是个锦阵花营都帅头[⑩]，曾玩府游州[⑪]。

【隔尾】【子弟每】"是个茅草岗、沙土窝"初生的兔羔儿乍向围场上走[⑫]。"我是个经笼罩、受索网、苍翎毛"、老野（鸡）杂沓的阵马儿熟[⑬]，经了些窝弓冷箭蜡枪头[⑭]，不曾（落）人后[⑮]，恰不道（人到中年万）事休[⑯]。我怎肯虚度了春秋。

【尾】"我是个蒸不烂、煮不熟、捶不扁、炒不爆"、响当当一粒铜豌豆[⑰]，【恁[⑱]子弟每】"谁教你、钻入他、锄不断、斫不下、解不开、顿不脱"、慢腾腾[⑲]千层锦套头[⑳]。"我玩的是梁园[㉑]月，饮的是东京酒[㉒]，赏的是洛阳花[㉓]，攀的是章台柳[㉔]。我

第三章　元人散曲欣赏

也会围棋㉕，会蹴鞠㉖，会打围㉗，会插科㉘，会歌舞，会吹弹㉙，会咽作㉚，会吟诗，会双陆㉛。你便是落了我牙，歪了我嘴，瘸㉜了我腿，折了我手，天赐与我这几般儿歹症候㉝，尚兀自不肯休。则除是阎王㉞亲自唤，神鬼自来勾㉟，三魂㊱归地府，七魄㊲丧冥幽㊳。"【天哪！】那其间才不向烟花路㊴儿上走！

【注释】

① 这支曲子关汉卿把自己说成是风流的浪漫子弟，出墙的花和路边的柳，都是用来比喻风月场中的妓女，"攀""折"是说明他和妓女厮混，红蕊嫩、翠条柔都形容妓女的娇美。直煞得，一直弄到。

② 郎君，称人之子，犹言公子哥儿。《镜源遗照集》："吴斗南曰：汉制二千石以上得任其子为郎，故谓人之子弟曰郎君。"元曲中常用之以称浮浪子弟或嫖客。

③ 整个世界的头领。盖世界，整个世界；班头，头领。

④ 分茶，烹调食物。宋人称食物为茶食，食店为分茶店。擫竹，酒席上行酒令。

⑤ 打马，古代的博戏，略似弹棋；用铜、象牙等为钱样，共五十四枚，上刻良马名，以骰子掷打决胜负。藏阄，即藏钩，古代的精拳，在酒席上握着松子等小物件，猜所藏多少的游戏。

⑥ 是说精通音乐。五音，宫商角徵羽五个音阶，即12356。六律，即十二律之六律六吕。律吕为正乐律的管。相传黄帝时伶伦截竹为筒，以筒之长短，分别声音之清浊高下，乐器之音，即依以为准则。分阴阳各六，阳为律，阴为吕，合称十二律吕。

⑦ 伴的是以下三句，其中"银""玉""金"三字都是有意

·213·

的嵌入，以见其美好与富丽。筝，像琴的乐器，古代的弦乐，有十三弦。理，弹奏。玉天仙，美女。金钗，妇女头上的金饰，金钗客，指女子。金缕，古曲调有《金缕衣》。杜秋娘诗："劝君莫惜金缕衣，劝君惜取少年时。花开堪折直须折，莫待无花空折枝。"这里是说唱曲。金瓯，酒杯。

⑧是说在风月场中声名最为显著。

⑨是说非常聪敏巧捷，各方面都应付得来。

⑩是说在风月场中堪称第一号人物。

⑪是说穿州过府，到处游玩。

⑫意谓初到风月场中走动的年轻人，就好像是刚从茅草冈、沙土窝中生下来的小兔小羊，乍然往打猎的围场上走去，准死无疑。

⑬意谓自己在风月场中久经历练，就好像是只经过牢笼关闭、受过绳网束缚，毛羽已经发黑的老野鸡，在打猎围场的阵马当中，可以熟练地行走。

⑭窝弓冷箭，比喻不易觉察的伤害。窝弓，猎人埋在草丛里的弓箭；冷箭，料不到、突然发射的箭。蜡枪头，比喻中看不中用，但这里是指"枪"的意思。

⑮是说未曾受到别人不好的批评，因为样样都不比别人差。

⑯谓俗语：不是说"人到中年万事休"吗？恰不道，岂不是说。人到中年以后，趋向老大，万事皆兴味索然。

⑰铜豌豆，比喻历练功夫之深，已经又圆又滑又硬。

⑱恁，借为您。

⑲慢腾腾，比喻以柔软的功夫缠人不休。

⑳锦套头，比喻难以解脱的美丽圈套。套头，套于马上的笼头。

㉑梁园，即汉代梁孝王所营之兔园。杜甫《寄李十二白》诗：

"醉舞梁园夜，行歌泗水春。"《西京杂记》："梁孝王好营宫室苑囿之乐，作曜华之宫，筑兔园；园中有百灵山，山有卢生石、落猿岩、楼龙岫；又有雁池，池间有鹤洲凫渚；其诸宫观相连延亘数十里，奇异果树，瑰禽怪兽毕备，王日与宫人宾客弋钓其中。"其地当今河南省商丘市治东。此借为名园之义。

㉒东京酒，名都之酒。汉代隋唐都以洛阳为东京，宋代以汴梁为东京。此借东京为名都。

㉓洛阳花，洛阳以花木著称，昔人有《洛阳花木记》《洛阳牡丹记》，此借为名花。

㉔章台柳，《太平广记》："韩翃字君平，有友人每将妙伎柳氏至其居，窥韩所与往还皆名人，必不久贫贱，许配之。未几，韩从辟淄青，置柳都下。三岁，寄以词：'章台柳，章台柳，昔日青青今在否？纵使长条似旧垂，也应攀折他人手。'柳答以词：'杨柳枝，芳菲节，可惜年年赠离别，一叶随风忽报秋，纵使君来岂堪折。'后为番将沙咤利所劫，有虞候许俊诈取之，诏归韩。"按：章台，长安街名，许尧佐因作章台柳传。此借用为歌伎。

㉕围棋，《博物志》："尧造围棋，丹朱善棋。"《左传·襄公二十五年》疏："棋者所执之子，以子围而相杀，故谓之围棋。"唐以前棋局纵横各十七道，合二百八十九道，白黑棋子各一百五十枚，见邯郸淳艺经，今则纵横各十九道，合为三百六十一道矣。

㉖蹴鞠，古代习武之戏，鞠亦作鞠。刘向《别录》："蹴鞠，黄帝所造，或云起于战国，古人蹋蹴以为戏。"又作蹋鞠，亦曰打球。《汉书·霍去病传》："穿域蹋鞠。"注："鞠，以皮为之，实以毛，蹴蹋而戏。"则犹如今之踢毽子。唐音癸签："唐变古蹴鞠戏为蹴球。其法：植修竹，高数丈，络网于上，为门以度球。球

工分左右朋，以角胜负。"则犹如今之羽毛球。《宋史·礼志》："打球，本军中戏，太宗命有司详定其仪，三月会鞠大明殿，有司除地竖木为球门，左右分朋，亲王、近臣及节度、观察、防御、团练诸使等，悉预两朋，帝亲率击球。"则犹如今之足球。

㉗ 打围，即打围场，打猎。古代设围以为狩猎之场。《宋史·礼志》："太祖校猎于近郊，先出禁军为围场五坊。"

㉘ 插科，插入科泛（或作范），插科与打诨连语，即做出滑稽的动作，说些博人一笑的话语。

㉙ 吹弹，演奏管乐器和弦乐器。

㉚ 咽作，即歌唱。

㉛ 双陆，古代的一种游戏。《唐书·狄仁杰传》："朕数梦双陆不胜。"《洪遵双陆·序》："以异木为盘，盘中彼此内外，各有六梁，故名。"

㉜ 瘸，跛足。

㉝ 歹症候，犹言坏毛病。

㉞ 阎王，即阎罗王的略称，亦略作阎罗，为地狱之主。阎罗是梵语，意思为双王，即以兄妹二人同作地狱之主。见翻译名义集。《隋书·韩擒虎传》："生为上柱国，死作阎罗王，斯亦足矣。"

㉟ 勾，勾取魂魄。

㊱ 三魂，云笈七签："夫人身有三魂：一名胎光，太清阳和之气也；一名爽灵，阴气之变也；一名幽精，阴气之杂也。"

㊲ 七魄，道家谓人身有七魄：一名尸狗，二名伏矢，三名雀阴，四名吞贼，五名非毒，六名除秽，七名臭肺。七魄是身中的浊鬼。见云笈七签。

㊳ 冥幽，即地府、地狱。俱舍论有八大、八寒地狱，《智度论》

有八热地狱,问地狱经有十八地狱。

㊴ 烟花路,指青楼妓女所聚居的地方。杜甫清明诗:"秦城楼阁烟花里,汉主山河锦绣中。"本以烟花指靡丽,后引申作妓女之义,元曲中习见。

【曲话】元代的所谓"才人",大都是"躬践排场,偶倡优而不辞。"从这套曲子看来,关汉卿可以说是此中之"佼佼者",或"最甚者"。他自己说"半生来、折柳攀花,一世里、眠花卧柳"。是个"普天下、郎君领袖,盖世界、浪子班头"。凡是风月场中的各种伎俩,他无所不能,无所不会,他自比是围场中历经沧桑的"老母鸡",已经不在乎"窝弓冷箭蜡枪头",他早就变成了一颗蒸不烂、煮不熟、捶不扁、炒不爆、响当当的"铜豌豆",他这副德行,必须等到"阎王亲自唤""七魄伤冥幽"的时候才会根绝了。

从表面上看来,关汉卿是如此的"风流浪荡",但是当我们读到"恰不道人到中年万事休,我怎肯虚度了春秋"这样的话语时,似乎又嗅出其间含有一份莫可奈何的悲哀。他必须把有用的生命才情,虚掷在那"慢腾腾千层锦套头"里,他写得越火辣、越潇洒,他的悲哀似乎越激越、越深沉。我们知道历朝历代遭遇偃蹇、有志不得伸的豪杰英贤,往往耗之于酒、托之于色、托之于神仙道化,他们都故作豪迈、故作超脱,而其郁勃、其执着,往往是弥甚的。我们如果从这个层次来看这套曲子,似乎更能探触到关汉卿的心灵。

这套曲子句法变化非常大,有正字、增字、衬字、带白、滚白、增句,如果分析不清楚,就要教人如坠五里雾中。也因为其变化大、含藏的因素多,所以其语言旋律之高低轻重疾徐,最为抑扬顿挫,最具音乐感。而其笔用白描，多俚语俗谚，自然活泼中含有无穷的机趣。这样的文字就是元曲蒜酪的风味，也是汉卿出神入化的本色。

双调·新水令

楚台云雨会巫峡①，赴昨宵、约来的期话。楼头栖燕子，庭院已闻鸦。料想他家。收针指晚妆罢。

【乔牌儿】款将花径踏，独立在纱窗下。颤钦钦把不定心头怕，不敢将、小名呼咱，则索等候他。

【雁儿落】怕别人瞧见咱，掩映在酴醾架，等多时不见来，则索独立在花阴下。

【挂搭钩】等候多时不见他，这的是约下佳期话。莫不是贪睡人儿忘了那，伏家在蓝桥下②。意懊恼，却待将他骂，听得呀的门开，蓦见如花。

【豆叶黄】髻挽乌云③，蝉鬓堆鸦④，粉腻酥胸⑤，脸衬红霞，袅娜腰肢更喜恰。堪讲堪夸，比月里嫦娥，媚媚孜孜，那更挣达⑥。

【七弟兄】我这里觅他，唤他。哎！女孩儿，果然道色胆天来大，怀儿里搂抱着俏冤家，揾香腮悄语低低话。

【梅花酒】两情浓、兴转佳，（地）权为床榻，（月）高烧银蜡，夜深沉人静悄，低低的问如花，终是个、女儿家。

【收江南】好风吹绽牡丹花，半合儿揉损绛裙纱，冷丁丁舌尖上送香茶，都不到半霎，森森一向遍身麻。

【尾】整乌云欲把金莲屧⑦，纽回身、再说些儿话，你明夜个早些儿来，我专听着纱窗外芭蕉叶儿上打。

【注释】

① 宋玉《高唐赋·序》述楚襄王游高唐,梦神女荐枕,临去谓己居于巫山之阳,"旦为行云,暮为行雨"。后世因为男女欢合为"巫山云雨"。

② 伏冢在蓝桥下,语意不甚明,盖谓男女期会,女爽约不至,男殉情而死。疑合用尾生与裴航事。《国策·燕策》:"信如尾生,期而不来,抱梁柱而死。"《汉书·东方朔传注》:"尾生,古之信士,与女子期于桥下,待之不至,遇水而死。"裴航,唐长庆中秀才,于舟中遇樊夫人,悦其姿色,投以诗,樊答云:"一饮琼浆百感生,元霜捣尽见云英;蓝桥便是神仙路,何必崎岖上玉京。"后航过蓝桥驿,果遇云英,以玉杵为聘,娶为妻。乃知樊夫人名云翘,云英姊,刘纲妻。

③ 形容发髻犹如乌云之美。

④ 形容鬓发薄如蝉翼,黑如鸦色。

⑤ 形容胸肤粉白柔腻。

⑥ 挣达,更强更好。

⑦ 金莲屦,形容妇女挪动步伐。金莲用齐东昏侯潘妃掌故。东昏侯穷极奢侈,曾凿地为金莲花,使潘妃步行其上,曰:"此步步生莲华也。"屦,蹩躞,即行走的样子。

【曲话】这套曲子写男女私会的情景,描写心理动作,几乎绘声绘影,这完全是运笔白描,使得声口自然的缘故。而白描中又有一分雅致,这就是作家超妙的修养所得来的成就。

据说关汉卿想娶从嫁的媵婢为妾,作了一支《朝天子》:"鬓鸦,脸霞,屈杀了将陪嫁。规模全是大人家,不在红娘下。巧笑迎人,文谈回话,真如解语花。若咱得他,倒了蒲桃架。"他的妻子看到了,答以诗云:"闻君偷看美人图,不似关王大丈夫。金屋若将阿娇贮,为君唱彻醋葫芦。"汉卿别有碧玉箫:"席上尊前,衾枕奈无缘。柳底花边,诗曲已多年。向人前未敢言,自心中祷告天。情意坚,每日空相见。天,甚时节成姻眷。"据说也是为此婢而作。

关汉卿的散曲大多数是风月情词,未知和他这次没有成功的恋爱是否有关。如果他真有那么位会"唱彻醋葫芦"的妻子,他那一套《南吕·一枝花·不伏老》云云,就是"吹牛"的了。

汉卿散曲以白描清丽见长,内容单纯。《正音谱》云:"关汉卿之词如琼筵醉客。观其词语,乃可上可下之才。盖所以取者,初为杂剧之始,故卓以前列。"王国维《宋元戏曲考》云:"关汉卿一空依傍,自铸伟词,而其言曲尽人情,字字本色,故当为元人第一。以唐诗喻之,则汉卿似白乐天;以宋词喻之,则汉卿似柳耆卿。明宁献王曲品,跻马致远于第一,而抑汉卿于第十。盖元中叶以后,曲家多祖马郑而祧汉卿,故宁王之评如是,其实非笃论也。"这是就汉卿的杂剧而论说的。汉卿杂剧质和量都是元人第一大家,这已是公论;而其散曲盖以余力为之,故器局狭而成就稍逊,但其"字字本色",则是散曲、杂剧同调的。

6. 白朴

白朴,字仁甫,改字太素,号兰谷,真定人。金哀宗正大三年(1226)生,元世祖至元二十八年(1291)六十六岁尚存,卒年不详。朴于元好问为通家侄,幼时曾养于好问家,深受熏染。及长,因亡国失母,恒郁郁不乐,漫游南北,绝意仕进。至元一统后,徙家金陵,从诸遗老放情山水间,日以诗酒优游而终。所著杂剧十六种,今存《梧桐雨》《墙头马上》《东墙记》三种,散曲近人辑为一卷,名《天籁集摭遗》,有小令三十七,套数四。

双调·庆东原

忘忧草①,含笑花②。劝君闻早③冠宜挂④。那里也能言陆贾⑤,那里也良谋子牙⑥,那里也豪气张华⑦。千古是非心⑧,一夕渔樵话⑨。

【注释】

① 忘忧草,即萱草,俗称金针菜。此取其忘忧之意。

② 含笑花,木本,高一二丈,其花如兰,色紫,有香气,开时常不满,若含笑然。此取其含笑之意。

③ 闻早,及早。

④ 冠宜挂,宜辞去官职。《后汉书·逢萌传》:"王莽杀其子宇,萌谓友人曰:'三纲绝矣,不去祸将及人。'即解冠挂东都城门,归将家属浮海,客于辽东。"今言辞官曰挂冠本此。

⑤ 陆贾,汉楚人,有辩才,以客从高祖定天下。使南越,招谕南越尉赵佗,还拜太中大夫,奉命著秦亡汉兴之故,成《新语》十二篇。诸吕用事,病免家居,后为陈平画策除诸吕。孝文帝立,佗叛称帝,后拜贾为太中大夫,使南越,令佗去帝制,比诸侯,皆如意旨。因为陆贾有辩才,使命皆成,故云"能言"。

⑥ 子牙,即吕尚,周东海人。本姓姜,其先封于吕,从其封姓,故曰吕尚,字子牙。年老隐于钓,文王出猎,遇于渭水之阳,与语

· 221 ·

大悦，曰："吾太公望子久矣。"因号太公望，立为师。武王尊为师尚父。武王灭纣，有天下，尚谋居多，封于齐，故云"良谋"。

⑦张华，晋方城人。字茂先，博学能文，武帝时拜为中书令。伐吴，为度支尚书；吴灭，封广武县侯。好人物，诱进不倦，后为赵王伦所害，家无余赀，唯文史充栋，著有《博物志》。张华曾权盛一时，故云"豪气"。

⑧是说自古以来，人们莫不竞相追逐功名利禄，怀着患得患失的心理，引起了无限的纷扰，而其间的是是非非，迄无定论。

⑨不过是渔父樵夫一夕的谈话资料而已。

【曲话】此曲写功名利禄到头来不免一场虚幻，只有渔父樵夫的生活，才是无忧无虑的逍遥境界。郑因百《师词曲概说》示例云："曲中此种颓废情调，几于触目皆是，是为元时一般文人对于当代黑暗社会，尤其不平政治之反响。读者谅其心悲其遇可也。"忘忧草、含笑花用以起兴，与渔樵的自在自得相为呼应。陆贾、子牙、张华都是才智出众、功业彪炳的人物，但作者在他们的"能言、良谋、豪气"之上加了"那里也"三个衬子，便完全否定了他们，因为"是非成败转头空"，只有"青山依旧在，几度夕阳红"。作者在消极颓废中，究竟还有几许的透彻和深悟。但是由于作者处易代之际，又受遗山与诸遗老影响甚深，所以托之于酒，便也成为他无可奈何的悲哀。下面这支曲子便充分地显现出来：

仙吕·寄生草·饮

长醉后妨何碍，不醒时有甚思。糟腌两个功名字，醅渰千古兴亡事，曲埋万丈虹霓志。不达时皆笑屈原非，但知音尽说陶潜是。

功名、兴亡、壮志都在曲糟里埋葬,因为"醉里乾坤大,壶中岁月长"也。这样的人生观,自然要笑屈原不识时务,而以陶潜为知音了。

双调·沉醉东风·渔父

黄庐岸、白蘋渡口,绿杨堤、红蓼①滩头。虽无刎颈交②,却有忘机友③:点秋江、白鹭沙鸥。傲杀人间万户侯④,不识字、烟波钓叟。

【注释】

①红蓼,蓼,一年生草本,生于河滨水湿处者称水蓼,古称辛菜。茎高一尺五六寸,稍带红褐色,叶为披针形。

②刎颈交,谓以性命相许的朋友。《史记·廉颇蔺相如列传》:"卒相与驩,为刎颈之交。"注:"崔浩云:要齐生死而刎颈无悔也。"又《张耳陈余列传》:"余年少,父事张耳,两人相与为刎颈之交。"

③心无纷竞,恬淡自得,谓之忘机;能相与达到忘机境界的朋友谓之忘机友。此指白鹭、沙鸥而言。

④万户侯,汉制:列侯大者食邑万户,小者五六百户。此喻人间功名利禄之至高者。

【曲话】此曲写渔父投身大自然逍遥舒适的生活。仁甫心中充满遗民的悲慨,自然趋向避世逃隐。首二句用黄芦、白蘋、绿杨、红蓼点染出一个色彩缤纷的世界,再加上蔚蓝的秋空、澄碧的江水,多么教人惬意欢愉,几疑身在桃源仙境,而这个人间天堂,就是渔父朝夕垂钓的地方。接着以白鹭、沙鸥翩翩飞舞的动态美,来衬托渔父心灵的逍遥忘机。人间的万户侯,莫不是从争竞中得来,此时

·223·

此际,怎不令人视同敝屣。

这支曲子的音节形式,有四句是用了上三下四的双式句,使音节起了波折,配合中间一句六字折腰句和末第二句单式七字句的"激袅",使声情显得颇为抑扬顿挫。"黄芦岸""绿杨堤""点秋江""不识字"等处停顿,也都有强调的意味,无形中使音调和意境配合得极为匀称。

用笔明丽、音调谐婉,是仁甫的特色,这支曲子已足显现,再看下面一支曲子。

越调·天净沙·秋

孤村落日残霞,轻烟老树寒鸦,一点飞鸿影下。青山绿水,白草红叶黄花。

这支曲子笔法犹如马致远,写的也都是秋景。所不同的是:仁甫在前两排静寂的景物下缀了"飞鸿",使静中有动;同时着意装点秋色的斑斓,使秋日显得很美。我们如果比较这支曲子和《沉醉东风·渔夫》,似乎可以看出仁甫习惯性的手法。

双调·驻马听·吹

裂石穿云[①],玉管宜横清更洁[②]。霜天沙漠,鹧鸪风里欲偏斜。凤凰台[③]上暮云遮,梅花惊作黄昏雪[④]。人静也,一声吹落江楼月[⑤]。

【注释】

① 形容玉管所吹出来的声音非常激越高亢,几乎可以震裂山

石、穿透云霄。

②玉管,乐器名,古代之"管"已失传,由下文"宜横"和"梅花"看来,当系"笛"一类的乐器,"玉"盖形容其名贵。横,横吹;清更洁,形容声音之清亮。

③凤凰台,有二处,一在南京市南,即李白所云"凤凰台上凤凰游,凤去台空江自流"之凤凰台。二即甘肃省成县东南之凤凰山。《清一统志》:"《水经注》:'广业郡南凤溪中有二石,其形若阙,汉世有凤凰至,故谓之凤凰台。'杜甫诗:'亭亭凤凤台,北对西康州。'"这里当指后者,因为上文有"霜天沙漠"之句。

④此句一语双关,一面写春天归去,在玉管声里梅花飘落如雪;一面是指吹的曲子叫《梅花落》,《梅花落》原是横吹曲名。《乐府诗集》:"梅花落本笛中曲也。"

⑤此句是说由黄昏吹至破晓。

【曲话】玉管的声音非常清亮而高亢激越,几乎震裂了山石、穿入了云霄。在这春寒料峭的北国沙漠里,鹧鸪鸟随着管声飞舞,而凄紧的风使得它快要偏斜而下了。此刻凤凰山上已被暮云隐隐遮住,看不见凤凰,更听不见凤鸣,只有清越的管声吹奏着《梅花落》,也把梅花给吹落,把春天给吹走了。梅花的飞舞,就好像一阵阵黄昏的暮雪。此时此际,人们都已安息了,只有吹管的人仍旧不停地吹奏着,而一声嘹亮,把江楼上的明月也给吹落了。

这支曲子由于是"咏物",境界都是造设出来的,而"车遮"韵的声情,使得词情更加清绝。其中"霜天沙漠"和"江楼月"其实不能同篇出现,因为一个在塞北,一个在江南。

元人散曲：大融合时代的文化硕果

双调·庆东原

暖日宜乘轿，春风宜讯马①。恰寒食有二百处秋千架。对人娇、杏花，扑人飞、柳花，迎人笑、桃花。来往画船边，招飐②青旗挂。

【注释】

① 讯马，犹言驰马。讯，通信，快速。
② 招飐，犹言招展。飐，风吹物摇动的样子。

【曲话】温暖的阳光里，仕女们最适宜乘着轿出去赏玩春光；柔和的东风里，男士们最适宜骑匹快马在原野驰骋。这时正是寒食禁烟的佳节，处处秋千都荡漾出人们的喜悦。那杏花好像对人做出娇媚，柳花则扑着人飞舞过来，而桃花则迎着人展开了笑靥。江边的画船有许多人来来往往，船上的青旗随风飘扬，好似招呼着人们："能饮一杯无？"

这支曲子写春天的喜悦，韵致非常轻倩活泼。尤其中间三句鼎足对，连押三个"花"字，各加上"娇""飞""笑"，更把春天百花缭乱的神采写得鲜活极了，而"曲"的情味也因此最足。

罗忼烈《元曲三百首笺》云：

朴自幼承遗山熏陶，操履高洁，学问淹博，文辞醇雅，疏放俊爽，兼而有之，咳唾迥异流俗。元初，汉卿、和卿辈莫不尚本色，以谐谑俚俗为尽能事，朴独不染糟醨，清丽婉约，卓然自立，一新天下耳目，若东坡词之超然尘垢外也。实为东篱、小山辈所祖述。小令尤清隽，出杂剧上。正音谱曰："白仁甫之词，如鹏抟九霄，风骨磊块，词源滂沛。若大鹏之起北冥，奋翼凌乎九霄，有一举万里之志，宜冠于首。"非虚美也。所评甚是。

三、后期作家——清丽派

1. 乔吉

乔吉，一名吉甫，字梦符，号笙鹤翁，又号惺惺道人。太原人，移居杭州。美容仪，能词章，以威严自饬，人敬畏之。有题西湖《梧叶儿》百篇，名公为之序。流浪江湖四十年，至正五年二月，病卒于家。钟嗣成以《水仙子》吊之云："平生湖海少知音，几曲宫商大用心。百年光阴还争甚？空赢得雪鬓侵！跨仙禽、路绕云深。欲挂坟前剑，重听膝上琴，漫携琴、载酒相寻。"著有杂剧十一种，今存《扬州梦》《金钱记》《两世姻缘》三种。散曲集二种，《录鬼簿》谓之《天风环佩》及《抚掌二集》；钱大昕补《元史·艺文志》，称《惺惺老人乐府》；明代有《惺惺道人乐府》《文湖州集词》及《乔梦符小令》三种。近人任讷辑为《梦符散曲》三卷，而《全元散曲》收小令二百零九，套数十一。

双调·折桂令·游越怀古①

蓬莱②老树苍云，禾黍高低③，狐兔纷纭。半折残碑，空余故址，总是黄尘。东晋亡也、再难寻个右军④，西施去也、绝不见甚佳人。海气长昏，啼鴂⑤声干，天地无春。

元人散曲：大融合时代的文化硕果

双调·水仙子·游越福王府⑥

笙歌梦断蒹藜沙，罗绮香余野菜花⑦。乱云老树夕阳下，（燕）休寻王谢家⑧。恨兴亡，怒煞些鸣蛙⑨。（铺锦池）埋荒甃，（流杯亭）堆破瓦⑩。何处也繁华。

【注释】

① 春秋时越国在今江苏、浙江，建都会稽（今浙江绍兴），这里所游，即指会稽。

② 蓬莱，海中仙山名，这里用指昔日繁华之胜境。

③ 此句隐用麦秀、黍离之掌故。

④ 右军，即王羲之，以书法名世，会稽人，官右军将军，曾于永和九年三月上巳于会稽山阴的兰亭与朋友雅集，作《兰亭集》序。

⑤ 啼鴂，鴂鸟即杜鹃，其声难闻，故云鴂舌。鴂鸟啼，则春归。

⑥ 福王府，指南宋宗室赵与芮的府第。

⑦ 此二句是说昔日的歌舞之地，而今已尽在梦幻之中，眼前所见只有纵横覆盖沙土的蒹藜；昔日的绮罗香泽，而今只见色香淡薄的野花。蒹藜，一种生长于沙土之上的带刺植物。

⑧ 王谢家，指晋代王导、谢安等江东贵族世家，当时非常显赫繁华，后来衰微了，所以唐刘禹锡《乌衣巷》诗云："朱雀桥边野草花，乌衣巷口夕阳斜。旧时王谢堂前燕，飞入寻常百姓家。"

⑨ 怒蛙，鼓腹而鸣的青蛙。《史记·越世家》谓越王勾践轼怒蛙，因为它看起来很勇敢。

⑩ 这二句是说原来花团锦簇的池塘，现在则充满井砖；原来流觞曲水的亭台，现在堆砌破瓦。甓，井壁之砖；流杯亭，盖指兰亭修禊时用以流觞曲水，故云。

【曲话】这两支曲子都是怀古之作，所以充满繁华消歇，不胜今昔之感。越西施的国色天姿、轻歌妙舞，晋右军的风流俊逸、修禊雅集，以及福王府第、王谢乌衣，都在天地的轮回里烟消云散了，眼前只有一片荒野，只有触目苍凉，杜鹃声里，真使人感到天地无春了。

《正音谱》云："乔梦符之词，如神鳌鼓浪。若天吴跨神鳌，嗳沫于大洋，波涛汹涌，截断众流之势。"此说以梦符的格调属豪放。若从这两支怀古之作来观察，是非常贴切的。但李开先《词谑》云："元以词名代，而梦符其翘楚也。无问远近，识不识，皆知有太原乔梦符云。评其词者，以为若天吴紫凤，跨神鳌，嗳沫于大洋，波涛汹涌，有截断众流之势。此特言其雄健而已，要之未尽也。以予论之，蕴藉包含，风流调笑，种种出奇，而不失之怪。多多益善，而不失之烦。句句用俗，而不失其为文。自可谓与之传神。"这样的批评是中肯的，也就是梦符的格调是因内容而显现不同的品位的。由以下的曲子可以得到印证。

中吕·山坡羊·寓兴

鹏抟九万①，腰缠十万②，扬州鹤背骑来惯③。事间关④，景阑珊⑤，黄金不富英雄汉。一片世情天地间，白，也是眼；青，也是眼⑥。

正宫·绿幺遍

不占龙头选⑦，不入名贤传⑧。时时酒圣⑨，处处诗禅⑩；烟霞状元⑪,江湖醉仙⑫。笑谈便是编修院⑬,留连,批风抹月四十年⑭。

双调·折桂令·毗陵⑮晚眺

江南倦客登临,多少豪雄,几许消沉。今日何堪,买田阳羡⑯,挂剑长林⑰。霞缕烂、谁家昼锦⑱,月钩横、故国丹心。窗影灯深,磷火青青⑲,山鬼喑喑⑳。

双调·水仙子·梦觉

唤回春梦一双蝶㉑,忙煞黄尘两只靴。三十年几度花开谢,熬煎成头上雪。海漫漫、谁是龙蛇㉒:(鲁子敬)能施惠㉓,(周公瑾)曾打乸㉔,千古豪杰。

【注释】

① 此句形容鹏鸟飞翔之高,比喻人生之得意。《庄子·逍遥游》谓鹏之飞"抟扶摇而上者九万里。"

② 此句形容富有。梁殷芸《小说》:"有客相从,各言所志,或愿为刺史,或愿多赀财,或愿骑鹤上升,其一人曰:'腰缠十万贯,骑鹤下扬州。'欲兼三者。"

③ 此句谓出尘超凡。参前注。

④ 事间关,谓行事多阻碍。

⑤ 景阑珊,景况萧条。

⑥ 此二句谓不理会他人对自己评价的轻重。按,晋阮籍能为青白眼,见礼俗之士,以白眼对之;见高雅之士,以青眼对之。《名义考》云:"阮籍能为青白眼,故后人有青盼、垂青之语,

人平视睛圆，则青；上视睛藏，则白；上视，怒目而视也。"

⑦ 龙头选，是说考取状元。《称谓录》："宋朝状元入相者吕蒙正、王曾、李迪、宋庠；石杨修诗：'皇朝四十三龙首，身列黄扉止四人。'"

⑧ 名贤传，旧时地方府县志，多立有"名宦""先贤""乡贤"诸传。

⑨ 酒圣，即酒，酒有中圣人之称。李白诗："醉月频中圣，迷花不事君。"

⑩ 诗禅，即诗，诗中每有禅意，故云。

⑪ 烟霞状元，对上文之"龙头选"而言，以应"处处诗禅"。状元是科举时代进士第一甲第一名的俗称。此句意谓自己将功名事业寄托在烟霞之中，浪迹江湖，恣情山水。

⑫ 江湖醉仙，应"时时酒圣"句。意谓自己是江湖上陶醉于酒的神仙。

⑬⑭ 批风抹月，犹言吟风弄月，寄情于风月之中。梦符浪迹江湖四十年，故云。

⑮ 毗陵，即今江苏常州武进。

⑯ 阳羡，县名，故城在今江苏宜兴市南。

⑰ 挂剑长林，承上句谓而今只有求田问舍，再也没有功名进取之心，宝剑只好挂于长林之中了。按，春秋时吴公子季札奉使于鲁，北过徐君，徐君好季札剑，口弗敢言，季札心知而许之，为使上国，未献。迨还至徐，徐君已死，乃解剑悬之徐君冢家树而去。从者曰："徐君已死，尚谁予乎？"季札曰："始吾心已许之，岂以死倍吾心哉？"徐人感之，为歌云："延陵季子兮不忘故，脱千金之剑兮带丘木。"见《史记·吴太伯世家》。这里借用典故，而意义有别。

⑱ 昼锦，即宋韩琦昼锦堂，此用以比喻富贵之家房舍犹如彩

霞之灿烂。

⑲ 动物骨骼中含有磷，暴露空气中即急速氧化，放出微弱的淡绿色火光，在夜间或暗处很容易看见，故云"磷火青青"。俗称磷火为鬼火，以其易见于坟场。

⑳ 喑喑，泣不成声的样子。

㉑ 白居易《花非花》诗："来如春梦几多时，去似朝云无觅处。"苏轼《寻春》诗："人似秋鸿来有信，事如春梦了无痕。"过去的事容易消失，犹如梦境恍惚，而必云春梦之故，乃因春日嗜眠，易于入梦。又梦蝶事用《庄子·齐物论》掌故。此句合用两个掌故，比喻人生如梦。

㉒ 此句谓人海茫茫，谁是贤、谁是愚，谁是腾达、谁是落魄。龙蛇，龙比喻得志伸展者，蛇比喻失志隐伏者。《庄子·山木》："无誉无訾，一龙一蛇，与时俱化。"成玄英疏："龙，出也；蛇，处也。"

㉓ 鲁肃，三国吴东城人，字子敬，性方严，有壮节，富而好施。佐周瑜破曹操于赤壁，拜赞军校尉，瑜死，举肃自代；拜奋武校尉，擢偏将军，从权破皖城，转横江将军，卒。

㉔ 周瑜，三国吴舒人，字公瑾，佐孙策平江东，吴中皆呼为周郎。后破曹操于赤壁，拜偏将军，领南郡太守，卒年三十六。打暂，暂同蹔，谓周瑜能立不时之功。

【曲话】上面这四支曲子，可以说是梦符一生心境的表白。他所以"不占龙头选，不入名贤传"的缘故，实因世事，为此他只好陶情诗酒，视人生如梦。但无论如何，他那一股郁勃之气，时时从字里行间流露出来，使得文字的风格显得雄深而雅丽。

南吕·玉交枝带四块玉·闲适

山间林下,有草舍蓬窗幽雅。苍松翠竹堪图画,近烟村、三四家。飘飘好梦随落花,纷纷世味如嚼蜡①,一任他苍头皓发,莫徒劳心猿意马②。

自种瓜,自采茶,炉内炼丹砂③。看一卷《道德经》④,讲一会渔樵话。闭上槿树⑤篱,醉卧在葫芦架,尽清闲自在煞。

越调·凭栏人·春思

淡月梨花曲槛傍,清露苍苔罗袜凉,恨他愁断肠,为他烧夜香。

双调·折桂令

风风雨雨梨花,窄索帘栊⑥,巧小窗纱。甚情绪灯前,客怀枕畔,心事天涯。三千丈、清愁鬓发⑦,五十年、春梦繁华。蓦见人家,杨柳分烟,扶上檐牙⑧。

双调·雁儿落过得胜令·忆别

殷勤红叶诗⑨,冷淡黄花市。清江天水笺,白雁云烟字⑩。游子去何之?无处寄新词。酒醒灯昏夜,窗寒梦觉时。寻思,谈笑十年事;嗟咨,风流两鬓丝。

双调·折桂令·荆溪即事⑪

问荆溪溪上人家,为甚人家,不种梅花。荒蒲绕岸,老树支门,苦竹圈笆⑫。寺无僧、狐狸样瓦⑬。官无事、乌鼠当衙⑭。白水黄沙。倚遍阑干,数尽啼鸦⑮。

双调·折桂令·寄远

怎生来宽掩了裙儿。为玉削肌肤,香褪腰肢⑯。饭不沾匙,睡如翻饼⑰,气若游丝。得受用、遮莫⑱害死,果实诚、有甚推辞。干闹了若时⑲,草本儿欢娱⑳,彻货儿相思㉑。

【注释】

① 嚼蜡,形容毫无滋味的样子。

② 心猿意马,心意驰放不定的样子。《参同契》注:"心猿不定,意马四驰,神气散乱于外。"

③ 炼丹砂,修道者谓炼丹药曰炼丹。所炼之丹药即三仙丹,亦即氧化汞。

④ 《道德经》,书名,亦称《老子》。春秋时老聃撰,言道德之意五千余言。

⑤ 槿树,即木槿,落叶灌木,高七八尺。其花朝开暮萎,人多种为樊篱。

⑥ 窄索,狭窄;帘栊,窗帘。

⑦ 李白诗:"白发三千丈,缘愁似个长;不知明镜里,何处得秋霜。"

⑧ 檐牙,屋檐突出如牙的地方。

⑨ 此句用红叶题诗的典故,有三说:其一,唐德宗时,奉恩院王才人养女凤儿,尝以红叶题诗,置御沟上流出,为进士贾全虚所得;金吾奏其事,帝授全虚金吾卫兵曹,以凤儿妻之。见《侍儿小名录》。其二,唐宣宗时,舍人卢渥偶临御沟,得一红叶,上题绝句一首,乃藏于笥中;及帝出宫人,许嫁人,其归渥者,适为题叶之人,睹红叶,曰:"当时偶题,不意郎君得之。"见《云溪友

议》。其三，唐僖宗时，宫女韩氏，以红叶题诗，自御沟中流出，为于佑所得；佑亦题一叶，投沟上流，韩氏亦得而藏之。后帝放宫女三千人，佑适取韩，既成礼，各于笥中取红叶相示，乃开宴曰："予二人可谢媒人。"韩氏又题一绝云："一联佳句随流水，十载幽思满素怀；今日却成鸾凤友，方知红叶是良媒。"见《太平广记》。

⑩清江二句，清江与蓝天一色，犹如信笺，而白雁成行、云烟悠游，飞翔蓝天、倒映清江，则犹如笺上之字迹。

⑪荆溪即事，即写游荆溪时的所见所闻。荆溪，在江苏宜兴县。

⑫用苦竹圈做篱笆。苦竹，竹的一种，地下有粗根茎，横卧蔓延，干高五六丈，各节有两个平行之环状隆起。

⑬样瓦，抛下瓦片。样，借作漾，抛掷。

⑭乌鼠当衙，形容衙门无人，只有老鼠走来走去。

⑮倚遍阑干二句，形容一片清幽自在的境界，可以让人恣意浏览，把阑干倚遍、把啼鸦数尽。

⑯开首三句都是形容消瘦的样子。

⑰此句形容翻来覆去，睡不安稳的样子。

⑱遮莫，尽管。

⑲此句是说白白地和你恋爱了许久。

⑳此句是说只有短暂的欢娱。草本植物，春生秋萎，形容时间的短暂。

㉑此句形容极多的相思。彻货儿，尽所有的一大堆货物，比喻极多的样子。

【曲话】这六支就是李开先所说的"蕴藉包含，风流调笑""句句用俗，而不失其为文"的曲子。或写闲居之乐，或摹相思之深，正如厉鹗所说的"洒落俊生，如遇翁之风韵于红牙锦瑟间"。像这样的曲子真是轻倩自如,最宜于红巾翠袖歌于舞榭酒筵。梦符的这类散曲颇多,所以论者都把他归入清丽一派;但尽管这类散曲轻倩自如,饶多风趣,毕竟略乏气骨,所以讲究辞藻和气骨的《正音谱》,便独赏其"神鳌鼓浪"了。

任讷《散曲丛刊·曲谐》卷二有专论"乔梦符"一则,甚为精详,读者可以参阅。

2. 张可久

张可久,字小山,或云名伯远,字可久,号小山,或云名可久,字仲远,号小山。庆元(今浙江鄞州)人。以路吏转首领官,又曾为桐庐典史,皆为卑秩。小山怀才不遇,浪迹江湖,游踪所至,湘赣皖闽江浙,并有题咏。晚年隐居杭州,故吟赏尤繁,有《苏堤渔唱》《吴盐》等集。一时名公巨卿,若疏斋、酸斋、崔元帅、梅友元帅、胡使君,皆相交结。至正初,年七十余,尚做昆山幕僚,至正八年(1348)犹在世,寿当八十以上。小山不作杂剧,有《小山小令》《小山乐府》两种,前者收入饮虹簃所刻曲,后者收入《散曲丛刊》。《全元散曲》收小令八百五十五,套数九,作品之多,为元人冠冕。

双调·清江引·采石江上①

江空月明人起早,渺渺兰舟棹②。风清白鹭洲③,花落红雨岛④。一声杜鹃春事了。

中吕·迎仙客·湖上送别

钓锦鳞⑤,棹红云⑥,西湖画舫⑦三月春。正思家,还送人。绿满前村,烟雨江南恨。

双调·殿前欢·离思

月笼沙⑧,十年心事付琵琶⑨。相思懒看帏屏画,人在天涯。春残荳蔻花⑩,情寄鸳鸯帕,香冷茶架⑪。旧游台榭⑫,晓梦窗纱。

中吕·朝天子·春思

见他,问咱,怎忘了当初话。东风残梦小窗纱,月冷秋千架。自把琵琶,灯前弹罢,春深不到家。五花⑬,骏马,何处垂杨下。

中吕·红绣鞋·归兴

燕燕莺莺生分⑭,风风雨雨伤神。吐酒吞花⑮过芳春。黄金羞壮士,红粉弄佳人,青山招旧隐。

双调·庆宣和·毛氏池亭

云影天光乍有无,老树扶疏,万柄高荷小西湖。听雨,听雨。

双调·水仙子·维扬⑯遇雪

庐汀⑰渐渐蟹行沙,梅月昏昏鹤到家,梨花冉冉蝶初化。透朱帘敲翠瓦,莫吹箫、不必烹茶。玉蓑衣、人堪画,金盘露⑱、酒旋打。预赏琼花⑲。

双调·庆东原·括山⑳道中

云冉冉,草纤纤。谁家隐居山半掩。水烟寒,溪路险。半幅青帘,五里桃花店。

双调·湘妃怨·多景楼

长江一带展青罗,远岫双眉敛翠蛾㉑,几番急橹催船过。不登临、山笑我。倚阑干、尽意吟哦。月来云破㉒,天长地阔,此景能多㉓。

中吕·快活三过朝天子·春思

花前想故人,楼下几销魂㉔。一声孤雁破江云,望断无音讯。倚门,夜分㉕,月淡寒灯尽。梅梢窗外影昏昏,花落香成阵。泪粉啼痕,伤春方寸㉖,飘零寄此身。为君,瘦损,不似年时俊。

【注释】

① 采石矶在安徽当涂西北,为牛渚山之北部,突入江中,形势雄壮。

② 棹,桨。

③ 白鹭洲,在南京市西南长江中。李白诗:"朝别朱雀门,暮宿白鹭洲。"即指此。

④ 红雨岛,落满花朵的岛屿。红雨,形容花落如雨。

⑤ 锦鳞,犹言文鱼,有斑彩之鱼。

⑥ 棹红云,棹作动词,以桨划动。红云,形容湖波映日。

⑦ 画舫,犹言画船,船上施彩绘,故云。

⑧ 月笼沙,明月照在平沙之上。

⑨ 此句用李商隐《锦瑟》诗意:"锦瑟无端五十弦,一弦一柱思华年。"意谓十年心事尽从琵琶声中传达。

⑩ 荳蔻,多年生草木,高一丈,其花黄白色,成穗状,暮春

第三章　元人散曲欣赏

开花。荳，即豆之俗字。

⑪ 荼蘼架，此指昔年幽会之所。荼蘼，一作酴醾，落叶亚灌木，茎高四五尺，自根丛生。夏日开花，花冠为重瓣，带黄白色，甚美丽。

⑫ 台榭，亭台水榭，为歌舞宴乐之所。

⑬ 五花，谓毛色斑驳的马。李白《将进酒》："五花马、千金裘，呼儿将出换美酒，与尔同销万古愁。"

⑭ 生分，硬生生地分别。

⑮ 吐酒吞花，谓以杯酒对落花。

⑯ 维扬，即扬州。

⑰ 芦汀，长满芦苇的沙洲。

⑱ 金盘露，用金属之盘所承接的露水。《汉书·郊祀志》："武帝作柏梁、铜柱、承露、仙人掌之属。"注："仙人以手掌擎盘承甘露也。"

⑲ 琼花，白玉之花，比喻雪花。

⑳ 括山，盖即括苍山，在浙江仙居东南四十里。

㉑ 此二句形容江水如一条青罗铺成的长带，远山如美女颦蹙的双眉。东坡词："眉是山峰聚，眼是秋水横。"

㉒ 月来云破，张先词："云破月来花弄影。"

㉓ 此句应题目"多景楼"，意谓风光旖旎，一览无余。

㉔ 销魂，谓人感触时，若魂魄将离身体。江淹《别赋》："黯然销魂者，惟别而已矣。"

㉕ 夜分，夜半。

㉖ 方寸，谓心，心之地位方寸而已，故云方寸、寸心。《三国志·蜀志·诸葛亮传》："徐庶辞先主而指其心曰：'本

欲与将军共图王霸者,以此方寸之地也;今已失老母,方寸乱矣。'"

【曲话】上举诸曲,都是小山清华秀丽的作品,写景写情都疏朗俊逸,用笔简明,而不失白描中的雅致,所以与词的凝练含蓄有别,而能曲味十足。

《清江引》写采石矶的晚春。由于有事记挂在心,一大清早就起身,这时明月当空,与江水互相辉映,兰舟动起双桨,向烟波浩渺的江心驶去。沙洲上白鹭飞舞,孤岛中落红如雨,一声杜鹃,使人蓦然惊觉,春天已经过去了。

迎仙客写西湖送别。西湖的岸上,渔夫正钓起文鱼,在暖和的阳光中,显得光彩耀眼;湖水也跳跃着金黄,轻摇双桨,好似搅动天边的明霞,原来这是西湖暮春三月,游人如织,画船如龙。对着满目春光,不禁动起我的归思,自己有家归不得,却还来送人,更加添许多的乡愁。前村一片青绿,料想家乡也应当是垂柳藏莺、繁花满树的时候,我伫立而望,看着友人逐渐远去,那随风袭来的烟雨,无穷无尽,迷蒙了春光明媚的江南,遮断了我企望的家乡,内心的愁恨,岂是言语所能形容的呵!

举此二例亦足以概见小山曲中涵蕴的情味。《太和正音谱》云:"张小山之词,如瑶天笙鹤。其词清而且丽,华而不艳,有不吃烟火气,真可谓不羁之才。若被太华之仙风,招蓬莱之海月,诚词林之宗匠也。当以九方皋之眼相之。"九方皋是秦穆公时人,善相马,不重其外表形迹,但视其天机;则小山之曲当从仙风海月,不吃烟火气观之,乃能得其清而且丽,华而不艳之风调,若上举诸曲,诚然足以当之。

第三章　元人散曲欣赏

黄钟·人月圆·山中书事

兴亡千古繁华梦,诗眼倦天涯①。孔林乔木②,吴宫蔓草③,楚庙寒鸦④。数间茅舍,藏书万卷,投老村家⑤。山中何事,松花酿酒,春水煎茶。

双调·清江引

红尘是非⑥不到我,茅屋秋风破⑦。山村小过活⑧,老砚闲功课⑨。疏篱外玉梅⑩三四朵。

双调·殿前欢·客中

望长安,前程渺渺鬓斑斑,南来北往随征雁。行路艰难:青泥小剑关⑪,红叶溢江岸⑫,白草连云栈⑬。功名半纸⑭,风雪千山。

越调·小桃红·忆疏斋学士⑮郊行

飞梅和雪洒林梢,花落春颠倒。驴背敲诗⑯暮寒峭,路迢迢,相逢不满疏翁笑。寒郊瘦岛⑰,尘衣风帽,诗在灞陵桥⑱。

正宫·黑漆弩·为乐府焦元美⑲赋用冯海粟韵⑳

画船来向高沙㉑驻,便上蹋梅吟屦㉒。对金山、有玉娉婷㉓,两点愁、峰眉聚。【幺】倚西风、目断㉔行云,懒唱大江东去㉕。借中郎、夔尾冰弦㉖,记老杜㉗、曾游此处。

【注释】

① 这两句是说用诗人的眼识,遍走天涯,所看到的千古以来的兴亡,不过是一场繁华梦幻而已。下文孔林乔木三句就是"繁华

· 241 ·

梦"的实写。诗眼,诗人的眼识;范成大诗:"道眼已空诗眼在。"

② 孔林,在山东省曲阜市北,孔子墓地。林广十余里,相传是孔子弟子从各自的家乡携来种植,故皆异种,林外绕以红墙,墓前一室东向,即子贡庐墓处。乔木,高大有主干的树木。

③ 吴国富丽的宫殿,而今已蔓草荒芜。吴宫在原江苏省吴县,即春秋时吴都姑苏。

④ 楚国的宗庙在萧瑟的寒风里,只有一群聒噪的乌鸦。春秋时楚国都郢,在今湖北省江陵县。

⑤ 投老村家,到了老年以乡村为家。投老,到了老年。

⑥ 红尘是非,人世间的所谓是、所谓非,所谓善、所谓恶。红尘,指尘埃飞扬的世界,引申为纷乱复杂的社会,亦指热闹繁华的地方。孟浩然《洛阳》诗:"酒酣白日暮,走马入红尘。"

⑦ 杜甫有《茅屋为秋风所破歌》诗。

⑧ 小过活,过着简单淳朴的生活。

⑨ 老砚,用了许久的砚台。闲,等闲,无足轻重的意思。功课,本是指事情有一定的程序,得以考试其程度、稽核其成绩的叫功课,后指学业而言。这句话是说:因为年纪大了,对着这古旧的砚台,所读所写的都是一些无关轻重的书本和文章,但也唯有这样,日子过得更称意而自得。

⑩ 玉梅,白色的梅花。古人用金表黄色,玉表白色。

⑪ 青泥,甘肃天水市秦州青泥岭,为入蜀之路。剑阁,四川剑阁县北,大小剑山之间,有栈道名曰剑阁,亦曰剑门关。李白《蜀道难》:"青泥何盘盘,百步九折萦岩峦。"盖以青泥岭之险峻犹如栈道飞阁,故云小剑关。

⑫ 溢江两岸,枫叶正红。溢江在江西省境,亦称溢涧,又名

龙开河。源出瑞昌清溢山，北入大江，其入江处名曰溢口。

⑬ 连云栈，指褒斜谷栈道，即陕西省终南山之谷，为川陕交通之要道。楚汉相争，所谓"明修栈道，暗度陈仓"。即指此栈道。

⑭ 半纸，形容微薄。

⑮ 疏斋学士，即卢挚。

⑯ 驴背敲诗，此用贾岛事。《隋唐嘉话》："贾岛初赴京师，一日，于驴背上得句云：'鸟宿池边树，僧敲月下门。'初欲作推字，练之未定，不觉冲尹。时韩吏部（即韩愈）权京尹，左右拥至前，岛具告所以，韩立马良久，曰：'作敲字佳矣。'"此句是说骑在驴背上吟诗，斟酌字句的工整。

⑰ 寒郊瘦岛，郊指孟郊，岛指贾岛，都是中唐诗人。苏轼《祭柳子玉文》："元轻白俗，郊寒岛瘦。"按孟郊，唐武康人，字东野，年五十，登贞元进士第，少隐嵩山，性狷介，其诗多奇涩不可读，格近寒俭，故曰"寒"；贾岛，唐范阳人，字浪仙，初为僧，号无本，好吟诗，当冥思觅句之际，游心物外，虽逢值公卿贵人皆不觉。与韩愈为布衣交，还俗学文，屡试不第。文宗时坐诽谤，贬为长江主簿，世称贾长江。其诗苦吟如瘦，故曰"瘦"。

⑱ 灞陵桥，即灞桥，在陕西长安东。桥横灞水上，古人出京，多于此送别，故又名销魂桥。

⑲ 即歌伎焦元美。乐府用指歌伎。

⑳ 此曲即步韵冯子振的"鹦鹉曲"，"黑漆弩"又名"鹦鹉曲"。参见前期豪放派作家冯子振。

㉑ 高沙，高出水面的沙滩。

㉒ 此句是说便穿上鞋屐去探梅寻春，吟诗作赋。

㉓ 此句是说美人如玉、婀娜娉婷，面对着江中的金山。

㉔ 目断,凝神而望。

㉕ 苏轼《念奴娇》词:"大江东去,浪淘尽,千古风流人物。"

㉖ 中郎,东汉末蔡邕,字伯喈,陈留圉人。性笃孝而博学。献帝朝,董卓为司空,强辟之,拜中郎将,封高阳乡侯,故世称蔡中郎。王允诛卓,坐同党死狱中。爨尾冰弦,烧掉尾部的琴,即焦尾琴。按:《后汉书·蔡邕传》有,吴人有烧桐以炊者,蔡邕闻其火裂之音,知为良材,因请取而为琴,果有美音,而其尾犹焦,时人名曰焦尾琴。

㉗ 老杜,即诗圣杜甫。

【曲话】上举诸曲也都是"清而且丽,华而不艳"的作品,但较之前面所举,则要典雅些。由于典故的运用,所以曲情显得较含蓄,但流贯在字句间的,则有一股清刚之气,也就因为这股清刚之气,使得小山之曲丽而不靡,华而不艳。

《人月圆》同词调,故必须用幺篇。前半写历览所得,后半写山居情趣。自己南来北往,奔走天涯,虽然身体已感到疲倦不堪,但诗人如炬的慧眼,则依旧洞烛明朗。那孔林中的乔木、吴宫中的蔓草、楚庙中的寒鸦,正象征着千古以来的兴亡,不过是一场梦幻而已。而今年事已高,功名更是淡泊,山野村居里,守的是数间茅舍,伴的是万卷藏书,还有松花所酿的酒,春水所煎的茶,足够逍遥自在了。

《清江引》更进一步地写村居的闲适。他浮沉宦海,位小职卑,为五斗米折腰,观人颜色而逢迎,所遭遇的不如意,可想而知。因此在寄情山林之后,颇有摆脱人间是非,悠然世外之感。虽然物质的生活很清苦,一阵清风竟然将栖身的茅屋吹破了,但内心安然恬适,所希冀的只像老杜那样:"安得广厦千万间,大庇天下寒士

第三章　元人散曲欣赏

俱欢颜，风雨不动安如山。"个人的一点苦楚已是无所谓了。山村生活固然简陋，可是无须他求，一块相伴多年的古砚，在岁月消磨中，人也逐渐老去。近来所读所写的，都是一些无关紧要的书本和文章，也唯有这样才感到称意而自得。而这时与白发晚景相对的，只有那稀疏的篱笆外，三四朵冰清玉洁的梅花。这支曲分三个段落，首二句写自己不随流俗，虽清苦而孤高；中间两句写闲适的生活；末句用梅花的芳洁与首二句映衬，作者所要表现的人格也就显现出来了。"到我"去上，"风破"平去，"功课"平去，"四朵"去上，诸语在音律上皆有严格的规定，所以读起来甚为起调，这是曲中细致的地方。

举此二例抒发，亦足于概见其余。但小山的韵调，尚不止清丽与雅丽二端，马致远的所谓"振鬣长鸣"，在他的曲中也有不少。

双调·水仙子·怀古

秋风远塞皂雕旗①，明月高台金凤杯②。红妆肯为苍生计③，女妖娆④能有几。两蛾眉⑤、千古光辉。汉和番、昭君去⑥，越吞吴、西子归⑦，战马空肥⑧。

双调·折桂令·九日⑨

对青山、强整乌纱⑩，归雁横秋⑪，倦客思家。翠袖殷勤⑫，金杯错落，玉手琵琶⑬。人老去、西风白发，蝶愁来、明日黄花⑭。一抹斜阳，数点寒鸦⑮。

双调·折桂令

剑空弹、月下高歌⑯，说到知音⑰，自古无多。白发萧疏，青

• 245

灯寂寞,老子婆娑⑱。故纸上、前贤坎坷⑲,醉乡中、壮士磨跎⑳。富贵由他,谩想廉颇㉑,谁效萧何㉒。

双调·殿前欢·次酸斋韵㉓　二首

钓鱼台㉔,十年不上野鸥猜㉕,白云来往青山在,对酒开怀。欠伊周济世才㉖,犯刘阮贪杯戒㉗,还李杜吟诗债㉘。酸斋笑我,我笑酸斋。

唤归来,西湖山上野猿哀,二十年多少风流怪㉙,花落花开。望云霄拜将台㉚,袖斗牛安邦策㉛,破烟月迷魂寨㉜。酸斋笑我,我笑酸斋。

【注释】

① 此句谓王昭君出塞和番。皂雕旗,画上黑色大雕的旗帜。

② 此句意谓西施于姑苏台上以酒色迷惑夫差。按,此曲咏昭君、西施系根据传说,于史不合。

③ 此句谓西施之惑吴与昭君之和番,皆为天下百姓牺牲一己。红妆,美女,此指西施、昭君;苍生,百姓。

④ 女妖娆,美丽妖艳的女子。

⑤ 两蛾眉,指西施、昭君。蛾眉,眉毛如飞蛾之触须,用指美丽之女子。

⑥ 昭君去,谓昭君去国远适匈奴。

⑦ 西子归,谓越灭吴后,西施归属范蠡。

⑧ 此句谓美女即可安邦定国,空养许多肥壮的战马。

⑨ 阴历九月九日,即重阳节。

⑩ 此句谓心思归隐山林，而不得不勉强做个小官。重九有登高之俗，故云"对青山"；又作者那时做小官，所以"强整乌纱"。乌纱是古代的官帽。

⑪ 此句是说向南归去的鸿雁成队在秋空里。

⑫ 此句是说穿着漂亮的女子殷勤地劝酒。晏几道词："翠袖殷勤捧玉钟，当时拼却醉颜红。"

⑬ 此句是说美丽的女子演奏着琵琶。

⑭ 蝶愁来句，谓良辰好景刹那消失，令人无限感伤。就好像蝴蝶见到枯黄的菊花也要发愁一样。苏轼诗："相逢不用忙归去，明日黄花蝶也愁。"其词又云："万事到头都是梦，休休，明日黄花蝶也愁。"黄花即菊花。谓以重阳佳节而对名花，自然景与情会，一旦事过境迁，亦徒感慨系之耳。今人于凡事已成过去，即曰明日黄花。

⑮ 此二句用王勃《滕王阁序》"落霞与孤鹜齐飞"之意。而斜阳用指垂暮之年，寒鸦用表凄凉之境。

⑯ 此句用战国齐孟尝君门下客冯谖（一作冯驩）事，即"弹铗之歌"。后人每引以为贫乏而有所希求者。此则用以发抒幽愤，欲求知音。

⑰ 知音，能真正了解自己心志的人。用伯牙、钟子期故事，伯牙鼓琴，钟子期知其志在高山、流水。

⑱ 老子，作者自称，含有兀傲不群之意；婆娑，放逸不拘的样子。

⑲ 坎坷，本是指行路不顺，引申作不得意的样子。

⑳ 磨跎，消磨蹉跎，没有作为的样子。

㉑ 廉颇，战国赵惠文王时的良将。廉颇虽老，而尚能一饭斗米，肉十斤，被甲上马。

㉒ 萧何，汉初三杰之一，佐高祖定天下，为相国。此句连上句，

意谓武如廉颇，无法企及；文如萧何，亦难于仿效。

㉓ 酸斋即贯云石，其《殿前欢》原唱作："畅幽哉，春风无处不楼台，一时怀抱俱无奈，总对天开。就渊明归去来，怕鹤怨山禽怪，问甚功名在。酸斋是我，我是酸斋。"小山相和，亦用皆来韵，故云"次韵"。

㉔ 钓鱼台，古迹甚多，张小山官桐庐典史，则当指东汉严子陵钓台，在今浙江省桐庐县西富春山上。

㉕ 野鸥猜，谓人有机心，则野鸥猜疑，不敢亲近。《列子·黄帝》："海上之人有好沤（同鸥）鸟者，每旦之海上，从沤鸟游，沤鸟之至者百，住而不止。其父曰：'吾闻沤鸟皆从汝游，汝取来吾玩之。'明日之海上，沤鸟舞而不下也。"李商隐《太仓箴》："海翁忘机，鸥故不飞。"

㉖ 此句谓缺少像伊尹、周公那样救世拯民的才能。伊尹，商汤的贤相，佐汤灭夏；汤孙太甲无道，伊尹放之于桐，三年，太甲悔过，复归于亳。孟子称伊尹为圣之任者。周公，姓姬名旦，周武王之弟，成王之叔。辅佐成王，制礼作乐，安定天下。

㉗ 此句谓犯了像刘伶、阮籍那样贪杯好酒的毛病，刘伶，晋沛国人，字伯伦。放情肆志，性尤好酒，尝携酒乘车，使人荷锸随之，曰："死便埋我。"阮籍，三国魏尉氏人，字嗣宗，与刘伶同为竹林七贤之一。善啸能琴，尤嗜酒，每以沉醉远祸。

㉘ 此句谓像李白、杜甫一样的吟诗，以还风月之债，意思是说喜好吟诗唱戏，歌咏大自然。李白号称诗仙，杜甫号称诗圣，为唐代大诗人，世所悉知。

㉙ 风流怪，风流的毛病。《开元天宝遗事》："长安有平原坊，妓女所居之地，京都侠少，萃集于此；兼每年新进士以红笺名纸游

谒其中,时人谓此坊为风流薮泽。"后因以风流为狎妓冶游之事。

㉚ 此句谓对建功立名,犹如遥望云霄,渺不可及。楚汉相争时,萧何荐韩信于刘邦,"择良日,斋戒,设坛场具礼",拜信为大将。见《史记·淮阴侯列传》,此用其事。

㉛ 此句谓收拾起那恢宏的志气、安邦定国的策略。斗牛,谓斗宿、牛宿;《晋书·张华传》:"斗牛之间常有紫气,乃邀雷焕仰观,焕曰:'宝剑之精,上彻于天耳。'"此借用为恢宏干云的志气。古人衣袖宽大可藏物,此"袖"作动词,收拾起之意。

㉜ 此句谓摒除狎妓恋酒、贪杯风流的恶习。烟月,犹言风月,指男女恋情之事;迷魂寨,形容极易教人入迷而难于超脱的地方,犹如栅寨不易破除而出。

【曲话】王骥德《曲律》云:"李中麓(开先)序刻乔梦符、张小山二家小令,以方唐之李杜。夫李则实甫,杜则东篱,始当,乔张则长吉、义山之流。然乔多凡语,似又不如小山更胜也。"以曲家比拟诗人,由于性情襟抱不相牟,内容风调自然难于切当。近人罗忼烈《元曲三百首笺》论小山云:"尝谓曲至小山,然后宏东篱之绪余,骚雅蕴藉,不落俳语,锤炼而复归于自然。兼以堂庑特大,写景言情,送别怀古,说理谈禅,咏物赠答,至于分韵分题,雅谑巧弄,靡所不宜,而无一字无来处。于是元曲与唐诗宋词,连镳并驰矣。"这样的批评和见解是颇为允当的。小山因为是宏东篱之绪余,所以像上举诸曲皆堪称磊块劲健或俊逸超拔,正是宜列群英之上的风调。可是大致说来,"清丽"两字才是小山的定评。因为一位大家的面貌往往能随物赋形,不拘泥于一端,可是骨子里还是有他基本的特质的。譬如下面这支曲子:

醉太平·感怀

人皆嫌命窘,谁不见钱亲。水晶环入面糊盆,才沾黏便滚。文章糊了盛钱囤,门庭改做迷魂阵,清廉贬入睡馄饨,葫芦提倒稳。

其痛愤之深、嘲骂之烈,在全集中得未曾有,又其悉排典语,独铸俚词,而能极尽其妙,在全集中实为别调。如果我们乍然读到这样的曲子,就说小山的风调是白描素朴的豪放派,那就错了。

湖上晚归

【南吕·一枝花】长天落彩霞,远水涵秋镜①,花如人面红,山似佛头青②。生色围屏③,翠冷松云径,嫣然眉黛横④。但携将、旖旎浓香⑤,何必赋、横斜瘦影⑥。

【梁州第七】换玉手、留连锦英⑦,据胡床、指点银瓶⑧。素娥不嫁伤孤另。想当年小小⑨,问何处卿卿⑩。东坡才调,西子娉婷。总相宜、千古留名⑪。吾二人、此地私行,六一泉、亭上诗成⑫,三五夜⑬、花前月明,十四弦、指下风生⑭。可憎⑮,有情,捧红牙合和伊州令⑯。万籁寂、四山静,幽咽泉流水下声⑰,鹤怨猿惊⑱。

【尾】岩阿禅窟鸣金磬⑲,波底龙宫漾水精⑳。夜气清,酒力醒。宝篆销㉑,玉漏鸣㉒。笑归来、仿佛二更㉓,煞强似㉔踏雪寻梅灞桥冷㉕。

【注释】

① 此句是说广阔的秋水好像一面大镜子。

② 释迦之相,绀发毫眉,故云佛头青。青中微透红色曰绀。

③ 是说湖光山色好像屏风那样生色美丽。生色,谓绘画之色泽如生。

④是说山色好像含笑的女子的眉黛。嫣然,笑得很好看的样子。黛,青黑色,古代女子用以画眉。眉黛,指眉,此比山色。

⑤此指携美女同游。旖旎,柔和美丽的样子。

⑥宋林逋《咏梅》诗有"疏影横斜水清浅,暗香浮动月黄昏"之句。此句末两句应用去上声,故改为"瘦影"。这与踏雪寻梅相照应。

⑦锦英,如锦绣般的花丛。此句谓与美人赏花。

⑧胡床,即交椅。杜甫《少年行》:"马上谁家白面郎,临阶下马踏人床。不通姓字奢豪甚,指点银瓶索酒尝。"此句谓坐上交椅饮酒。

⑨素娥,此即月中的仙女。孤另,即孤零、孤单。苏小小,南齐时钱塘名妓,其墓在西湖北岸。

⑩卿卿,古以"卿"为称人之词。晋王安丰夫人用卿来称呼他,他不高兴。夫人说:"亲卿爱卿,是以卿卿;我不卿卿,当谁卿卿?"后来常以卿卿指所爱之人,多指女子。

⑪苏轼《咏西湖》诗:"水光潋滟晴方好,山色空蒙雨亦奇;若把西湖比西子,淡妆浓抹总相宜。"后人因称西湖为西子湖。娉婷,形容女子姿态优美。

⑫六一泉在西湖北岸孤山之下。欧阳修与西湖僧惠勤友善;后苏轼守杭州,有泉出惠勤讲堂之背,因怀念欧阳修,名之曰六一泉。修晚年自号六一居士,故云。

⑬三五夜,即阴历十五月圆的晚上。

⑭此句谓弹琴之妙。

⑮可憎,可爱之极。

⑯红牙,歌曲时所用的拍板。拍板又名牙板,其色红,故云红牙。伊州令,乐曲名。

⑰ 白居易《琵琶行》："间关莺语花底滑，幽咽泉流冰下难。"用以形容琵琶声。

⑱ 是说在静寂的夜里，弹唱的声音，惊起了猿鹤。

⑲ 岩阿，幽曲的山岩。禅窟，寺庙供神佛之处。金磬，寺庙诵经时所敲击的铜磬。

⑳ 是说水底的龙宫摇漾着水晶般的澄澈。此句形容明月照湖水，极为澄澈。水精，同水晶。

㉑ 宝篆，把香制成篆文形的"香篆"。销，烧尽。

㉒ 古代以铜壶滴水做定时器，称漏。到一定时间，水下滴作响，故云"玉漏鸣"。

㉓ 二更，晚上九时至十一时。

㉔ 煞强似，更强过，更超过。

㉕ 灞桥在陕西长安东。据说唐诗人孟浩然曾在雪天里骑着驴子到灞桥寻梅。

【曲话】 李开先《词谑》云："张小山湖上晚归南吕，当为古今绝唱；世独重马东篱北夜行船，人生有幸不幸耳。东篱苍老；小山清劲，瘦至骨立而血肉销化俱尽，乃孙悟空炼成万转金铁躯矣。"郑因百《曲选》云："按：李氏虽盛称此套，终似不能与东篱秋思匹敌，未尝有幸不幸也。"任讷《曲谐》则直以李氏之说"踳驳可笑"。但若谓小山"清劲"，则非"诐辞"。所谓"清劲"即清丽中隐含劲健之气，这是元曲的特质，更是小山的成就。这套曲写黄昏时携同美人游湖，把清幽恬静、绝尘脱俗的西湖夜色，用比拟的手法，描绘了出来。其间或涵融古人名句，或自铸新词，均天衣无缝，达到俊雅堪赏的境地。

3. 徐再思

徐再思，字德可，嘉兴人（今浙江嘉兴），曾为路吏，好食甘饴，故号甜斋。《录鬼簿》称其为人"聪敏秀丽"。与张小山同时，其子善长，亦有才，"颇能继其家长"。不作杂剧，专力于小令，《全元散曲》收一〇三首。《尧山堂外纪》云："贯只哥自号酸斋。时有徐甜斋，失其名，并以乐府擅称，世称酸甜乐府。"

双调·折桂令·春情

平生不会相思，才会相思，便害相思。身似浮云，心如飞絮，气若游丝。空一缕、余香在此，盼千金、游子何之？① 证候来时，正是何时？灯半昏时，月半明时。

双调·水仙子

一声梧叶一声秋②，一点芭蕉一点愁③，三更归梦三更后④。落灯花、棋未收⑤，叹新丰、孤馆人留⑥。枕上十年事，江南二老忧，都到心头⑦。

双调·水仙子·春情

九分恩爱九分忧，两处相思两处愁，十年迤逗⑧十年受。几遍成、几遍休，半点事、半点惭羞，三秋恨、三秋感旧，三春怨、三春病酒，一世害、一世风流。

【注释】

① 此二句是说人已经走了，只留下身上的一缕芳香，然增加

我的想念；那日夜盼望的王孙公子，你的行踪在何处呢？千金，形容其身份之贵重；游子，旅游在外之人；何之，往哪里去了。

②此句写风吹梧叶。梧桐叶大，逢秋而落，铿然有声。

③此句写雨打芭蕉，雨点落在芭蕉之上，清脆有声，一滴一点都勾起客子的愁绪。

④是说半夜里梦魂回到了家乡，可是一霎时就从梦中醒转过来。

⑤此句写梦醒时客馆中的情景。灯花，灯芯余烬结为花形叫灯花。按，灯芯结花，则必有喜事，如得钱财或离人归来；而今"落灯花"，则希望破灭矣。

⑥此句是说感叹作客异地，寂寞孤独，久留未得归乡。新丰，汉高祖定都长安，太上皇思东归丰，徙丰民以实之，故号新丰。故城在今陕西临潼东。这里借为旅居之地，以寓思乡心切。

⑦此三句是说十年来的种种奔波劳苦和对于江南家乡的年老父母未尽人子的忧思，在睡梦中都一齐涌上心头。

⑧迤逗，撩拨之意。

【曲话】这三支曲子可以看出甜斋清新、疏朗和机趣的一面。《折桂令》首尾各以数语同押一韵，而纯属天籁，自然浑成，一点勉强不得。末四句之间，并排直下，而唱叹转折，极尽其情致。读这样的曲子，使人感到似谐非谐，终是真切恳挚，这是诗词所无法达到的韵调。甜斋别有《清江引·相思》云：

相思有如少债的，每日相催逼。常挑着一担愁，准不了三分利。这本钱见他时才算得。

任讷《曲谐》卷一谓此曲"语质而喻工，亦复散词上乘"。

我们读起它来，简直像说话，但其格律则谨守平仄对仗，其鞭辟入里，更几于化境。

《水仙子》二首以句中嵌入数目字见工巧，而声情词情亦能自然和谐。要达到这样的机趣，就必须要有运转自如的笔力。

南吕·阅金经·书

紫燕寻旧垒①，翠鸳栖暖沙。一处处绿杨堪系马，他，问前村沽酒家。秋千下，粉墙边红杏花。

双调·沉醉东风·春情

一自多才间阔②，几时盼得成合。今日个猛见他，门前过。待唤着，怕人瞧科，我这里高唱当时水调歌③，要识得、声音是我。

中吕·红绣鞋·雪

白鹭交飞溪脚，玉龙④横卧山腰。满乾坤无处不琼瑶⑤。因风吹柳絮⑥，和月点梅梢。想孤山鹤睡了⑦。

双调·卖花声

碧桃红杏桃源路⑧，绿水青山水墨图⑨。杖头挑着酒葫芦，行行觑着，山童分付⑩：问前村、酒家何处。

【注释】

① 旧垒，旧巢。

② 自从情人离别，已经过了许久。多才，才气高的人，女人

称所恋的情人。间阔,离别许久。

③ 水调歌,古乐府曲,隋炀帝时所制,声韵怨切。

④ 玉龙,松树积雪,宛如玉龙。

⑤ 琼瑶,美玉,此用以形容积雪。

⑥ 此句形容雪花纷飞之状犹如柳絮随风飘扬。此用谢女咏絮的掌故。谢道韫,晋谢奕女,王凝之妻,聪明有才辩。家尝内集,值天雪,叔父谢安曰:"何所似也?"安兄子朗曰:"散盐空中差可拟。"道韫曰:"未若柳絮因风起。"

⑦ 此句用宋林和靖掌故,和靖植梅蓄鹤,所谓"梅妻鹤子",今西湖孤山上有鹤冢。

⑧ 桃源路用陶渊明桃花源的掌故。

⑨ 此句是说绿水青山的景色就好像用泼墨法绘成的山水图。此句与上句对偶,故上句重两"桃"字,而此句重两"水"字。

⑩ 是说山童听我吩咐。分付同吩咐。

【曲话】《阅金经》写春天的景致。紫燕、翠鸳、绿杨、杏花,这几组有关春色的意象语的铺排,就已经把光景写得眼花缭乱了;而郊原游客,赏春饮酒,庭院少女,秋千戏乐,更把春天的愉悦活现了起来。

《沉醉东风》写少女久别相思,猛然看见情郎的情景,写得非常质朴自然、纯洁天真,教人忍俊不禁。《红绣鞋》写雪景,《卖花声》写觅酒的饮者,同样都是用很轻情活泼的笔墨,表达很潇洒飘逸的韵调。

《正音谱》云:"徐甜斋之词,如桂林秋月。"所谓桂林秋月,正是一片纤尘不染的华彩,而奇芬异趣,自在其中。罗忼烈《元曲三百首笺》云:"论者或以为甜斋不及酸斋。夫酸斋豪纵自然,而乏文采。甜斋精工雅丽,可追小山。以言本色,酸斋当行;以言工力,甜斋擅胜,未可并论也。"罗氏所谓"精工雅丽"的曲子,大概犹如:

黄钟·人月圆·甘露①怀古

江皋楼观前朝寺,秋色入秦淮,败垣芳草,空廊落叶,深砌苍苔。远人南去,夕阳西下,江水东来。木兰花在,山僧试问,知为谁开。

双调·殿前欢·观音山眠松

老苍龙②,避乖③高卧此山中。岁寒心④不肯为梁栋,(翠蜿蜒)俯仰相从。秦皇旧日封⑤,靖节何年种⑥,丁固当时梦⑦。半溪明月,一枕清风。

但是这种"可追小山"的曲子,其实不能显出甜斋的特质,我们宁取他那些有轻灵气、潇洒意而不失雅致的作品。

【注释】

① 甘露寺在镇江北固山上,三国吴所建。建寺时甘露降,故名。
② 苍龙,比喻松树。
③ 乖,乖政,乱世之政治。《礼记》:"乱世之音怨以怒,其政乖。"
④ 岁寒心,能忍住寒冬的本质。《史记·伯夷叔齐列传》:"岁寒,然后知松柏之后凋。举世混浊,清士乃见。"李元操诗:"自有凌冬质,能守岁寒心。"

⑤《汉官仪》:"秦始皇上封泰山,逢疾风暴雨,得松树,因覆其下,封为五大夫。"

⑥靖节,即陶渊明,其《归去来辞》云:"三径就荒,松菊犹存。"又云:"抚孤松而盘桓。"

⑦丁固,字子贱,三国吴人。曾梦松生腹上,谓人曰:"松字十八公也,后十八岁,吾其为公乎?"孙皓时果迁司徒。

4. 薛昂夫

薛昂夫,名超吾,一字九皋,回鹘人。汉姓马,故亦称马昂夫、马九皋,皆以字行。官三衢路达鲁花赤,善篆书,有诗名,与萨都剌唱和。张小山有《访九皋使君朝天子》一首,即其人。周南瑞《天下同文集》有王德渊《薛昂夫诗集序》,称其诗词新严飘逸,如龙驹奋迅,有并驱八骏,一日千里之想。《正音谱》析薛昂夫与马九皋为二人,非是。《全元散曲》收其小令六十五,套数三。

正宫·塞鸿秋

功名万里忙如燕,斯文一脉微如线①,光阴寸隙流如电,风霜两鬓白如练。尽道便休官,林下何曾见。至今寂寞彭泽县②。

正宫·甘草子

金风③发,飒飒秋香,冷落在阑干下。万柳(稀)重阳暇,(看)红叶赏黄花。促织鬼④啾啾添潇洒。陶渊明,欢乐煞,耐冷迎霜鼎内插⑤。看雁落平沙。

258

第三章 元人散曲欣赏

【注释】

①是说儒家文化传统虽日渐式微，但其精髓仍不绝如缕。斯文，《论语·子罕》："天之将丧斯文也，后死者不得与于斯文也。"道之显著者谓之文，原指礼乐法制教化之迹，引申为儒者之称、民族文化之传承。

②彭泽县，陶渊明曾官彭泽县令，在官八十余日，不堪为五斗米折腰向乡里小儿，乃解职归里。

③金风，即西风、秋风。西方与秋季按五行属金。

④促织，蟋蟀的别称。

⑤是说将耐冷迎霜的菊花插于鼎内。

【曲话】南曲《九宫正始·序》，谓昂夫"词句潇洒，自命千古一人，深忧斯道不传，乃广求继己业者，至祷祀天地，遍历百郡，卒不可得"。如果这段话可信的话，那么昂夫对于自己的作品相当自负，而其求知己的行径虽然痴傻，却是可感的。《正音谱》谓"薛昂夫之词如雪窗翠竹"。又谓"马九皋之词，如松荫鸣鹤"。雪窗翠竹和松阴鸣鹤都是潇洒清绝、疏放自然。上举二曲，一写乱世里追逐功名的可叹，一写秋日闲情的自在自得，虽然不算第一流的作品，但也自有一份潇洒在。《中原音韵》录其《殿前欢》为"定格"，词云：

醉归来，袖春风下马笑盈腮。笙歌接到朱帘外，夜宴重开。十年前一秀才，黄齑菜，打熬到文章伯。施展出江湖气概，抖擞出风月情怀。

周德清并加以评论道："妙在马字上声，笑字去声，一字上声，秀字去声。歌至才字音促，黄字急接，且要阳字好。气概二字若去上，尤妙。三对者非，自有三对之调。伯字若得去声，尤妙。"元代的声调和现代不尽相同，故"一"字元人作上声；所谓"阳字"即如"黄"字是阳平声。曲子最讲究声律，看样子昂夫的作品经名家鉴定之后是合格的。同时这支《殿前欢》也有一份疏放气。

5. 孙周卿

孙周卿，古邠人，仕履不详。傅若金序孙蕙兰《绿窗遗稿》云："故妻孙氏蕙兰，早失母，父周卿先生。"未知是否即此人。《全元散曲》收其小令二十三。

双调·蟾宫曲·自乐

想天公、自有安排，展放愁眉，开着吟怀。款击红牙，低歌玉树①，烂醉金钗。花谢了、逢春又开，燕归时、到社②重来。兰芷庭阶，花月楼台，许大乾坤，由我诙谐。

双调·蟾宫曲

草团标③、正对山凹，山竹炊粳④，山水煎茶，山芋山薯，山葱山韭，山果山花，山溜响、冰敲月牙⑤，扫山云、惊散林鸦。山色元佳，山景堪夸，山外晴霞，山下人家。

双调·水仙子

朝吟暮醉两相宜，花落花开总不知。虚名嚼破无滋味，比闲人惹是非。淡家私⑥、付与山妻，（水碓）里春来米⑦，（山庄）

上线⑧了鸡。事事休提。

【注释】

①玉树,即《玉树后庭花》,乐府吴声歌曲名,此泛指美妙之歌曲。按《隋书·五行志》:"祯明初,(陈)后主作新声,辞甚哀怨,令后宫美人习而歌之,其辞曰:'玉树后庭花,花开不复久。'时人以为歌谶,此其不久兆也。"

②社,谓社日,祭社神之日。古代春秋两季祭社神,此指春社。《礼记·月令》:"仲春之月,择元日,命民社。"

③草团标,此盖指茅舍。

④粳,本作秔,亦作稉,稻的一种。

⑤此句是说清冷之泉水冲击新月之倒影。月牙,新月,一作月芽。张澄诗:"别家亦见月牙新。"溜,山泉。

⑥家私,家财,淡形容其微薄。王粲诗:"内不废家私。"

⑦是说用水碓舂米和麦。水碓,借水力舂米之具。《晋书》载杜预作连机水碓,又石崇有水碓三十区。其制:造作水轮,轮轴长可数尺,列贯横木;水激轮转,则轴间横木间打碓梢,一起一落舂之。见《农政全书》。《说文》:"来,周所受瑞麦来麰也。"来米犹言麦米。

⑧线,俗语谓阉家畜曰线。

【曲话】上举三支皆写自家生活,看来颇恬静萧散可喜。《蟾宫曲·草团》标用俳优体,亦即每句皆嵌入"山"字,这是曲中的纤巧,其妙在自然,孙周卿算是做到了。

6. 周德清

周德清,号挺斋,江右(江西)人,宋周美成之后。《录鬼簿续编》云:"(德清)工乐府,善音律,病世之作乐府,有逢双不对、衬字尤多、文律俱谬者,有韵脚用平上去不一而唱者,有句中用入声、拗而不能歌者,有歌其音非其字者,令人无所守。乃自著中州韵一帙(应作《中原音韵》),以为正语之本,变雅之端,奎章虞公叙之,以传于世。又自制为乐府甚多,回文集句连环简、梅雪花诸体,皆作当世之人所不能作者。……上篇短章,悉可为人作词之定格。故人皆谓德清之韵,不但中原,乃天下之正音也;德清之词,不惟江南,实天下之独步也。"可谓推崇备全。

中吕·满庭芳·看岳王传①

披文握武②,建中兴庙宇③,载青史图书④。功成却被权臣妒,正落奸谋。闪杀人⑤望旌节、中原士夫⑥,误杀人弃丘陵、南渡銮舆⑦。钱塘路⑧,愁风怨雨,长是洒西湖⑨。

中吕·朝天子·秋夜客怀

月光,桂香,趁着风飘荡。砧声催动一天霜⑩。过雁声嘹亮,叫起离情⑪,敲残客况。梦家山身异乡。夜凉,枕凉,不许离人强。

【注释】

① 岳飞,宋汤阴人,字鹏举。事母孝,家贫力学。宣和中,以敢战士应募,隶留守宗泽部下,屡破金兵,高宗手书"精忠岳飞"四字,

制旗以赐之；复破李成，平刘豫，斩杨幺，累官至太尉，又授少保，为河南北诸路招讨使。未几，大破金兵于朱仙镇，欲指日渡河。时秦桧力主和议，乃一日降十二金字牌召飞还，复指使万俟卨等劾飞，被捕下狱死，时年三十九。孝宗时，诏复官，谥武穆。宁宗时追封为鄂王，改谥忠武。有《岳武穆集》。《宋史》有《岳飞传》。

②谓文武全才，披阅文史，掌握兵权。按，岳飞幼好习《春秋左氏传》《孙吴兵法》等书。

③岳飞是宋代中兴的名将，各地都建有"岳庙"来奉祀他。

④是说岳飞的事迹被载入史册。

⑤闪杀人，急死了人。

⑥是说中原的士大夫们盼望着岳飞的旌旗到来，能够恢复故土。

⑦丘陵，指北宋诸帝的陵墓；南渡，金兵于1127年，即宋钦宗靖康二年攻陷北宋首都汴京（即今开封），掳徽、钦二帝北去。后来高宗赵构南渡，建都临安（即杭州），史称南宋。銮舆，皇帝所乘坐的车马，以其车衡上有銮铃，故称銮舆。这句是说抛弃了诸帝的陵墓，在江南建立一个偏安的小朝廷，真是误国误民之极。

⑧钱塘，临安古钱塘地，临钱塘江，即今杭州。

⑨岳飞的冤枉昭雪后，在西湖建墓，即岳王墓。这两句是说人民对于岳飞的凭吊之情，就好像带着愁怨的风雨，永远地洒在西湖的岳坟之上。

⑩是说在捣衣声里不觉染满一天的风霜。砧，捣衣石。

⑪俗有"人死留名，雁过留声"之语。马致远有《破幽梦孤雁汉宫秋》杂剧，写汉元帝于昭君出塞后，秋夜宫中，闻孤雁而伤离情。

【曲话】《满庭芳》是一支读史志感的曲子，《朝天子》则写秋夜客怀，遣词造句都属清丽，《正音谱》谓"周德清之词，如玉笛横秋"。玉笛横秋应当韵调清远亮厉，但德清之曲拘守律度颇有余，而亮厉之气似乎有所不足。曲的格调至此似乎在走下坡了。

四、后期作家——豪放派

1. 睢景臣

睢景臣，字景贤，或作嘉贤。大德七年（1303）自维扬至杭州，与钟嗣成相识。自幼读书以水沃面，双眸红赤，不能远视。心性聪明，酷嗜音律。著有《睢景臣词》和杂剧三种，俱不存。《全元散曲》收其套数三，又收睢玄明套数二，疑玄明与景臣为一人。

高祖还乡

【般涉调·哨遍】社长排门告示①，但有的差使无推故②。这差使不寻俗③。一壁厢、纳草除根④，一边又要差夫，索应付⑤。又言是车驾⑥，都说是銮舆，今日还乡故⑦。王乡老执定瓦台盘⑧，赵忙郎抱着酒葫芦⑨。新刷来的头巾⑩，恰糨来的绸衫⑪，畅好是妆幺大户⑫。

【耍孩儿】瞎王留引定火乔男女⑬，胡踢蹬吹笛擂鼓⑭。见一彪⑮杀人马到庄门，匹头里几面旗舒⑯。一面旗白胡阑套住个迎霜兔⑰，一面旗红曲连打着个毕月乌⑱。一面旗鸡学舞⑲，一面旗狗生双翅⑳，一面旗蛇缠葫芦㉑。

【五煞】红漆了叉，银铮了斧㉒。甜瓜苦瓜黄金镀㉓。明晃晃马镫枪尖上挑㉔，白雪雪鹅毛扇上铺㉕。这几个乔人物，拿着些不曾见的器仗㉖，穿着些大作怪衣服㉗。

【四煞】（辕条）上都是马㉘。（套项）上不见驴㉙，黄罗伞柄天生曲㉚。车前八个天曹判㉛，车后若干递送夫㉜。更几个多娇女㉝，一般穿着，一样妆梳。

【三煞】那（大汉）㉞下的车，（众人）施礼数㉟。那大汉觑的人如无物㊱。众乡老展脚舒腰拜，那大汉那身㊲着手扶。猛可里抬头觑㊳，觑多时认得，险气破我胸脯。

【二煞】你须身姓刘，你妻须姓吕。把你两家儿根脚从头数㊴，你本身做亭长耽几盏酒㊵，你丈人教村学读几卷书㊶。曾在俺庄东住，也曾与我喂牛切草，拽耙扶锄㊷。

【一煞】春采了桑，冬借了俺粟。零支了米麦无重数，换田契强秤了麻三秤㊸，还酒债偷量了豆几斛㊹。有甚胡突处㊺，明标着册历㊻，现放着文书㊼。

【尾】少我的钱（差发内）旋拨还㊽，欠我的粟（税粮中）私准除㊾。只道刘三谁肯把你揪捽住㊿，白甚么改了姓更了名唤做汉高祖(51)。

【注释】

① 社长挨门逐户地传下官府的训令。社长，职司劝农，兼管差科，犹今之村长。

② 不得借故推托官府交下的差使。但有，所有。推故，借故推托。

③ 不寻俗，不是普通的。

④ 一方面要在田里除去野草。一壁厢，一方面。

⑤ 索应付，需要应付。

⑥ 车驾，这里是皇帝的代称。车驾本指驾上马匹的车，因皇帝出入都要乘车马，还有一定的仪仗队，故以车驾或驾为皇帝之代称。皇帝所乘之车必有鸾铃，鸾亦作銮，故下文又以銮舆为皇帝之代称。

⑦ 乡故，即故乡。

⑧ 王乡老，乡村人的称呼。瓦台盘，盛食物的瓦器。

⑨ 赵忙郎，亦乡人的称呼。酒葫芦，盛着酒的葫芦。

⑩ 刷，挑选；头巾，包头之巾。《古今事物考》："古以皂罗裹头，号头巾。"古代士以上用冠，庶人用巾。相传王莽头秃亦用巾，故自汉以下，巾始通于上下。

⑪ 糨，同浆，用米汤把衣服浸了再烫平。袖衫，带袖的长衫。

⑫ 简直是装模作样，摆臭架子的大户人家。畅好是，简直是；妆么，扮演杂剧，杂剧俗称么末，这里是装模作样的意思；大户，指富贵人家。

⑬ 王留，乡村人的名字；火，一群；乔男女，不三不四的男女。

⑭ 是说乱来一气地吹笛打鼓。胡踢蹬，乱来一气的样子。

⑮ 彪，同彪，雄伟的一群。

⑯ 有几面旗舒展着作为前导。匹头里，亦作劈头里，开头、最前面。

⑰ 是说旗上画着一个月亮，里面有一只白兔。胡阑，切音环，指圆圈，这里指旗上画的月亮，因为它是白色的。俗传月中有白兔。

⑱ 是说旗上画一个太阳，里面有一只乌鸦。俗传月中有乌鸦。曲连，切音近圈，也指圆圈，这里因为说是红色的，所以指太阳。

⑲ 指凤凰旗。乡村人不知道旗上画的是凤凰，故以飞翔的凤凰为"鸡学舞"。

⑳ 指飞虎旗。这也是从乡村人的眼中描写。

㉑ 指蛟龙戏珠旗。蛇，应即龙；葫芦，应即圆珠。

㉒ 二句是漆红色的叉，镀了银的斧钺。此下写仪仗。

㉓ 此句形容形状似瓜的铜锤。

㉔ 是枪尖上挑着明晃晃的朝天蹬，当时称作镫仗。其制为"朱漆棒首，标以金涂马镫"。

㉕ 指鹅毛铺成的羽扇。

㉖ 器仗，仪仗中的器物。

㉗ 稀奇古怪的衣服。乔人物以下写拿仪仗的侍从。

㉘ 是说马匹驾在车辕的两边。辕条，车辕长，故云。

㉙ 套上笼头的没有一匹是驴子。套项，笼头。

㉚ 弯曲的黄罗伞柄，在乡民的眼中看来，好像是天然生成的。

㉛ 天曹判，天上的判官。乡人把仪仗的侍从看成是神庙里泥塑的判官。

㉜ 递送夫，运送物品的人员。这里是指携带物品的随从太监。

㉝ 多娇女，美丽的女郎，指宫女。

㉞ 大汉，指刘邦，即汉高祖。

㉟ 施礼数，行礼。

㊱ 是说刘邦自大自狂，并不把人放在眼里。

㊲ 那身，移动身子。那，同挪，此指屈身。

㊳ 猛然抬头一看。猛可里，忽然。

㊴ 是说把你们刘家、吕家的出身来历一件件地来细算。根脚，此指出身、来历。

㊵ 是说刘邦原是亭长，贪好喝酒。亭长，古代十里一亭，设亭长，管治安工作，犹如现在的派出所所长。

㊶ 是说刘邦的岳父吕太公原来是村中的塾师，读过几本书。丈人，岳父。

㊷ 拽杷扶锄，指耕种。杷，一种有齿的平整耕地的农具。

㊸ 秤，宋元的量词，十五斤为一秤。

㊹ 斛，古以十斗为一斛，后又以五斗为一斛。

㊺ 胡突处，不明白、不清楚的地方。胡突，通糊涂。

㊻ 册历，日记账簿之类的东西。

㊼ 文书，指借据、契约之类的文件。

㊽ 是说欠我的钱从征收的赋税中马上拨还给我。差发，指征收的赋税。

㊾ 欠我的米粟从征收的粮食中暗中抵扣。私准除，暗中抵扣。

㊿ 刘三，刘邦又称刘季，因其排行第三。揪捽住，用手抓住。

(51) 白，平白地，无缘无故地。汉高祖，这是刘邦死后的谥号，以其通俗，故用作刘邦所改换的名字，以见诙谐。

【曲话】汉高祖刘邦有一首诗："大风起兮云飞扬，威加海内兮归故乡，安得猛士兮守四方。"这首诗没有题目，一般都按照《诗经》之例题篇，取其首二字作《大风歌》。根据《史记·高祖本纪》，是作于高祖十二年十月，讨伐英布、还都过沛之际。他"留置酒沛宫，悉召故人父老子弟纵酒，发沛中儿，得百二十人，教之歌"。他酒酣耳热，"令儿皆和习之"。自己也起而舞之，而且"慷慨伤怀，泣数行下"。他这次旷古所未有的"衣锦荣归"，使得"沛父兄诸母故人，日乐饮极欢，道旧故为笑乐十余日"。流连之余，高祖要返驾京都，沛父兄又因请相留，盛情难却，又张饮三日，也因此，"沛中空县，皆之邑西献"。可见高祖"威加海内兮归故乡"，是多么极荣极耀，极欢极乐。

但是睢景臣这套曲子，并没有从正面来写刘邦一旦贵为天子的"龙章凤姿"和威加海内的"踌躇满志"，他只用庶民的口吻，从庶民的眼中来写刘邦的"卤簿护卫"，所以龙凤旗、飞虎旗，他们看成"鸡学舞""蛇葫芦""狗生翅"，铜锤他们看作"甜瓜苦瓜"，卫士他们当作"天曹判"，宫娥他们认为"多娇女"，如此一来，就"野趣"十足，情味活泼了。而刘邦在他们眼中只看成"大汉"，他那大模大样，不由得使人定睛一瞧。呵！原来就是无赖刘三！于是这些父老便掀开了刘三的根底，把他的出身履历，"喂牛切草、拽杷扶锄"的营生，以及东借西挪的旧债都一齐给抖搂了。尽管刘三已经贵为天子，但在父老眼中，他只是为了逃债而改姓换名叫作"汉高祖"！

高祖确是个无赖出身，《史记》说他未贵时，曾醉卧武负、王媪酒肆中，对于沛令的贺钱号称"贺万钱，实不持一钱"。他"不事家人生产作业"，"好酒及色"，也难怪睢景臣假借乡老的口吻来揶揄他一番了。

2. 张鸣善

张鸣善，名择，号顽老子。平阳人，家于湖南，流寓扬州，官宣慰司令史。《录鬼簿续编》云："有英华集行于世，苏昌龄、杨廉夫，拱手服其才。"著《杂剧烟花鬼》《夜月瑶琴怨》《草园阁》，俱不存。《全元散曲》收其小令十三，套数二。

中吕·普天乐·愁怀

雨儿飘,风儿扬,风吹回好梦,雨滴损柔肠。风萧萧梧叶中,雨点点芭蕉上。风雨相留添悲怆,雨和风、卷起凄凉,风雨儿怎当,雨风儿定当,风雨儿难当。

双调·水仙子·讥时

铺眉苫眼早三公①,裸袖揎拳享万钟②,胡言乱语成时用③。大纲来都是烘④,说英雄,谁是英雄?五眼鸡、岐山鸣凤⑤,两头蛇、南阳卧龙⑥,三脚猫、渭水非熊⑦。

【注释】

① 是说那些无精打采、毫无作为的人,早就做上了三公的大官。苫,铺眉苫眼、垂眉盖眼、无精打采的样子。三公,最高的官爵。周以太师、太傅、太保为三公,西汉以大司马、大司徒、大司空为三公,东汉改大司马为太尉,与司徒、司空并称三公。

② 是说举止粗鲁的人,享有最高的俸禄。裸袖揎拳,卷起袖子露出拳肘,好像要打架的样子,形容行为粗鲁。万钟,最高的俸禄,汉代以米粟为俸禄,钟,量器,万钟即万钟粟。

③ 是说胡说八道的话语最吃得开、最教人采用。

④ 此句总结以上三句,是说这些当政者总而言之都是一团乱糟糟。大纲来,总而言之。烘,闹嚷嚷的样子。

⑤ 五眼鸡,一作乌眼鸡,一种好勇斗狠的鸡。岐山鸣凤,岐山在今陕西省岐山县东北,为周朝之发源地,山分两岐,故云。《寰宇记》:"岐山即天柱山,周鸑鷟鸣于山上,时人亦谓此山为凤凰

山。"按，鹭鹭亦作鸑鷟，《国语·周语》："周之兴也，鸑鷟鸣于岐山。"韦注："鸑鷟，凤之别名。"此句谓像那好勇斗狠的五眼鸡却要伪装成祥瑞的凤鸟，亦即恶徒却要伪装圣贤。以下三句即说明所谓之当今英雄都是以假乱真。

⑥ 两头蛇，俗以为凶恶、不祥之物。南阳卧龙，三国时诸葛亮字孔明，躬耕于南阳。《三国志·蜀志·诸葛亮传》："徐庶谓先主曰：诸葛孔明，卧龙也；将军宜枉驾顾之。"卧龙，比喻隐居的贤才。此句意谓心胸残酷，以残害为快的人而伪称隐居的名士。

⑦ 三脚猫，比喻不中用的东西。渭水非熊，《史记·齐太公世家》："西伯将猎，卜曰：'所获非龙非螭，非虎非罴，所获霸王之辅。'于是西伯猎，果遇太公于渭之阳。"按，非虎亦作"非熊"，后世讹为飞熊，故又演为飞熊入梦事。此句是说那些不中用的人却要冒充雄才大略。

【曲话】《正音谱》云："张鸣善之词，藻思富赡，烂若春葩，诚一代之作手。"评价虽高，但不中肯，鸣善之词得力处在俊雅潇洒，如《普天乐》写秋怀，从风雨写来，淋漓尽致。又其特色在一句雨一句风，交错缠绵，末三句同押"当"字，每句只易一字，而由"怎""定""难"以见其情，亦称别致。

至于《水仙子》一曲，则愤懑之气，条贯其间，抨击时贵，极为犀利。无名氏有两支：

不读书有权，不识字有钱，不晓事倒有人夸荐。老天只恁忒心偏，贤和愚无分辨。折挫英雄，消磨良善，越聪明越运蹇。志高如鲁连，德过如闵骞，依本分只落的人轻贱。

不读书最高，不识字最好，不晓事倒有人夸俏，老天不肯辨清浊,好和歹没条道。善的人欺,贫的人笑,读书人都累倒。立身则小学,修身则大学,知和能都不及鸭青钞。

把这两支曲子和张鸣善的《水仙子》同看,再回顾本书卷首论元代政治社会时所引用的一些数据,不难看出在当时的社会背景下,读书人过的是何等悲惨的日子!

3. 杨朝英

杨朝英,号澹斋,青城人。选辑时贤所作小令套数为《阳春白雪》及《太平乐府》两书,《元人散曲》多赖其书以传。杨维桢作《周月湖今乐府·序》,以澹斋与关汉卿、庾吉甫、卢疏斋并论,谓四人之今乐府,最为奇巧。《全元散曲》收其小令二十七。

正宫·叨叨令·叹世二支

想他腰金衣紫青云路①,笑俺烧丹炼药修行处。俺笑他封妻荫子叨天禄②,不如我逍遥散诞③茅庵住。倒大来④快活也末哥,倒大来快活也末哥,哪里也龙韬虎略擎天柱⑤。昨日苍鹰黄犬齐飞放⑥,今日单鞭羸马江南丧⑦。他待学欺君冈上曹丞相⑧,不如俺葛巾漉酒陶元亮⑨。倒大来快活也末哥,倒大来快活也末哥,渔翁把盏樵夫唱。

【注释】

① 是说仕途得意,高官厚禄。《汉书·百官公卿表》:"相国丞相皆秦官,金印紫绶。"又太尉、太傅、大司空、彻侯亦皆金

印紫绶。青云路,比喻仕途之高位。《史记·范雎列传》:"须贾顿首言死罪,曰:'贾不意君能自致青云之上。'"

② 是说做了官妻子得到诰封,儿子也受到庇荫,真是贪图了上天所给予的福禄。叨,贪图。天禄,《书·大禹谟》:"天禄永终。"

③ 逍遥散诞,自由自在,为所欲为,不拘礼法。

④ 倒大来,即非常大。

⑤ 哪里也,这是否定的话语,即自称有龙韬虎略的"擎天柱"根本算不了什么。龙韬虎略,形容伟大的策略。天柱,《神异经》:"昆仑之山有铜柱焉,其高入天,所谓天柱也。"擎天柱,借喻身系国家之安危。

⑥ 此句用李斯掌故。李斯,秦丞相,始皇崩,二世立,赵高诬李斯子由通盗,腰斩咸阳市,夷三族。方临刑时,斯谓其子曰:"吾欲与汝牵黄犬出上蔡东门,逐狡兔之乐,其可得乎?"

⑦ 是说被贬出朝廷,形单影只地骑着老瘦之马,命丧于江南途中。

⑧ 此句用曹操事。曹操迎汉献帝于许都,自为丞相,进封魏王,挟天子以令诸侯,政由己出,又杀伏后及董贵人,故云欺君罔上。

⑨《宋书·陶渊明传》:"郡将候潜,值其酒熟,取头上葛巾漉酒,毕,还复着之。"陶潜字渊明,或云渊明,字符亮。漉,渗也。

【曲话】这两支曲子还是把做官的写得一无是处,肯定的是自家"逍遥散诞茅庵住"和"渔翁把盏樵夫唱"的生活。这种情调在元人散曲中,几乎多到成为习套,但澹斋用对比的手法铺写,则显得更加真切。《正音谱》云："杨澹斋之词，如碧海珊瑚。"所谓碧海珊瑚盖即杨维桢所云的"奇巧"。但上举这两支曲子则更有清隽之致。

五、歌伎与无名氏作家

1. 歌伎

双调·沉醉东风 一分儿

红叶落、火龙褪甲①，青松枯、怪蟒张牙②。可咏题，堪描画。喜觥筹、席上交杂③，答剌苏频斟入礼厮麻④，不醉呵、休扶上马。

双调·清江引 刘婆惜

青青子儿枝上结，引惹人攀折。其中全子仁，就里滋味别，只为你酸留意儿难弃舍。

【注释】

① 火龙形容枫树，枫树秋日转红，其叶落，故云褪甲。
② 怪蟒形容松树，松枯则枝干杈桠，如怪蟒之张牙。
③ 觥，酒器；筹，行酒令时用以计数。欧阳修《醉翁亭记》："觥筹交错，坐起而喧哗者，众宾欢也。"
④ 答剌苏，当系酒名。礼厮麻，形容殷勤招待，教人入迷。

【曲话】根据《青楼集》，一分儿姓王氏，为京师角妓，歌舞绝伦，聪慧无比。一日，丁指挥会才人刘士昌、程继善等于江乡园小饮，王氏佐樽，时有小姬歌《菊花会南吕曲》云："红叶落、火龙褪甲，青松枯、怪蟒张牙。"丁曰："此沉醉东风首句也，王氏可足成之。"王应声而成，一座叹赏。

《青楼集》又云：刘婆惜，乐人李四之妻，江右（江西）人，颇通文墨，滑稽歌舞，迥出其流。先与抚州常推官之子三舍者交好，苦其夫间阻，偕宵遁，事觉，决杖，刘负愧，将之广海居焉。道经赣州。时全普庵撒里字子仁，由礼部尚书除赣州监郡，平日守官清廉，唯耽于花酒，公余每与士大夫酣歌赋诗，帽上常善簪花，否则或果或叶，亦簪一枚。刘过赣，谒全子仁。时宾朋满座，全帽上簪青梅一枝，行酒，全口占《清江引》曲云："青青子儿枝上结。"令宾朋续之，众未有对者，刘敛衽进前曰："能容妾一辞乎？"全曰："可。"刘应声续"引惹人攀折"云云，全大称赏。按，此曲即咏"青梅"。

由这两段掌故，可见歌伎以曲侑酒的情形。歌伎出身卑微，但习染既久，聪慧者亦可脱口成章了。由此也可见散曲确是元人的歌诗。

2. 无名氏

正宫·叨叨令

黄尘万古长安路[①]，折碑三尺邙山墓[②]。西风一叶乌江渡[③]，夕阳十里邯郸树[④]。老了人也么哥，老了人也么哥。英雄尽是伤心处。

元人散曲：大融合时代的文化硕果

正宫·叨叨令·村夫饮

绿杨堤畔长亭路，一樽酒罢青山暮。马儿离了车儿去，低头哭罢抬头觑。一步步远了也么哥，一步步远了也么哥，梦回酒醒人何处。

正宫·塞鸿秋

爱他时似爱初生月，喜他时似喜看梅梢月，想他时道几首西江月，盼他时似盼辰钩月⑤。当初意儿别，今日相抛撇。要相逢似水底捞明月。

正宫·塞鸿秋

一对紫燕儿雕梁上肩相并，一对粉蝶儿花丛上偏相趁，一对鸳鸯儿水面上相交颈，一对虎猫儿绣榻上相偎定。觑了动人情，不由人心儿硬，冷清清偏俺合孤另。

正宫·塞鸿秋

分分付付约定偷期话，冥冥悄悄款把门儿呀⑥，潜潜等等立在花阴下，战战兢兢把不住心儿怕。转过海棠轩，映着荼蘪架。果然道色胆天来大。

正宫·塞鸿秋·山行

东边路西边路南边路，五里铺七里铺十里铺，行一步盼一步懒一步。霎时间天也暮日也暮云也暮。斜阳满地铺，回首生烟雾。兀的不山无数水无数情无数。

正宫·塞鸿秋·村夫饮

宾也醉主也醉仆也醉，唱一会舞一会笑一会，管甚么三十岁

第三章 元人散曲欣赏

五十岁八十岁。你也跪他也跪恁也跪,无甚繁弦急管催,吃到红轮日西坠,打的那盘也碎碟也碎碗也碎。

仙吕·寄生草

花影儿来来往往纱窗外,光皎洁明明朗朗月正斜,金炉中氤氤氲氲香烬烟消灭,银台上昏昏惨惨忽地灯花谢。冷清清孤孤另另怎生捱今夜。小梅香⑦俄俄延延待把角门关,不剌⑧! 谎敲才⑨更深夜静须有个来时节。

仙吕·寄生草

动不动人前骂,动不动脸上抓。一千般做小伏低下,但言便索和咱罢,捉着罢字儿奚落的人来怕。你这忘恩失义俏冤家,不剌! 你眉儿淡了教谁画⑩。

仙吕·寄生草

有几句知心话,本待要诉与他。对神前剪下青丝发,背爷娘暗约在湖山下,冷清清湿透凌波袜。恰相逢和我意儿差,不剌! 你不来时还我香罗帕。

仙吕·一半儿

南楼昨夜雁声悲,良夜迢迢玉漏迟。苍梧树底叶成堆,被风吹,一半儿沾泥一半儿飞。

【注释】

① 是说自古以来,人们都风尘仆仆地在长安道上追逐功名和

· 277 ·

利禄。

②是说人生到头来不免一死,只剩得北邙山上折了碑的三尺孤坟。

③是说"力拔山兮气盖世"的项羽在此自刎而死了,而今只有西风里的一叶扁舟依旧靠在乌江的渡口。乌江渡在今安徽和县东北,今乌江浦。

④是说夕阳照耀下的一大片邯郸树林,使人觉得人世间的是非成败、利害得失,都不过像一场梦而已。邯郸,战国赵都,今河北邯郸。此用"邯郸道上省悟黄粱梦"的掌故。

⑤辰钩月,俗传嫦娥爱少年,乃下凡与之为婚配。元杂剧有吴昌龄《张天师断风花雪月》,明周宪王有《张天师夜断辰钩月》。

⑥呀,此处形容门开的声音。

⑦梅香,丫头、女婢之通称。

⑧不剌,这里只是一种衬垫语词,没什么意义。

⑨谎敲才,不老实的家伙,这里是昵称。

⑩用张敞画眉的掌故,是说你不理我,哪有人来疼你。

【曲话】这些无名氏的作品,除了《叨叨令》二支外,都是情词,用语轻倩活泼,表达得真切有味,很适合酒筵歌席来浅斟低唱。《叨叨令·黄尘万古》一曲,首四句用连珠对,中间各嵌入一个数目字,把人生写得苍茫萧瑟无奈至极,这样的曲子摆在《东篱乐府》中是一点都不逊色的。《绿杨堤畔》一曲写村夫之饯别,也情味十足。可见无名氏作家里,也不乏大手笔在。